爷爷教我的第十件事

[英] 斯图尔特・福斯特（Stewart Foster）—— 著
安全勇 —— 译

中信出版集团 | 北京

图书在版编目（CIP）数据

爷爷教我的第十件事 /（英）斯图尔特·福斯特著；
安全勇译 . -- 北京：中信出版社，2023.10
书名原文：Check Mates
ISBN 978-7-5217-5981-5

Ⅰ. ①爷… Ⅱ. ①斯… ②安… Ⅲ. ①儿童小说－长
篇小说－英国－现代 Ⅳ. ① I561.84

中国国家版本馆 CIP 数据核字（2023）第 164194 号

爷爷教我的第十件事

著　　者：[英] 斯图尔特·福斯特
译　　者：安全勇
出版发行：中信出版集团股份有限公司
（北京市朝阳区东三环北路27号嘉铭中心　邮编　100020）
承 印 者：嘉业印刷（天津）有限公司

开　　本：880mm × 1230mm　1/32　　印　　张：11.75　　字　　数：258千字
版　　次：2023年10月第1版　　印　　次：2023年10月第1次印刷
京权图字：01－2023－2953
书　　号：ISBN 978－7－5217－5981－5
定　　价：39.80元

献给老爸

1

面壁俱乐部

我盯着墙看——墙上一片空白，什么也没有。从小小的隔间里朝外面看出去，只能看见小隔间那么宽的墙壁。墙壁往上延伸，一直延伸到天花板。尤恩斯夫人说这么做对我有好处，能让我想清楚自己都干了些什么，那么干对课堂造成了什么影响，那么干又给我自己带来了什么后果。但我感觉盯着墙看对我没什么好处，反倒让我觉得像是在接受惩罚。

我只是问了菲尔兹先生一个问题，问他是不是戴了假发。

全班都笑了，但菲尔兹先生并不觉得好笑，他反问我戴没戴假发跟他教的地理课有什么关系。

“没什么关系。”我回答。

“好，菲利克斯，既然没关系，那就好好听讲。”

但我无法集中注意力。杰克坐在我边上，他是我的死党，笑着朝我挤眉弄眼，搞得我愈发难以控制自己。

“老师，您喜欢松饼吗？”我问。我也不知道为什么会问松饼，因为什么东西都有可能从我嘴巴里面蹦出来——上个礼拜是甲壳虫、橘子皮和捕鱼网，但今天早上，打嘴里蹦出来的是“松饼”。这两个字就这样随机冒出了我的脑袋，蹦出了我的嘴巴。

“你说什么？”跟全班同学一样，菲尔兹先生一脸困惑。

“您喜欢松饼吗？我不喜欢。因为饼上面到处都是洞洞，像是被虫子蛀过一样。”

就在那一刻，菲尔兹先生抓狂了。紧跟着他喊了起来：“菲利克斯，你出去！”

于是，尤恩斯夫人找我谈了心。

于是，我最后就出现在这儿了，再次光顾了“面壁俱乐部”。

这儿其实是大伙儿嘴里的“反省室”，但我管它叫作“面壁俱乐部”。因为来这儿的人要做的就是——盯着墙看。这是我这个礼拜第二次，也是这个月第九次“面壁”之旅。我来这儿并不是因为我罪大恶极，只是因为我上课总爱开小差，总是管不住自己的嘴。很明显，我有多动症——我有注意缺陷与多动障碍。老爸老妈说“注意缺陷与多动障碍”的说法太复杂，其实意思就是说我的裤子里进了蚂蚁。我只知道我控制不住自己，而且一旦“裤子里进了蚂蚁”，我就常常会被打发来盯着墙壁。但九年级的詹姆斯·金跟我不一样，他来得比我还要勤。他跟我说他每天都会被请来这里。现在，他坐在我隔壁的小隔间里，正拿脚不停地磕着椅子腿儿——

啪嗒，啪嗒，啪嗒。

此外，“俱乐部”里这会儿还有其他四个学生——两个八年级的男生，两个九年级的女生。我们没有开口交谈，但我们会朝彼此微笑或点头，就像我们是同一个秘密俱乐部的成员。但大多数时候，我们坐在各自的小隔间里凝视着白色的墙壁，反思我们的所作所为。但我是个例外，满脑子想的都是别的，想着和杰克一起在回家的路上阻击敌人的骑兵。

啪嗒，啪嗒，啪嗒。

啪嗒，啪嗒，啪嗒。

“行了，詹姆斯，别再磕椅子腿儿啦！”

啪嗒，啪嗒，啪嗒。

啪嗒，啪嗒，啪嗒。

“詹姆斯！”本来盯着电脑屏幕的尤恩斯夫人抬头说道，“别再弄出这种声音好吗？”

“可是，老师，我在这儿待了太久了。”

“这都怪谁呢？”

“怪我。”詹姆斯·金叹了口气。

啪嗒，啪嗒，啪嗒。

我凝视着墙壁。

啪嗒，啪嗒，啪嗒。

“嘿，伙计！”詹姆斯·金压低声音招呼我，搞得我俩好像是监狱里的劳改犯。我没搭理他。他之所以总来这儿，是因为他老是打架，或者朝老师说脏话，可我来这儿只是因为说了松饼。我试着集中注意力，但我总被满脑子的胡思乱想打断，总被最微不足道的东西所吸引，比如汽车从外面驶过，比如蜘蛛爬下墙壁，在地板上爬行。我悄悄探出脚，让蜘蛛攀上我的鞋尖，爬上我的鞋带。

“喂！”

小隔间隔板的边缘露出了詹姆斯·金的脑袋，一下子把我拉回了现实之中。

“嗯？”

我不想跟他说话，不想惹来更多麻烦。但杰克跟我说过，不理睬詹姆斯·金的话会让事情变得非常糟糕，因为他会以为你是在害怕他。

“怎么啦？”我小声回应道。

“他们有没有要你去见麦克卢加什先生？”詹姆斯·金说话的语气好像跟我是朋友，但他从来没叫出过我的名字。

“没有。”我轻声回答。

“我就去见过他。”他吹嘘道，“他们说如果我再犯事儿，他就会开除我。你呢？你来这儿是因为犯了什么事儿？”

“也没干什么，就是坐不住。”

他撇了撇嘴，好像觉得这根本就不算什么，然后继续说道：“你这家伙，有个古怪的爷爷，对吧？”

“怎么我每次来这儿，你都这么说？”我叹了口气。

“我是说过，这我知道。但……他确实很古怪。”

“你又不了解他。”

“没那个必要。”詹姆斯·金说，“他每天来接你总开个粉色的车，怪里怪气的。”

“可他是我爷爷。”我说。

“詹姆斯，转过身去，别跟菲利克斯讲话。”

“怎么不让他转过去？”

“不，”尤恩斯夫人说，“我说的是请你转过去。”

詹姆斯·金一脸愤怒，挪了挪书包，退回了他自己的小隔间。很快，他就又开始磕他的椅子腿儿了。

我盯着墙壁看，努力把詹姆斯·金屏蔽在脑海之外。“俱乐部”的会员们有些在写作业，有些在看书。杰克说他有一次在这儿睡着了，但我只是专注于“面壁”来打发时间，来忘记我身在何处。如果我盯的时间足够长，我就能看到各种颜色和形状。它们还会融合在一起，就像有电影在我眼前放映——我家、杰克家和爷爷家凭空出现在一个草坪广场周围，而在广场的正中央，矗立着那棵属于我和杰克的大树。

冬天很冷，但我们是士兵，背着枪在草地上匍匐前进，不停地用对讲机通着话……在确定前方没有埋伏之后，我们上了刺刀，在漫天大雪里发起冲锋；夏天很热，我们填装大炮，对准远在地平线上的敌人营地猛烈开火。

有时候我会被子弹擦伤，有时候子弹甚至会击中我的身体，卡在我的肋骨之间……我随时都能感觉到那种钻心的刺痛。要是撩起衬衫，我还能摸到皮肤上血痂脱落之后留下的伤疤。

无论有谁胆敢靠近我们的大树，对它造成威胁，我和杰克都会肩并肩搞定他们。不管他们是谁，也不管他们是来自哪个国家的士兵。而此时此刻，在我的想象之中，我正在为此而战。通过双筒望远镜，我发现了敌人正在靠近。弗劳尔夫人家的屋顶上出现了狙击手的身影，他的目光在广场上扫视……越过我们家门口停着的那些汽车……那道目光不停地扫来扫去……突然！那道目光顿住了，死死地盯在我们要保护的树上。我要阻止他，我必须阻止他……

我抓起步枪，在肩窝处牢牢地顶住了枪托。

刹那间，对面的狙击手锁定了我，而我也瞄准了他。瞄准镜的十字准星后面，两只被放大了的眼睛蓦然对视。

“糟糕，对上了！”对方喃喃道。

“糟糕，对上了！”我一样低语。

咔嗒。

我扣动了扳机。

咔嗒。

对面那位也扣动了扳机。

我猛地低头，子弹从我耳边尖啸着掠过。

耶！命中！敌方狙击手脑袋中弹——一个超大个儿的西红柿骤然爆开。

“菲利克斯！菲利克斯！”忽然有人拍我的肩膀。

我跳了起来，猛地转过身。尤恩斯夫人直愣愣地看着我，一脸愕然。

“呃……老师……我刚才……”晕晕乎乎的我回到了现实世界。

尤恩斯夫人敲了敲桌子。

“菲利克斯，”她嘴里说道，“你爷爷来了。”

2

粉色汽车

詹姆斯·金絮絮叨叨地跟我扯了一大堆东西——有趣的事儿也有，但不多，绝大多数内容都很粗俗。幸运的是，因为他比我高两个年级，他说的有些话我没完全听懂。但不幸的是，对我来说，他说我爷爷的那些话，都对。不……也不全对。我爷爷他其实也没那么古怪，虽然他确实有一辆粉色的车子，而且刚才他就是开着它来接我放学的。从上小学起，一直是奶奶接我放学，但自从她病倒之后，来接我放学的就变成了爷爷。奶奶去世之后，就一直是爷爷来接我了。今年我上了中学，本来我以为他不会再来接我回家，但他还是一直出现在校门口。我跟老妈抱怨说这很尴尬，我都这么大了怎么还来接我放学。但她说这也是在给爷爷找点事儿干，再说他也需要有人陪伴。每天放学之后，我都会去爷爷那儿喝下午茶。老妈上班两班倒，所以我得先暂时在爷爷那儿待着。接我放学去他那儿，这事儿我觉得爷爷确实喜欢。但提前被叫到学校来接我回家，他就不乐意了。因为在那个时间段里，电视上正好在放他最喜欢看的节目。

“菲利克斯，你得认真上课啊！”爷爷一边换着挡位，一边大声说道，“你不能总是捣乱，总被学校提前赶回家啊！”

“也没有总是吧，爷爷，”我反驳道，“这个礼拜也就只有两次。”

“两次？已经很多啦！”爷爷严厉地看着我，“也许，他们应该把你绑在你的座位上。”

“爷爷，真那么干是不是有点儿夸张了？”我笑着说，试图让爷爷高兴起来。听了我的话，爷爷只是缓缓地摇了摇头，然后继续看路。

爷爷开车，我抱着书包坐在后面。有人接我放学，我其实很开心，但要是这车不是粉色的就好了。人们大老远就会注意到这车的颜色，就连杰克也说它看起来活像一辆冰激凌车。爷爷其实根本不喜欢粉色，有时候我会觉得他买这车是因为他的眼神儿不好。但实际上我知道他这么做是因为奶奶——粉色是奶奶最喜欢的颜色。有天早上，我醒来朝卧室窗户外面一看，隔着小广场，远远地就看见了这车，它就那么静静地停在爷爷家外面。奶奶很喜欢这车，到哪儿都爱开着它——去购物，去草地滚球俱乐部，去伦巴舞蹈班，去电影院……她每个月都会请我看场电影。奶奶去世之后，爷爷在报纸上登了个卖车广告，还在车子后窗玻璃上贴了张“此车出售”的贴纸。但没人给他打电话买车，即使有人在车边停下来，也只是因为人家的小狗停了下来，朝着车子轮胎撒尿。但我觉得其实爷爷也并不是真想把这车卖掉，因为仅仅过了四天，他就把卖车的贴纸扯了下来，而且卖掉了他的那辆蓝色福特嘉年华。

爷爷一边推拉着车上的挡杆，一边皱起了眉头。

“当时就应该买辆自动挡的车！”爷爷嘴里嚷嚷道。离家越近，他似乎越抓狂，嗓门儿也越响。我觉得有一种可能，他的糖尿病今天又犯了。每每血糖水平异常时，他的脾气就会变得暴躁。或者，他是真的厌倦了提前来学校接我。又或者，他是压根儿就不想再来接我了。我不喜欢看到爷爷一脸疲惫的样子，但自从奶奶离开之后，他脸上一直都是这副表情。有一次我也跟他提过，跟他说没必要再来接我，我完全可以跟杰克搭伴，一起走路回家。但他回答说他保证过，我不确定他是跟谁保证过，是跟老妈还是奶奶。

车子不断往前开，路过一家家商店。一路上，我的脑袋没怎么闲着，一直在琢磨下午剩余的时间里能干点儿什么。我不喜欢被提前遣返回家，因为这会让老师嫌我烦，也会让老爸和老妈觉得难堪。但这确实也让我逃过了两节语文课，不用听什么罗密欧与朱丽叶！但功课落下了，我还是得找时间自己补上。而且我已经缺了不少课了，想追赶上去可没那么容易。上学期，我利用假期拼命补课，但这就像发令枪响了半天，我才开始赛跑。现在，我只想爬到树上去，待在那儿等着杰克放学回家。或者，能玩一会儿《愤怒的小鸟》也成。可昨天下午，我躲在数学书后面玩儿手机，给爷爷发现了，结果他随手就把我的手机给没收了。

车子开过快餐店，我瞄了爷爷一眼，他的坏脾气让我很不自在。而在等红绿灯时，他的脾气更是糟糕。真希望我没在学校惹过麻烦，没让他提前来接我回去。要是当时我老老实实坐着不动，没问什么假发的问题就好了。

“爷爷，”我小心翼翼地开口问道，“我耽误您看台球节目了吧？”

他的眼睛紧紧盯着红绿灯。

“爷爷，”为了引起他的注意，我身子朝前倾了倾，“对不起，我害得您没看成台球比赛。”

“什么？你说什么？”爷爷眨了眨眼，像是一下子被我从睡梦中叫醒。

“我说，如果我害您错过了台球比赛的话，我很抱歉。”

“哈哈！”他摇了摇头，“我才不在乎台球什么的！我只是关心你这里面到底发生了什么！”他一边说着话，一边把手从方向盘上拿开，用指关节敲了一下我脑袋。“好了，现在，让我们返回基地吧！”

话音未落，他就又在我的脑袋上敲了一下。以前，奶奶每次看到都会叫他别这么干，可他却总回答说他只是在逗我玩儿。他确实是在逗我玩儿，可他不知道挨一下有多疼。

我揉了揉脑袋，眼泪在眼睛里打转儿。

我爱我的爷爷，我觉得他也爱我。但有些时候啊，这爱真是让人无语。

3

德式下午茶

不仅车是粉色的，爷爷家里很多其他东西也是粉色的。所有的墙壁都是粉色的，浴室里的脚垫像火烈鸟一样明亮，烘焙搅拌器、卫生纸、床上的碎花被褥也都是淡粉色的。老妈说奶奶虽然走了，但好像到处都留着她的影子。衣帽架上，爷爷的帽子边上，还一直挂着奶奶那件粉色雨衣。唯一看不见粉色的地方只有客厅，因为那儿的窗帘从来都不打开，里面黑乎乎的，一走进去就像是进了电影院。老妈总是劝爷爷拉开窗帘——让阳光照射进来，他的心情不就能更愉快一些吗？但爷爷偏偏就是不肯，嚷嚷着说他就是喜欢拉上窗帘。客厅里黑咕隆咚的，但这就是每天下午我跟爷爷用下午茶的地儿。我忙我的，而爷爷则在电视上看他的德语新闻。

“你要不要再来点儿面包？”他问道。

“不了，谢谢。”我回答。

“但我觉得你还得再吃点儿什么。”

“我饱了，爷爷。”我回应道。

“那就再来一根香肠。”

爷爷说着又把一根香肠拨到了我的餐盘里。看着他的举动，我不由得叹了口气。以前，奶奶经常会做些水果蛋糕和肉馅薯饼，还会给我做最好吃的薯条。可是现在，爷爷好像只吃香肠、豆子和火腿面包，而且还都是从超市里买的现成的。

我不喜欢吃香肠，但幸运的是，爷爷的橘猫参孙喜欢。我嘴里轻轻啧了几声，把它唤了过来。厨房里传来清洗盘子的声响，趁着这个机会，我赶紧把那根香肠掰成了三段，喂给了参孙，它立刻就好一通狼吞虎咽。

"你有作业吗？"

爷爷不知什么时候走了过来，吓了我一大跳。

"有的，爷爷。"我答道，尽量掩饰脸上内疚的表情。

"那我觉得你接下来应该写作业了。"他朝我身边桌上的书包努了努嘴。

我叹了口气。要是我能控制住自己就好了，那样我就能留在学校，而所有的作业也早就被我搞定了。那样我就可以看电视或者跟老爸老妈聊天——如果他们在的话。自从去年老爸的管道生意黄了之后，他们就一直忙得不可开交。老妈说他们得挣钱，我明白他们需要赚钱养家，但我也想他们能多陪陪我。

我把书包拉到面前，从里面拿出书本。

"你想要再亮点儿吗？"爷爷问。

"不，够亮了。"我没说真话。

即使在房间里亮着足球场上那种聚光灯也没用，我还是不能长时间专注阅读书上的内容。老爸老妈说我裤子里面有蚂蚁，他们说得没错，我一直都这样。但从去年开始，我浑身上下就好像爬满了一整窝蚂蚁，弄得我坐立难安。

我必须集中注意力，但我越使劲儿，情况反而越糟。上小学的时候，我经常得到洛斯夫人的特别关照。但她对班上的每个人都非常照顾，所以也没谁真正注意到我的问题。但上了初中就不同了，第一个学期根本没有任何人来帮助我。圣诞节过后，教学助理哈德森夫人发现了我的状况。她觉得需要坐在我边上，陪着我一起学习数学和语文。但她的举动让我感觉所有人都在盯着我看，这让我更加难以专心学习。于是，我就跟她说我不需要她的帮助。我不想她坐在我边上，因为这比跟老妈一起逛街更让人尴尬。所以，现在我就自己给自己补课。

我翻开数学书，而爷爷就坐在他的椅子上，调着他的电视频道——德国电视一台、德国电视二台、巴伐利亚电视台、德国公共电视台。电视画面不停闪动，画面上不来梅发了洪水，慕尼黑街头人们在游行，还有闪电划过天空，击中了汉堡电视塔……然后，画面切换到了柏林议会大厦外面，有个记者正站在那儿说着什么。每天我都能看到这些德语电视节目，因为爷爷有一个卫星天线，能将所有德国电视频道的信号传送到他的客厅里。

爷爷的电视也可以收看到英国的电视频道，但他大部分时间只看德语新闻。他说这是他跟德国保持联系的两种方式之一，另一种是他每周二都会去旅英德国人联谊会，去见他的朋友们。我小的时候他带我去过一次，但当时我很害怕，因为那儿全是些陌生人，而且他们在说什么我又完全听不懂。奶奶说我是哭着回家的，但哭鼻子的事儿我一点儿印象也没了。

就在这时，电视画面又回到了不来梅的洪水。消防员们驾驶着黄色救生艇，陆续把被困的人们从家中转移出来。

然后，画面转到了一个大厅。大厅里的人们聚在一起，肩膀上都裹着毯子。这情形看上去……看上去像是人们正挤在挪亚方舟上避难……

“方舟有多大，爷爷？”

“你说什么？”爷爷转过身来。

“爷爷，我说挪亚方舟有多大呀？”我继续问道，“您说挪亚方舟有远洋客轮那么大吗？还是说比那更大……像航空母舰那么大？”

“菲利克斯，”爷爷摇了摇头，说道，“有时候你说话真是让我摸不着头脑。”

“我知道，爷爷，您就直接说吧，您觉得挪亚方舟能有多大吧。要想每种动物都带上两只的话，那方舟肯定大得要命。”

“菲利克斯，我现在看的可是新闻啊。水灾很严重——那儿的人们遇上大麻烦了。”

“我知道，我就是随便问问。”

本来我还想开口再问，可这会儿他已经转过头，自顾自地继续看他的电视去了。而且看那脸上的神情，对于德国现在面对的各种麻烦，他似乎非常担心。我很想跟他聊聊，可他几乎从来不跟我聊他在德国的经历。说起来还真是有点儿奇怪，我不知道他以前住哪儿，在哪儿工作，甚至连他在哪儿出生我都不清楚。他只有一次跟我提起过自己年轻时的事儿，说柏林有家知名的布勒斯舞厅，说他怎么在那儿的舞会上认识了奶奶。当时说这事儿的时候，他的眼睛里闪烁着异样的光彩，就像迪斯科舞厅里的灯球在不停旋转发光。他还说，他注意到奶奶是因为当时她穿着一身粉色的碎花长裙。但让他印象最深的是，在舞厅的角落里，她独自坐在那儿看《小王子》。除此之外，以前的事儿他从来都只字不提。而在老爸看来，爷爷就是爷爷，谁也别想改变他。但我总觉得这事儿有点儿古怪，爷爷之前的经历一片空白，好像生下来就已经十八岁了。

我双手撑着脑袋，环顾客厅。这儿黑乎乎的，静悄悄的，我能清晰地听到自己的呼吸声和时钟的嘀嗒声。屋子里到处摆着些时钟——壁炉上摆着个大木钟，餐边柜上放着一个，门边的架子上放着一个，还有一个带钟摆的大型古董钟。嘀嗒，嘀嗒……大大的钟摆在钟上晃来晃去。

还有一个小时杰克才放学，也许我可以先回家看一会儿《超凡蜘蛛侠》，或者在游戏机上玩玩《堡垒之夜》。呃……还是算了，我得好好学一会儿习。要不然等老爸老妈回来爷爷肯定会告我的状，而且他们听了肯定会不开心。再有就是，一旦他们发现我又被学校赶回家，他们就会更抓狂了。老妈说再也不能容忍我犯同样的错误，而两周之前她就这么说过了。

爷爷关掉电视，拿起了他的棋书。这是我见过的最厚的一本书，比《圣经》还要厚，每天他好像都会翻上几页。

透过窗帘的缝隙，一小缕阳光勉强地照射进来。我撑着脑袋，扭着身子，慢慢挪到了那缕阳光下面。数学本子上爬满了我潦草的蓝色笔迹，而数学老师安德鲁斯先生的红笔批语更是触目惊心。而且和蓝色字迹比起来，红色批语似乎要多得多。我鼓了鼓腮帮子，拿眼角的余光扫了扫，发现此刻爷爷虽然正捧着他的棋书，但眼神却越过书本上方，朝我看了过来。

“你没事儿吧？”爷爷的语气像是在告诉我应该这样，而不是真正想听到我的答案。

“没事儿，爷爷。”我摇了摇头。

问完之后，爷爷又继续埋头去看他的书。跟其他人一样，他并不能理解我的感受。

我把练习册打开，翻到了第 63 页。

联立方程组。

烧脑方程组！

对我来说，解这种方程，实在是太难了！

去看《超凡蜘蛛侠》？

去玩《堡垒之夜》？

去玩我手机上的《愤怒的小鸟》？

我摇了摇脑袋，赶走了脑海里的那些想法。我必须全神贯注，所有的老师都跟我这么说。我必须集中注意力，我必须坐着不动……可我做不到。上周在烹饪课上，列侬夫人说我太容易走神了，说哪怕是一只蜜蜂都能把我的心思带出教室。

我把数学练习册扒拉到一边，转头看向历史作业。

【题目一】假设你是妇女争取选举权团体中的一员，根据如下要求写一篇文章。在文章中请探讨下列问题：如果人们没有投票权会怎样？如果你不能发声，或者你的观点不被认可会怎样？你会采取什么行动让人们注意到你的观点？

下午茶有什么好吃的?

呃……我刚才好像已经吃过了。

假设你是妇女争取选举权团体中的一员……

爷爷把电视的音量调大了些。

德国还在下雨，洪水愈发严重。

假设你是妇女争取选举权团体中的一员……

就在这时，一阵微弱的铃声传入了我的耳中。我抬起头，看见参孙正轻巧地穿过客厅。

“爷爷，您想让我喂喂参孙吗？”我的语气里满是兴奋，听上去好像喂猫这事儿我最爱干了。

“不需要，”爷爷摇了摇头说道，“我觉得现在你应该学习。”

我叹了口气。奶奶还在的时候，我可从来没这么无聊过。我看了一眼壁炉上她那一脸微笑的照片，眼前不禁浮现出了以前的那些美好时光。早上，她一边在厨房里忙活，一边随着收音机里的音乐哼唱……每当我进出那扇大门，她都会给我一个拥抱，就算我只是出门去商店买面包也不例外。等我买好面包回来要把零钱交给奶奶，她总会把那些硬币按回我的掌心。她让我留着它们攒起来，以后好拿去买糖，买电脑游戏软件，买我想买的任何一样东西。

自从奶奶离开以后，就好像一直在下雨。现在，窗帘紧闭，除了她的那辆粉色汽车、德国电视节目和那些嘀嗒作响的时钟，屋里所有色彩和她的欢笑声都被遮住了。生病的时候，即使她穿着那身粉色睡袍，她的样子也不大像我以前熟悉的奶奶，但她身上仍然好闻，闻着像是有种玫瑰的香味。她和我聊天，聊我出生时的模样，聊我慢慢长大过程中的各种趣事。她说她跟外婆过去常给我穿上一件毛茸茸的连体衣，而穿上之后我看起来活像一头小海豹，然后她就会带着“小海豹”去公园散步。

诸如此类的事儿爷爷可不会跟我聊，他只会跟我聊什么新闻或者天气。有时间的话，他更喜欢去修剪花园篱笆或者修理门上的铰链。

假设你是妇女争取选举权团体中的一员……

假设……

假设……

假设……你深爱的人再也不会出现在你身边。

4

笨鸟

“菲利克斯，”一脸关切的哈德森夫人开口问道，“你的彩色助读卡呢？”

“我忘带了。”

“你怎么这么健忘呢？”

“是的，我有时候午饭都忘了吃。”我说。

“那你有没有按照我说的去做呢？在卧室门上和冰箱上贴些字条来提醒自己。”哈德森夫人摇了摇头。

“贴了，但我忘了看了。”

“唉，那你先用我这个吧。”哈德森夫人叹了口气，把桌子上一个黄色的透明助读卡推到了我面前。

“这东西没什么用。”我把助读卡推回给了她。

“可能会有帮助的。”哈德森夫人说。

“没用的，”我说，“我又没有阅读障碍症。”

“没有最好，”哈德森夫人一边说着话，一边又把助读卡推给了我，“但你的语文课可是落下不少了啊。”

她说得没错。在爷爷那儿我什么作业也没写，回家后也是如此。因为老妈一直在我耳边唠叨，不停地数落我。“你就不能安安静静地上课吗？老老实实坐着就那么难吗？……成天被罚盯着墙看，你能学到什么？……是不是杰克又招惹你了？……他是不是老在影响你啊？要真是因为他的话，我就去学校跟老师——”我打断她说，这事儿跟杰克无关，完全是我自己的问题。听了我的回答，老妈无奈地摇了摇头，下了楼。她说等老爸回来后，她得跟他谈谈这事儿。幸运的是，老爸回来的时候，我已经睡着了。或者至少当我听到他的面包车停在家门口时，我假装睡着了。

哈德森夫人叫我们打开书本。我一边翻开书，一边瞄了一眼助读小组里的其他人——迈克尔、罗斯和劳拉都在拿着透明的黄色助读卡看书。他们总是带着助读卡，但我总是“忘了带”。其实，我是故意不带的，因为我跟他们不一样。看书对我来说不难，我只是无法集中注意力。我知道老师想帮我，我也知道老爸和老妈很关心我。他们带我去做过很多检查——阅读检测、推理检测、听力检测……有一次，老妈甚至还带我去眼镜店查过视力。我不得不把下巴搁在验光仪的塑料垫圈上，盯着个双筒望远镜一样的玩意儿朝里边看。在我说出镜头里的一些字母之后，给我验光的人说我的视力堪称完美。而一个月之后，他们又抓我去做了次听力检查。可我的耳朵跟我的眼睛一样，没有任何毛病。透过卧室的窗户，我能听到外面老远处公园里的狗叫……而此刻，虽然离得很远，我还是可以看见有只苍蝇飞了过去，落在了哈德森夫人的书上。

“好了，”她一边开口说话，一边挥手把苍蝇赶走，“劳拉，你来读第一页。你读完之后，罗斯接着读。”

我低头看着我的书，随着劳拉的朗读声慢慢往下看。我们几个的功课都落下了不少，但原因不同。迈克尔总会被一些不发音的字母给卡住，比如 muscle（肌肉）和 scent（气味）这两个单词里的字母 c；罗斯在心里默读没问题，但一朗读出来就会结巴；劳拉则总会被有三个或更多音节的单词给难住，这让她读起书来活像一个出了故障的机器人。而现在，在读 transition（变形）这个单词时，她又出了“故障”。

“tran……tran……tran……”劳拉一边念叨着，一边抬起头来。

“把这个词拆开来读，”哈德森夫人俯下身来，用手指指着劳拉的书说道，“tran……”

“tran……tran……tran-sit-on。”劳拉读完自己都笑了。

劳拉笑的时候，我瞥了一眼罗斯和迈克尔，但他们都在低头看书。搁在以前，他们可是会因此笑话对方的。因为有时候大伙儿出的错确实很搞笑，比如罗斯会把“淋巴结”读成“淋结巴”。但现在，他们只是继续各看各的，一脸严肃。好像为了提高阅读水平，他们开始动真格的了。其实，我何尝不想跟他俩一样呢？可我就是坐不住。

“transition。”劳拉终于做到了。

“你们看过《变形金刚》[①]没？”

“你说什么？”哈德森夫人吃惊地看着我，“菲利克斯，书

---

① 英文为 Transformers。菲利克斯就是通过两个单词前面相同的发音联想到的。——译者注

上哪儿提到变形金刚了？”

“我也不知道。”我耸了耸肩，“你们看过《变形金刚》没？就是那些可以变形成汽车和各种交通工具的机器人。”

“我们知道什么是变形金刚！”哈德森夫人环视了一下大家，“但是，菲利克斯，我们阅读的时候不能开小差。”

“《变形金刚》很好看的。”我举起了自己的两个拳头，让它俩慢慢向彼此靠拢，“嘭！他们就像这样彼此冲撞，战斗在一起——”

“菲利克斯！”哈德森夫人大着嗓门儿叫道，“大家需要集中注意力！”

“对不起，”我在自己的座位上坐好，“我也就是随便说说。”

哈德森夫人深深吸了一口气，接着说道：“劳拉，你读得很好。现在，迈克尔，你来接着读。”

于是，迈克尔开始接着朗读。但很快，他就卡住了。“invis……invis……”

“加油。”哈德森夫人说。

“invisible。”迈克尔终于说出来，然后继续读下去。

我努力去听他的朗读，可此时擎天柱、大黄蜂和威震天开始在我的脑袋里互相冲撞，彼此对轰。在我的眼前，一幅幅画面不断闪现：金属撞击、拳脚刮擦、火花四溅。擎天柱变形成了一辆酷炫跑车，威震天反而变形成了一辆巨型卡车，而大黄蜂则变形成了一架直升机。城市里高楼林立，吊机高耸，变形金刚们穿城越巷，疾速追逐。嘭！咣！噘里咔嚓！玻璃纷纷被震得粉碎，在空中爆裂开来。直升机旋翼叶片轰轰作响，玻璃碎片在旋翼叶片之间四下乱飞。而就在这时，擎天柱猛地变形成了一辆——

“菲利克斯？”

“坦克！”我脱口而出。

“什么？”哈德森夫人皱起了眉头。迈克尔、罗斯和劳拉也都诧异地看向我，好像我刚从外星飞船上走下来一样。

“哦！没什么，没什么。”

哈德森夫人摇了摇头。“菲利克斯，很遗憾，你要是能把想象力用在你的写作里就好了。”她深深地看了我一眼，仿佛觉得看我久一些，她的话就越有可能被我记在脑袋里一样。我耸了耸肩，眼睛死死地盯着地面。把我的胡思乱想写进我的作文里？为这种根本不可能发生的事儿操心……毫无意义。

“好吧，”哈德森夫人最后开口说道，“现在，你们都可以走了。这周我们就练到这儿了。”

大伙都把书装进了书包，然后起身离开。我正要跟着劳拉朝门口走去，忽然被哈德森夫人给叫住了。“菲利克斯，你先别急着走，我还有几句话要跟你说。”

“我还得去上烹饪课。”我回应道。

“我知道，我想跟你简单聊几句。听说你昨天在菲尔兹先生的地理课上出了点儿状况。”

听到“菲尔兹先生”这几个字，我忍不住笑了。

“这事儿可并不好笑，”哈德森夫人朝我走了过来，“你不能总在课堂上跳出来胡说一通。可能你自己觉得那么干很幽默，但你影响到班上其他人了。”

“我没有想要嘲笑菲尔兹先生的意思，我也不想惹麻烦。只是一想到他的假发，我刚才一下子没忍住。”

“你这是在回避问题。”

“其实也不是。”我微笑着回应，试图缓和一下气氛，“抱歉，我保证绝不会再出现那种情况了。”

“但你上周和上上周也是这么说的。”

“我知道，但这一次，我真向您保证不会再犯了。”

“是吗？”

“是的！”我一脸严肃地说道。大家以为我不是认真的，但其实我是认真的。我只是控制不住我的嘴巴，还有我的表情，大伙儿总觉得那表情很滑稽。

哈德森夫人深深地看了我一眼，好像在想我到底是不是在说真话。过了半晌，她语气缓和地问道：“菲利克斯，你最近有什么特别烦心的事儿吗？我知道你很难集中注意力，但不少老师跟我反映，说你最近的表现越来越不对劲。就像刚才，你在这儿的表现也不大对劲。”

我耸了耸肩。

“是不是有什么烦心事儿呢？”

“没有。”

“你确定？要不我们找个时间，跟你的父母一起坐下来聊一聊，看看能不能帮到你。你觉得怎么样？”

我觉得我老爸老妈的压力已经够大了，我觉得他们根本抽不出时间来。

“不需要，我没事儿。”我说，“我会努力变得更好的。”

“你保证？”

“是的，我保证。现在……我可以走了吗？”

“好吧，你可以走了。”哈德森夫人的手从门框上收了回去，一脸疲态地笑了笑。

出了门，我走到了走廊里。大家似乎都认为我出了什么状况，我不知道他们想得对不对，但就像老妈昨晚说的那样，我最近确实闯了不少祸。当时为了摆脱她的唠叨，我起身上楼回了自己的房间。但她还在那儿唠叨个不停，说如果我不好好学习，将来就会跟她一样在工厂里干活儿，整天重复着打包的工作。还说要是我考试过不了的话，就会留级。说着说着，她就又开始说一些关于老爸的事儿。但我没听，因为我把门给关了。

当我赶到烹饪课教室时，大伙儿都埋头在工作台上揉着面团。我四下里瞄了瞄，想跟杰克一起组队，可这会儿他竟然已经和丽贝卡搭档上了。说来也怪，他俩其实并不怎么合得来。

“呀，菲利克斯！”站在烤箱边上的列侬夫人转过身来说道，“你来太晚了，来不及从头开始了，你自己找一组加入吧。”

“菲利克斯，我在这儿！”杰克像小丑一样朝我挥舞着双手，手上沾满了面粉。

丽贝卡摇了摇头，好像觉得杰克的样子活像个傻瓜。

我把书包放在门边上，走到了他俩面前。

“你跑哪儿去了？”杰克问道。

“没去哪儿。”我耸了耸肩。

“又去笨鸟阅读特训了？”

“闭嘴。”我说。

“要不就是笨鸟写作特训？”杰克咧嘴一笑。他是我的死党，但死党往往最知道怎么让你不爽。

“别听他瞎说，菲利克斯。”丽贝卡开口打断了杰克，“你看一下说明，然后去把燃气烤箱打开吧。”

丽贝卡总是站在我这边，总会想办法让我保持冷静。她是班上最聪明的人，也是我小学时最好的朋友。她过去经常去我家玩儿，但自从她老妈和我老妈闹了别扭之后，她就不去了。现在，她和我的关系虽然还是非常好，但不如杰克跟我那么铁。

我看了一眼烹饪指南，上面给出了燃气烤箱操作说明：温度 210 摄氏度，烤约 35 分钟。看完之后，我走向了烤箱。

杰克忙着双手和面，似乎很快就把他刚才说的话抛在脑后了。笨鸟写作特训？笨鸟阅读特训？这两样我刚才确实都干了，但没必要闹得尽人皆知。我又不是不会阅读，哪儿有什么问题？

弯下腰，我转动烤箱旋钮。顿时，一股子刺鼻的煤气味儿扑面而来。恍惚间，和奶奶一起做面包的情景浮现在了眼前。那时，我喜欢坐在厨房的地板上，隔着烤箱玻璃，看里面的面包慢慢胀大。一边看着，我还会一边幻想自己正要去乘火车或者赶飞机。奶奶也常常会加入我的白日梦，而且不知道为什么，我俩总是去新斯科舍“旅行”，因为奶奶喜欢那个地名。虽然那地方我俩都没去过，但却一直都是我们的目的地，因为那儿有不少彩色的木屋——大多数是蓝色或红色的，但奶奶说她在杂志上看到过一幢粉色的……

是 210 度还是 250 度？烤 35 分钟还是 45 分钟？

250 度？

好像是的，250 度。

我调好了旋钮。

在我的身后，杰克和丽贝卡正讨论着什么，好像在说些面团太干了之类的话。但我满脑子都在想些别的，希望自己能再跟奶奶一起去一趟新斯科舍。

“没事的，菲利克斯，”杰克说，“也许咱们可以拿这些面包去喂鸟。”

“不要，我看还是免了吧。”丽贝卡说。

“也对，还是别吃死它们了。”杰克哈哈大笑。

丽贝卡捂住嘴，竭力忍住不让自己笑出声。但我可以看到她表情怪异，眼眶含泪。“不好意思，”她说，“但这些面包烤得比石头还硬。”

“没事儿，”我说，“我是故意烤砸的，要不然咱们可没办法早下课。”

“确实，”杰克说，“但也没叫你把烟雾报警器给弄响啊！”

虽然我知道不该为这事儿发笑，但我还是没忍住。就这样，我们仨一边笑着，一边结伴走出了校门。

“也许，我可以把烤焦的两头给切掉，剩下的留着。”看着盒子里烧焦的面包卷，丽贝卡低头说道。

“别逗了，”杰克说，“这玩意儿鲨鱼来了也咬不动。”

顿时，我们又笑成一团。我很想让丽贝卡赶紧把烤焦的面包卷扔进垃圾桶，可她却不同意。因为她老妈跟她说过浪费食物可不是什么好事，但我真希望她能浪费一次。虽然我声称自己是故意捣乱，但我只是嘴硬开玩笑。其实，这些烤焦了的面包卷全是铁证，证明我又走了神。当时我本该看着烤箱，可我却又做起了白日梦，梦见和奶奶一起做面包。

我们走到了斑马线前面，丽贝卡又低头看了看手里的盒子。

“替我跟你老妈说声抱歉，”我说，“买原材料的钱我来出。”

“没关系，我会跟她说这事儿是我干的。”

“别，就实话实说好了。”我说。

“没事儿，菲利克斯，你就别管了。”丽贝卡笑着看了看我，好像知道我为什么会把面包给烤焦了。而作为回应，我也朝她挤出了一个微笑。

“两位，明天见。”说完，丽贝卡笑着转身离开了。自从不再去我家玩之后，她在学校也不怎么和我待在一起了，我想也许是因为自己最近的状态惹她烦了。然而杰克对此却很开心，因为他总说丽贝卡很聪明，还嫉妒我上学期跟她一起做了个关于罗马人的小课题。老妈说我应该试着和她一起多做些课题，因为有丽贝卡在的话，我的注意力会更集中，成绩也更好。但现在我觉得自己做什么都会搞砸，跟她合作只会连累她。

跟杰克一起转过街角时，我忽然意识到爷爷今天没来。说实话，我希望他不要来，但这么想还是让我感到有点儿内疚。我正要和杰克聊聊今天我们在学校里的所作所为，然后再说说接下来该用什么战术来对付敌人，可还没等我开口，眼前的一辆白色面包车开走了，露出了紧靠在路边停着的一辆粉色汽车。

“回头见。”杰克留下了一句话，然后就走了。

我冲他点了点头。以前我也问过他要不要搭便车，可他却总说他才不想被人看见自己出现在这辆粉车附近，更不想坐上去。但我别无选择，开这车的是我爷爷。看见我走近，他微笑着朝我挥手。上车之前，我忍不住四下里瞄了瞄。爷爷曾经向奶奶承诺过，说要继续接我放学，这我知道。但要坐上全布里斯托唯一一辆粉色汽车，还是让人尴尬无比。

5

我遇到了问题

电视里，一个天气预报员正指着地图解说：明天，汉堡有雨，法兰克福和斯图加特晴，德累斯顿和柏林有雨。

又得和爷爷一起了。我本来还以为只是偶尔才这样，可老妈又加班了，而且她似乎每天晚上都在加班，老爸也是忙得不可开交。对此，我已经习惯了。

坐在椅子上的爷爷叹了口气，好像那些德国的雨都下在了他头上似的。真搞不懂他为什么要看国外的天气预报。自从奶奶离开以后，他压根儿就没出过国，更别说去德国了。

我慢慢翻开课本，昨天没写的作业又跳了出来，直愣愣地盯着我：

> 假设你是妇女争取选举权团体中的一员，根据如下要求写一篇文章。在文章中请探讨下列问题：如果人们没有投票权会怎样？如果你不能发声，或者你的观点不被认可会怎样？你会采取什么行动让人们注意到你的观点？

题目下面有张插图，图上画着三位女士。一位在一匹马前面奔跑；另一位被锁链拴在议会大厦外面的栏杆上；还有一位则在被关在牢房里。我转头看了看客厅，这儿就跟牢房一样黑暗。我的肚子饿得咕咕叫，可爷爷却没听见。这会儿他正忙着把一些账单细细地撕成碎片。从邮箱里取出任何东西，只要看过之后，他都会这样处理。老爸跟我说过，爷爷老是这么干。因为他担心银行存款余额会被人看到，担心用了多少煤气会被人知道，甚至担心像网上说的那样，身份信息可能会被人盗用。但盗用一个 72 岁老人家的身份信息？谁会那么干啊？

透过窗帘的缝隙，我朝外面偷偷看了一眼。阳光洒在草地上，洒在我们那棵大树的枝叶之间，洒在屋顶上。这会儿要是能在外面该多好啊，但如果我就这么站起来跑出去野着玩儿，爷爷肯定会抓狂。我可以假装去上厕所，但说去小便可不行，时间不够长。我得说要去上个大号，那样的话能给我争取到十分钟的时间。但如果我能假装像索菲姑妈那样便秘，就能拖到一刻钟。我可以跑过草地，溜到树后面，然后以最快的速度冲向我家的房子。我太饿了，所以我要从橱柜里随便弄些东西吃。薯片、巧克力、酸奶，甚至是杂粮薄饼，只要不是听装的香肠，什么都行。我会把那些吃的一股脑儿全塞进书包里，然后抓起老妈的平板电脑，赶在爷爷注意到我走之前再溜回来。然后，我会把平板电脑夹在书里。他以为我在看书，但其实我是在欣赏视频网站上的警匪追逐。

我能做到，只要我悄悄地把椅子往后推，我就可以——

“怎么样了？”

“啊？！您说什么？”我吓了一跳。

“我说，怎么样了？”

不知何时，爷爷站在了我的身后。

“嗯……呃……还好，爷爷。”我继续说道。

“但你这本子上怎么还是空白的？’

“嗯……呃……那个……是因为这屋里太黑了，爷爷，”我说，“题目我看不大清楚。”

“这个问题我们可以解决。”爷爷说着话，弯下腰，轻轻拨动墙上的开关。一盏台灯顿时亮了起来，灯光直射我的眼睛。

我连忙捂住脸。

“抱歉。”爷爷调整了一下台灯，把灯光照向了我的课本。“你看，”他说道，“我觉得这下问题应该解决了。”他的手伸过桌子，拿起了《人鼠之间》。

“呃，”他嘴里喃喃道，“这本书我还没看过，读着还行吗？”

“还行，”我说，“但有人读给我听就更好了。”

爷爷笑了。“你还真是狡猾啊。”他说着又在我的脑袋上敲了一下，害得我一阵龇牙咧嘴。“行吧，”他说，“让我试试看，帮你读一读……就从这儿开始吧。”

“没事儿，爷爷，”我说，“我自己能读。”

“但我知道你遇到了问题。”

“问题？”

“这可是昨晚你老妈过来时说的。她说她告诉你在学校要规矩，但你就是听不进去，而且你还把自己锁屋里了。”

“我没锁！我只是把门关上了而已。”爷爷点了点头，但我不确定他是不是真信了。“我说的都是真的，爷爷，我卧室的门上连个锁都没有……她还说了什么？”

“呃，别的也没说什么，”爷爷回答道，“就是些像这样的事儿，说你做什么都坐不住，当然，还说学校给你弄了些额外的补习课。”

“那些课，其实我根本不需要。”我继续说道，“还有就是老妈她知道什么？她就知道天天在厂子里忙，老爸也是一样，生意亏了但还是那么忙，大家个个都忙，而奶奶——”

我忽然顿住了。

爷爷抬起头，看向了我。我俩都清楚刚才我想说什么，但自从奶奶离开以后，有个字大家都绝口不提。我们只是说奶奶“走了”，就像她刚去商店买报纸了，或是去隔壁丹妮斯夫人家串门了。那个意味着她再也回不来的字眼，我们都不说。

爷爷又看了一眼手里的书。

“也许咱们应该试试。”爷爷轻声说道。

我深吸了一口气。也许，我至少应该试一试。因为我看得出来，爷爷确实是在努力帮我。

爷爷伸出手指，轻轻点了点第一个单词，读了起来。

“这幢工房长长的，整体呈长方形。房子里面，墙壁刷了白，地板没有上漆。”爷爷念得很慢，声音响亮，但我根本听不进去。说我遇到了问题？爷爷真的只是在说我学习上遇到了问题吗？他们都在议论我吗？老妈、老爸、老师，还有邻居们！难怪我经过弗劳尔夫人家门口时，她会用那种奇怪的眼神盯着我看；难怪卖薯片的女售货员数零钱给我的时候速度极慢；难怪当我走过老师办公室时，老师们都在窃窃私语。他们都是在背后这么议论我的吗？菲利克斯“有问题”？在他们眼里，原来我竟然是这样吗？一个问题少年？不！我唯一的问题只是我坐不住。只要是看文字书，不管是在图书馆、在卧室、在爷爷家，还是在这个世界上任何一个地方，我都会遇到同样的问题。

“三面墙上都开着方形小窗，”爷爷继续读道，“而在第四面墙上，是一扇带闩的结实木门。顶着墙摆放着八架双层床。”爷爷忽然停下，对我说道，“好，现在，到你读了。”这感觉，好像他正在跟一个五岁大的小孩说话（至少他让我觉得自己就那么大）——一个五岁大的问题小孩！

我看了眼下面一句。

墙上钉着些钉子，钉子上挂着些破烂的背带。

我在心里默读了一遍，然后开口大声念了起来：

“墙上……墙上…”

我有问题吗？我是个问题小孩吗？

“我读不出。”我说。

“你可以的，”爷爷说，“你只需要——”

“我说了我做不到！”我一把推开书，猛地站起身说道，“我的脑子坏掉了！”

“你说什么？”爷爷一愣，紧跟着咯咯笑起来。

“一点儿也不好笑！”我扯着嗓子喊道。紧跟着，我转身跑出了客厅。

在我身后，爷爷大声喊着：“菲利克斯，你回来！”然后，他又大声说了些别的。但这个时候，我已经沿着花园里的小路跑出了老远，听不见他了。

6

在我们的大树上

阳光明媚，士兵们匍匐前进，山顶浓烟滚滚。

一个小时之前，我怒气冲冲地从爷爷那儿跑出来。而现在，我已经坐在了我们的大树上。他刚才说过，我遇到了“问题”。他说得没错，现在我又遇到了另一个问题——尽管我一直在奋力作战，但敌人还是包围了我。在新办公大楼和体育中心之间，地平线上方盘旋着一架敌军侦察机。为了准备好大炮，我得往炮膛里填装火药，放置铁球，但我一个人没法做到。

我望了望广场对面杰克的家，我需要他的帮助，我需要一整排人手，但我目所能及的只有弗劳尔夫人。这会儿，她正在遛她那只老狗。难道她看不到我眼下的处境吗？敌人已经兵临城下，而我是这里唯一的炮手。

我把火药倒进了炮膛，然后又塞进去一些干稻草。我站起身，扛起一枚炮弹，把它也装进炮膛。我转动炮身摇架上的转轮，把炮口抬升到了 45 度。

准备好了吗？

一切就绪。

我点燃了引线，然后双手捂住耳朵，赶紧蹲下。

嘭！

轰！

啪——

“菲利克斯！菲利克斯！”

“怎么回事？这是在哪儿？”我费力地把自己拉回现实，“老妈！你怎么来啦？”

“我怎么就不能来呢？你又在想什么？”老妈站在树下，手里拿着一盒比萨。

“没想什么。”我连忙摇头回答，努力把所有的那些问题、大炮和士兵从我的脑袋里面赶出去。

“赶紧下来，回家吃饭。”

“我就不能在树上吃吗？”

“不行，我跟你老爸有事儿要和你说。”

“说什么？我今天可没被学校赶回家。”

“不是说这个。”

“那是爷爷跟你说了？我不是故意想——”

“菲利克斯！”老妈的脸色一变，“你躲在树上不下来，我什么也没法儿跟你谈。先把比萨吃了。”

“这么说我可以在上面吃了？”

“随便你！我累得要命，没力气跟你较劲。”她叹了口气说，“吃完了直接回家。”说完，她把比萨盒斜靠在树上，然后离开了。

我看了看远处爷爷的房子，怀疑是不是爷爷告了我的状，把我发脾气的事儿告诉了老妈。但我不知道他是怎么做到的，因为他没去我家，而且他讨厌打电话，因为他总觉得有人会窃听。

就在这时，杰克出现在了我眼角的余光里。他像一头猎犬，穿过草坪朝我这边奔了过来。他脚步飞快，头发上下颤动，好像在几公里之外就闻到了比萨的气味儿。

“太好啦！”杰克朝我坏笑着说道，“你怎么知道我快饿死了？”在我把树屋边上的攀爬绳抛下去的时候，他拿起比萨盒，一把塞进了他的卫衣里。

“敌军有没有来袭？”他一边攀爬一边发问，“哎哟！好烫！这比萨快把我的肚皮给烫熟啦！”他嘴里嚷嚷着，飞快地把比萨盒丢给我，紧跟着爬上了树屋平台。

“在你爷爷那儿待得还好吗？”

他说我有问题，我心里说。

“还不是老样子？”我说，“做了点儿作业，再有就是跟着他看那些德国节目。”

“天哪，这也太无聊了！”

“后来，他想让我跟他一起朗读，我不乐意，气鼓鼓地逃跑了。”

“这事儿也不能全怪你，你爷爷那儿古怪得很，反正我每次去都觉得毛骨悚然！”他说着，望了望我爷爷的房子，“你觉得他为什么非得那么干？”

“干什么？”

杰克咬了一口比萨，说道：“你爷爷，你说他为什么总要拉上窗帘呢？”

我耸了耸肩，也扯下一块比萨。

“我老妈说，这是因为你奶奶走了之后他压抑得慌。”杰克说。

“我可不这么想，奶奶还在的时候他就总这样。奶奶过去还经常抱怨，说他把客厅搞得像个停尸房。你说吓人不？”

“也许……是因为他怕光！”杰克伸出舌头，把嘴唇上沾的番茄酱卷进了嘴里，“也许他其实是个狼人，只在夜里出没！”

“他不是狼人，”我反驳说，“白天他也出门的，去店里买东西，去医院看医生。”

“那只是他的伪装，”杰克说，“他就是一个开粉车的狼人！”说完，杰克哈哈大笑起来。我看了一眼不远处停着的粉色轿车，也忍不住嘴角微翘。这车让我又想奶奶了，很想她。如果奶奶在的话，也许这个周末她还会带我去看电影。

杰克把空比萨盒丢到一边，抬头望着远处起伏的小山。他嘴里说个不停，说有敌军正从山的两边包抄过来，而且现在已经进入了山谷，但我并没有认真听。因为这会儿我正盯着公园的另一边看，看爷爷的那辆粉色汽车，看他房子上的那扇绿色大门。

真希望我刚才没有气急败坏地跑掉，只留下了他独自一人。现在，在那黑咕隆咚的房间里，他一个人坐在扶手椅上看电视，肯定很孤单。真希望我刚才没有对他大喊大叫，要是我现在回去的话……

“你说怎么样？菲利克斯！”杰克一拳打在我的胳膊上。

“哎哟！”我叫了起来，“好疼啊！”

“不打你可不行，又在胡思乱想什么？我问你要不要来帮我装填大炮？”

“行吧。”我叹了口气。我爬过平台，拉出了几门“大炮”。杰克把“炮口”抬升到了45度，然后倒了些粉末进去。我拿起一个球，把它滚进了“炮膛”，再然后，我们瞄准了电线塔和水塔之间的一处地点，我俩昨晚看到那儿曾经有股子烟冒出来。

有时候，我也会觉得这种游戏对我来说太幼稚了。如果在学校玩给人发现了的话，肯定会引来嘲笑。杰克说过，别人的想法无关紧要。但为了保险起见，我俩还是拉钩发了誓，我们永远都不会出卖对方。我觉得他无论如何都不会违背誓言，因为从他脸上的笑容就看得出来，他跟我一样，也爱来这儿，也喜欢逃离现实。

“点燃引线！”杰克说。

“点燃引线！”我重复了一遍指令。

“退后！”

“退后！”

“开炮！”

“开炮！”

我和杰克一起捂住耳朵，回到了属于我俩的战场……

7

绝对不行

“呃，我觉得你也太不体谅我们了。菲利克斯，我跟你爸只是出去两天啊。”

“两天？两天太长啦！我不干！老妈，爷爷就知道看他的棋书，看他的德语电视节目！”

“唉，你这么说可真是过分了啊。”老妈把一些干净的衣服放在我的床上，继续说道，“你也知道，奶奶走了之后，爷爷他一直很孤单，需要陪伴。再说了，这么安排也是为你好。”

“为我好？哪儿为我好了？知道德国正在下雨，这对我能有什么好？”我从床上跳了下来，“而且还是跟他一起待两天！老妈——”我哀求道，“一定得这么安排吗？我就不能去杰克家过夜吗？”

“不行！你让爷爷怎么想？你只顾自己一个人跑到树上去开心，跑到杰克家去过夜，丢下他一个人孤孤单单的。”

“可是——”

“没有可是，菲利克斯！”老妈抬起手，做了打住的手势，“够了。你也得替别人想想。我跟你老爸忙太久了，我们需要休个假缓一缓。”

“那我呢？我也很久都没跟你们一起度过假了。”

“我知道，但下次再说。我跟你老爸也需要有些自己的时间。再说了，我们只是去康沃尔过个周末，又不是去环游世界。”说完，老妈直勾勾地盯着我看，好像我心里知道他们为什么要去散心。其实，我不是不知道，他俩一直因为我和我的所作所为而吵架。但很多时候他们也会因为钱而闹得不愉快。自从老爸的生意黄了之后，他俩的关系更是每况愈下。

“那你们什么时候走？”最后我问道。

“明天下午。你爸会提前下班，所以，你放学之前我们就走了。”

“所以，其实是三天！”我气鼓鼓地嚷嚷道，“他会一直敲我脑袋，会把我的脑袋给敲爆的！”

“那你就跟他说很疼，让他别敲不就行了？”老妈说，“不管怎么说，只有两天多一点儿……另外，爷爷明天不能去接你放学了，他只约到了那个点儿去看医生。”

老妈关上了我的房门。门背后贴着一张海报，一张老爸送我的黑白复古海报。海报上的铁臂阿童木凝视着我……真希望我就是铁臂阿童木，这样我就能打击犯罪，也能摆脱眼下的这场麻烦。当老妈说她跟老爸要离开几天的时候，我还以为我也会跟着一起去度假。有那么一瞬间，我甚至还幻想着我们要去中央公园度假村，甚至是去巴黎迪士尼乐园。这两个地方，我一个也没去过，但去年我班上的弗雷娅都去了。可是天哪，他们竟然是要自己去，把我留给爷爷！

我把脑袋深深地埋在双手之间。

这太可怕了，我没法儿一直跟他待在一起。整整一个周末啊！我只能傻傻地看着秒针在他的那些钟表上挪动，我会活活无聊死的！我必须得干点儿什么才能撑过去，或者想办法让自己好受点儿。我必须——

有了！有了！

“老妈！”我站起来大声叫道。

“怎么啦？”

“我可以拿上我的游戏机吗？”

“不行！”

8

我听到了一些话

“也许，没你想象的那么糟糕。”当我俩走进我们的小广场时，杰克对我说。

“肯定会很糟糕。”我说，“这会儿啊，他估计正在看 *Ein Platz in der Sonne* 呢。”

“*Ein Platz*……是什么玩意儿？”

“*Ein Platz in der Sonne*，我随口瞎编的电视节目，是德语，翻译过来就是‘阳光灿烂好地方’。”

杰克笑了。

“杰克，这一点儿也不好笑。他会冲我发脾气的，因为我昨天下午朝他大喊大叫了，而且，我还没跟他道歉。”

“哦，这还不简单？”杰克笑着说道，“学着点儿——你嘴上说声对不起，心里面别当真不就行了？”

我环顾小广场，只见阳光灿烂，洒在草地上，洒在我们的大树上，洒在路边停着的汽车车顶上。弗劳尔夫人站在她房子前面的花园里，这会儿正假装修剪她的玫瑰，但其实她在东张西望，想看看邻居们都在干什么。可她看不到爷爷的身影，因为跟往常一样，爷爷的窗帘拉得很严实。今天是星期五，我本来还盼着会在树上过周末，但我接下来必须去爷爷家待着。整整一天，我都在学校里绞尽脑汁，琢磨怎么才能不去。我问丽贝卡我能不能去她家，可她却说我的想法不现实，毕竟我俩的老妈闹了别扭，而且她还觉得我对爷爷的态度有点儿过了。杰克说我可以去他家，但他老爸不怎么搭理我。要是不考虑大人们的态度的话，包括我自己的老爸老妈在内，我觉得还好应付。可现在我真是彻底没辙了，我不得不跟爷爷待在一起。而且最麻烦的是，我还得先跟他道歉，说我不该冲他发脾气。

我轻轻地打开爷爷家的后门，看见烤箱上的数字显示屏亮着，上面闪烁着 00000 的红色代码。角落里，参孙正舔着它碗里的几小块肉冻。我弯下腰，轻轻揉了揉它的小脑袋。它发出几声轻轻的咕噜声，用头蹭了蹭我的裤管。我侧耳听了听，里面传来电视机或是收音机里播放的音乐声。我慢慢穿过厨房朝客厅走去，除了我自己的呼吸声之外，没什么其他动静，爷爷肯定是坐在电视机前睡着了。我真希望就是如此，这样的话我就可以偷偷爬上楼梯，溜进我的房间。下午茶的点心我也不打算吃了，只是盼望着明天一切都会好起来。

我蹑手蹑脚地走过一个座钟，然后是一排暖气片，然后在客厅门口，我停住了脚步，往屋里望去。

小小的台灯亮着，阴影里的爷爷身体前倾，双手抱着脑袋，像是在抽泣。之前我唯一一次看到他哭还是在奶奶的葬礼上，但当时所有人都掉眼泪了，包括我在内。我不想看到爷爷掉眼泪，而且我觉得，他也不想让我看到他哭。

我正准备抬起左脚，溜过过道，爷爷忽然抬起头，我赶紧收回脚步。

“呃……”他低声喃喃道，“我今天去了趟特易购，隔着篱笆跟丹妮斯夫人聊了会儿天，就是做了这些。哦，对了，我还去看了医生。”

我偷偷朝客厅里瞄去。他在跟谁说话？旅英德国人联谊会的朋友？如果是的话，那他应该用德语说话啊？而且我也从来没见过有陌生人来过啊。再说他也不可能是在打电话，因为他讨厌用电话。也许，他只是在跟参孙说话？可问题是，参孙这会儿还在厨房吃东西呢。

“菲利克斯很好，但我觉得他跟我一样，都很想你。”

爷爷转头看向壁炉台，原来他是在对着奶奶的照片说话，就是她坐在海边防波堤上吃冰激凌的那张。他一定跟我一样想奶奶了，甚至可能比我更想。我经常来看奶奶，但他毕竟和奶奶共同生活了五十多年啊，每天都和她在一起。

我的身体往后仰了仰，可没想到我的肩膀撞到了座钟，而钟又撞到了墙上。

“菲利克斯！是你吗？菲利克斯！”

“呃……是我，爷爷。”我手忙脚乱地应声。

“很好，”爷爷开口说道，“我正在想你跑哪儿去了呢。”他朝门口看了过来，脸上带着微笑，似乎并不在乎我可能听到了刚才他和奶奶的对话。“进来吧，”他说，“我正在想一些事儿。”

“我也是。”我结结巴巴地说道，“爷爷，昨天的事儿，我很抱歉。”

“那个呀！”爷爷挥了挥手，就像赶走热茶上的一只小飞虫一样，“没关系，我自己最近也感觉有点儿不在状态。”

“我不该大喊大叫，”我说，“而且其实我不是对您发火，我是……对自己很生气。”

椅子上的爷爷挪了挪身子，朝我点了点头。“我知道，”他说，“但逼你读书，我也有点儿强人所难了……所以，我刚才一直坐在这儿想……”

而且是一边想一边跟奶奶说话！

“我在想，我们能……我的意思是，我能为菲利克斯你做点儿什么？”

“爷爷，您这是打算要给我买点儿什么吗？”我走进客厅，在爷爷身边坐了下来，觉得这个周末也许没我想象的那么糟糕。

“不是。”

“假设您想给我买，我能自己选吗？我可不想再要羊毛衫了。奶奶给我织了太多了，满满一衣柜啦！”

爷爷笑了。

“好，不买羊毛衫，什么也不买。明天早上起床以后，你就知道了。我给你准备的东西将会帮你静下来，更专注。

“您要给我一张 DVD 光盘？一张游戏光盘？”

“不，不，可不是那种东西。现在……”他咕哝着从椅子里慢慢起身，“我觉得咱们该用下午茶了。”

“好吧，”我说，“我去拿刀叉。”

“好，去吧。”爷爷揉了揉我的脑袋，“很高兴我们谈了会儿心。”

“我也是，爷爷。”我说，“昨天都是我不好。”

“没关系，Neuer morgen, neuanfang。”他一字一顿地用德语回应。

“什么意思？”我问。

“新的一天，新的开始。”

9

十件事

爷爷早上起床时，整座房子似乎都在震动。这不是因为他脚步沉重，而是因为所有的闹钟都会同时响起，包括楼梯平台处的两个布谷鸟钟。我能听到爷爷在房子里走来走去时发出的脚步声，那是他在忙着把所有闹铃关掉。

不过，客房里倒是一个闹钟也没有。奶奶跟我说过，客人应该总会觉得自己是在度假，希望能多睡会儿。而我，现在就正在这么干——躺在粉色的床上睡着懒觉。床上的枕头是粉色的，羽绒被是粉色的，周围的墙壁和窗帘也都是粉色的。屋子里到处都是粉的，弄得房间里时刻都像朝霞满天一样（这话是奶奶说的，可不是我的原创）。

我不慌不忙地慢慢穿上袜子和裤子。爷爷的收音机在厨房里播放着德国铜管乐队演奏的音乐，培根的香味飘上了楼梯。我鼓了鼓腮帮子，好奇爷爷今天究竟给我安排了什么，大概率只不过是去奥乐齐超市逛一圈。要是老妈或者老爸带我出去，我可能会去看个电影什么的。有一次，老爸甚至还带我去了趟纪念体育场，看了场布里斯托流浪者队的比赛。当然了，看球赛我也坐不住，惹得老爸头疼不已。但后来当我坐着不动的时候，我就开始做白日梦，结果活活错过了两个进球。可不管怎么说，我还真希望能再去看流浪者队踢一场。

我穿上了卫衣，朝楼下走去。每走一步，就听到音乐更响一分。但当我走到一楼时，厨房里并没有爷爷的影子。我走进餐厅，他也不在那儿。也许，他昨天只不过是在自言自语，结果说完就彻底忘了自己说过什么。又或者，就像高夫太太去年那样，她出门时把自己给走丢了。她本来是要出门买东西，结果一天以后，警察却在 M4 高速公路上发现了她。当时，她正朝着塞文大桥一路走去。

当我看到餐厅桌子上的字条时，我的心头猛地一颤。拜托，爷爷，不是吧，现在老爸老妈可都不在家啊，你让我到哪儿去找你啊！

我连忙拿起字条看了起来。

我想教菲利克斯的十件事

字迹忽然变得模糊，我赶紧揉去眼睛里的最后一抹睡意，重新看去。

我想教菲利克斯的十件事

1. 怎么清洗铜器。

2. 怎么跳巴伐利亚拍鞋舞。

3. 怎么清洁院子里的地砖。

4. 怎么在修剪草坪时推出直线。

5. 怎么下国际象棋。

6. 怎么制作德式牛肉卷。

7. 怎么在钟琴上演奏《骑马驾驾驾》。

8. 怎么碎纸。

9. 怎么在不发脾气的情况下看书。

10. 怎么清洗浴帘上的霉菌。

怎么清洁院子里的地砖？怎么修剪草坪？这是什么乱七八糟的清单啊？

我忍不住走到窗前又看了一遍，可即使在更亮的地方看，这份清单还是让人一头雾水。

碎纸？看书不发脾气？

“哦，看来你已经知道了啊。”爷爷不知道什么时候走了进来，吓了我一跳。

“我列的单子看过了？”爷爷说着话，把一杯茶放在了桌子上。

“看了。”我说，“但这上面都是什么呀？都是些日常杂事啊！”

“我倒觉得不是哟。”

“明明就是啊，爷爷。您看，清洁地砖、修剪草坪、清洗浴帘上的真菌。”

“是霉菌。”爷爷说。

“管它是什么，”我说，“反正都是要清洗这儿啊打扫那儿的。”

“不不不，”爷爷说，“这清单上可是我想教会你做的十件事。”

“为什么啊？”

“因为这些都对你大有好处。你先想想，我去一趟卫生间，我得测一下我的血氧。”说完，他转身离开，走出了客厅。爷爷去卫生间去得很勤，他时不时会在那儿查一下自己的血氧饱和度。如果低血糖犯了的话，他就会浑身发抖，有时候脾气也会比平时更加暴躁。

我又看了看眼前的清单：怎么清洁铜器，怎么在修剪草坪时推出直线，怎么下国际象棋，怎么……怎么……这哪儿是要教会菲利克斯十件事啊？这分明就是世界上最无聊的十件事！

肯定是弄错了。我把字条翻了过来，想看看背面有没有更令人兴奋的东西，但背面什么也没有。

我走出客厅，朝楼上喊道：“爷爷，您确定这个清单没弄错吧？”

砰！我听到天花板上传来一声闷响。爷爷说他要去卫生间，但这声音却分明来自他的卧室。接着，我又听到另一声闷响，或者……那是他的脚步声。

然后，一阵寂静。

“爷爷，”我喊道，“您没事吧？”我侧耳又仔细听了听，但我能听到的只有那架古董钟里的钟摆声。

“爷爷？”我的脚踏在了第一级楼梯上。

“哦！我看你是等不及了啊。”

我抬头看去，只见爷爷手里捧着一个盒子，表情严肃地看着我。

“这是什么？”我问。

“虽然这不是我最好的一副棋，”爷爷回应道，“但咱们就先从它开始吧。”

“什么？哦，不！爷爷，我不要下棋！”

“但你过去常和你奶奶玩卢多飞行棋啊。”

“那是飞行棋，可爷爷，您这是国际象棋啊！只有书呆子才下国际象棋，而且下国际象棋太花时间了，比玩‘大富翁’花的时间还要长！”

“但这是一门很有技术含量的游戏。”爷爷继续说道。

“才不是呢，这是世界上最无聊的游戏。您就不能跟自己下吗？我去拿我的游戏机玩，这样不好吗？”

“不行，”爷爷说，“你们这些小家伙啊，成天难道就知道电子游戏？国际象棋可是一种真正的游戏，它能够让你们远离电子屏幕。”

“好吧，反正我不下。”

爷爷低头看了看手里的棋盒，好像很是失望。但他为什么就不能给我弄点儿更好玩儿的东西呢？比如足球、最新的《蜘蛛侠》电影碟或者越野小轮单车？其实，爷爷的打算我本该想到的。即使是奶奶还在的时候，我的生日礼物也总是些“实用”的东西，比如一条新的羽绒被，又或者是一件薄羊毛衫。而老妈会让我一天到晚都穿那件羊毛衫，说我穿了奶奶会高兴。但我的生日可是在大夏天，所以穿着那玩意儿弄得我浑身又热又痒。

爷爷轻轻推了推我，然后朝餐厅走去。

“收拾桌子。”他说。

“我会收拾的，”我说，“但反正我就是不下。”

爷爷叹了口气。“菲利克斯，我知道你现在不大喜欢来我这儿，”他的眼神里闪过一抹悲伤，“但我想陪你做点儿什么。”

“爷爷，我不是不想来，只是……”我低头又看了一眼清单，想看看我之前是不是看错了，但越看越不喜欢。不是我一个人会这样想，我的朋友们也没谁会喜欢碎纸或者做德式牛肉卷。德式牛肉卷？天知道那是什么玩意儿。我本想把这些说给爷爷听，可他现在已经坐在了他的躺椅上，自顾自地摆弄起了手里的棋书，似乎已经放弃了说服我的打算。

我在桌边坐了下来，翻了一页《人鼠之间》，只是想让爷爷觉得我真在读书。但我觉得自己好像有点儿多此一举了，因为爷爷也没怎么翻看他的棋书。或许，他也跟我一样受够了，睁着眼睛睡着了。我看过一部关于海豚睁眼睡觉的纪录片。当它们的一侧大脑进入睡眠状态时，另一侧则保持清醒，这样它们能在睡觉的时候记得呼吸。我记得是一部纪录片，但也可能是电影《海底总动员》。我也希望自己能陪爷爷一起做点儿什么，但我俩喜欢做的事儿完全不同。要是奶奶列一个清单，单子上会有二十件事儿，而且那二十件事儿样样都会很精彩。比如带我去看电影，比如坐车去乐高乐园游玩。虽然现在我大了，但如果她还活着，我打赌她肯定会带我去索普游乐园。

我又低头看了看爷爷列的清单。

我想教菲利克斯的十件事

在学校我得额外补课，这就已经够糟糕了，可现在怎么在家里也还要做些额外的事儿呢？而且还是十件！整整十件事儿啊！为什么爷爷不能只列五件呢？为什么不是一件呢？我用手撑着脑袋，目不转睛地盯着壁炉架，上面搁着的座钟显示现在才九点零五分。这个时候，我本来可以在我的电子游戏机上玩《铁拳》，或者准备好武器跟杰克一起追踪敌人，或者我可以独自在家睡我的懒觉。我班上的其他人可不会像我这样，整个周末都闷在家里。丽贝卡会跟她姐姐一起进城，汤姆·詹金斯会跟他老爸一起去打板球，而哈利·吉尔斯则会——

"要是你必须选择其中一件，你会选做哪件事儿？"

"什么？您说什么？"我从白日梦里跳了出来。

爷爷从他的"海豚觉"里醒了过来，直勾勾地盯着我。"我列的这份杂事清单里，如果你必须做一件，你会选哪一个？"

"所以，您也觉得这就是一份杂事清单啰？"

爷爷一边从椅子里直起身，一边冲我咧嘴笑了笑。

"是的，"他说，"要是你必须选一个，你会选哪个？我不是说非要你做一件事儿，只是……"

"假设？"

"假设？是的。"爷爷看起来很惊讶。

"没事儿，爷爷，"我说，"我又不是傻，我知道'假设'是什么意思，这俩字只是不大好写罢了。"

“我知道了。”他说，“那么……假设一下，你会选做哪一个？割草就先不要考虑了，因为草坪还是湿的。”

“好的。”我又扫了一眼清单。干些户外的活儿应该不错，那样就可以不用待在这个黑咕隆咚的鬼地方了。如果我们不能割草……“好吧，”我说，“如果我真是，真是必须……我会选……清洁院子里的地砖。”

“好极了！”爷爷拍手说道，“好极了！你去拿除垢剂和水桶，我去拿工装服。

“爷爷您说什么？不！刚才您明明说的是‘假设’！还有，您不是还要打个盹儿吗？”

“我知道，”爷爷笑着说，“但我也知道你现在很无聊啊。”

“我是无聊，但是——”

“别但是了，来吧。要是你奶奶知道你这么做，她会很开心的。”

“一起清洁院子里的地砖？”

“是和我一起做点儿什么。”

我看了看桌上的书。

是看《人鼠之间》，还是清理院子里的地砖？

是做代数题，还是清理院子里的地砖？

是做历史题，还是清理院子里的地砖？

“当然了，我们也可以试试一起下国际……”

“好吧！好吧！”我跳了起来，“我去清理院子里的地砖！”

“好极了！”爷爷笑了。

我跟着爷爷穿过厨房，在后门穿上鞋子。忽然，我顿住了。

我在干什么？

他明明说的是“假设”。

爷爷沿着花园里的小路往前走着，边走边开心地吹着口哨。

我摇了摇脑袋。

我好像上当了？

10

噩梦惊魂

“一千克牛腿肉、四大勺石磨芥末粉、六片培根、两个洋葱（切碎）、四瓣大蒜（切碎），还有卷心菜、卷心菜，很多很多卷心菜——卷心菜越多越好，菲利克斯。现在赶紧把这些卷心菜切成碎末。”

我切了一个卷心菜，然后又切了一个。我扭头往左边一看，还有更多的卷心菜，成百上千个卷心菜，全都朝我滚了过来。在一条看不见尽头的流水线上，它们沿着传送带滚滚而来。

“六片培根、两个洋葱、卷心菜，很多很多卷心菜。切啊，快点儿，菲利克斯。赶紧切！”

“不，爷爷。不，别再给我卷心菜了！”

“菲利克斯……菲利克斯！”

“不，爷爷。别再给我卷心菜了！”

“菲利克斯！”

“不——”

我睁开了眼睛。一身条纹睡衣的爷爷站在我身边，正在把我摇醒。

我左顾右盼，四处寻找那些卷心菜，但我看到的只有衣柜、窗帘和桌子上的闹钟。

“我看你刚才是在做梦吧。”

“确实，爷爷。”我顿时松了口气，笑了。

刚才我可不是做了场梦，我是做了一场关于切卷心菜的噩梦！在梦里，我一遍又一遍地梦到昨晚和爷爷一起干的活儿。我本来不想做牛肉卷，但在花了几个小时清洁好院子里的地砖之后，我饿得要命，连我最不爱吃的芽甘蓝都愿意吃！我们在厨房里忙活了好几个小时，做了一堆牛肉卷，最后把它们都放进了冰箱。直到现在，我仍然能闻到满屋子的牛肉卷味儿。

我把脑袋放回枕头上，但它这会儿还是有些嗡嗡作响。因为不知道怎么搞的，昨晚在我上床睡觉之前，爷爷还是让我用钟琴演奏了那首《骑马驾驾驾》。好在那事儿我已经做了，今天就不必再折腾了。

爷爷把一杯茶放在了我的床头柜上。

“喝点儿茶，”他说，“然后，我们来看看接下来咱们来做什么。”

“接下来？爷爷，我不能休息一下吗？”

“休息？可没有时间休息，咱们还有七件事儿要做呢。”他举起手里的清单，“草坪上露水太多，还是没法儿割草。但我们可以做这上面第一或者第二件事儿。我可不挑剔，还是由你来选。”

“待会儿再说吧，爷爷。”我把被子拉到下巴，“我还要再睡会儿。”

“不行，你可不能再睡了。”爷爷说，“明天你就上学了，清单上的事儿，这个周末我想都教你做一遍。你看啊，我们可以选择一个能让人静下来，回归自我的事儿做做。你是选第一，还是第二件事儿呢？”

“爷爷，第一件事儿是什么来着？我有点儿记不起来了。”裹在羽绒被里的我问道。

“怎么清洗铜器！”

“不要！”我摇着脑袋叫唤道，“爷爷，昨天清洗了半天地砖，现在我的胳膊又疼又酸。第二件是什么？”

“教你跳巴伐利亚拍鞋舞。”

我心里顿时打起了退堂鼓。“爷爷，视频网站上的拍鞋舞视频我看过，那种裤子跟褶边衬衫我可不要穿，太滑稽啦！”

“呃……”爷爷的食指在他的嘴唇上轻轻敲了敲，“那不如我们可以下——”

“我不要！”我双手抱头，“爷爷，我不要下国际象棋！”

“好吧，”爷爷说，“你再看看我的清单，然后做什么你来定，我先去做早餐。”

“啊！”我瘫倒在了床上。

爷爷转过身，走出了我的房间。这太可怕了！他为什么要列这个清单？为什么老爸老妈非得离开？今天是星期天，星期天我不想干活，连上帝在星期天都要休息！我又看了一眼闹钟，八点零五分。才八点零五分啊！我本来应该是在睡懒觉、做美梦，而不是醒来以后掉进另一个噩梦啊！

11

修剪草坪的人

阳光灿烂，我站在大门口，不由得眯起了眼。

“啊！原来你在这儿呢。”爷爷看了看我的手指，开口说道，“按我说的那样把手都洗干净了吗？”听他这么说，我朝他伸出了双手。

“嗯，”爷爷又说，“你这指甲缝里还有一点儿黄铜清洁剂，等我们做完眼前这事儿之后，你记得再好好洗洗。”他一边说着话，一边指了指眼前疯长的草地和雏菊。“我看我们先从这儿开始吧，就从草坪的左下角开始修剪。”

“但是，爷爷，”我没好气地说，“天好热，我好累！”

“这样的话，我们得在天变得更热之前完工。”

说完，穿着蓝色园艺工装服的爷爷转身离开，往草坪上走去。从去年夏天到现在，他就没穿过这身衣裳。奶奶还在时，他俩经常一起在花园里修剪玫瑰。当奶奶病得无法再去花园之后，他会把玫瑰剪下来，插到卧室里摆着的花瓶里。

我抬头看了看对面我家的房子，那儿所有的窗户都关着。门前的停车区空着，那里本该停着老爸老妈的车。我心里老是希望他们能早点儿回来，但这让我心里有点儿内疚。因为现在爷爷很开心，而且他已经很久没这样了。

“来吧，就让我们从这儿开始。”他微笑着向我招手，“哦，对了，你先去把那几个小矮人挪开好吗？”

我看了看那几个小矮人雕像，它们都是奶奶摆放的。它们像四个守卫一样，静静地站在花园的角落里。我和奶奶给他们都起了名字——鲍里斯、霍勒斯、莫里斯，第四个叫弗兰克（以爷爷的名字命名）。因为它看起来脾气很暴躁，好像从不想让任何人走进花园大门。奶奶跟我这么说的时候，我笑得不行，但现在我却笑不出来。我走上草坪，把它们从草地上一个个搬了起来，然后小心翼翼地放到了花坛边上。

“好极了，”爷爷说，“现在咱俩可以开工了。”

草已经长很高了，我艰难地穿过草坪，来到了花园里的小路上。爷爷从口袋里掏出一个卷尺，蹲了下来。“割草机的割草宽度为六十六厘米，但我们以六十厘米为宽度来测量，让两次路线有部分区域重叠。”他拿着卷尺，从小路边上开始测量，在草坪上量出了六十厘米的宽度，“好，现在把你手里的一根棍子插在地上，插在我量的地方。”

我看了看手里的两根棍子，它们分别被系在一根长绳的两头。

“动手吧，菲利克斯，”爷爷说，“插哪一根都行。”我把一根棍子的一头插进了地里。

“很好，”爷爷说，“现在，我们到草坪的另一边去。”

我叹了口气，看了一眼搁在小路上的割草机。

“爷爷，咱们就不能像其他人那样打开开关，推着割草机随便割割吗？”我指了指小广场周围的那些花园，嘴里嘟囔道，“这就是些草，爷爷，大家都是随便割的。”

“是草没错，”爷爷说，“但你看，有些家伙可真是把好端端的草坪给糟蹋了。”他朝几个花园侧了侧头。有人在花园里摆了蹦床，还有人，像杰克的老爸那样，直接把车停在楼下客厅窗户边上，弄得屋外的草坪光秃秃的。

“但至少他们不会像咱们这样浪费时间搞什么测量。”我嘀咕道。

“准备好，”爷爷说，“你应该随时准备好。现在跟我一起去那边，我们过去的时候你拉好绳子。”

我跟着爷爷往前走，身后的绳子一直拖着。我看过他修剪草坪，而且还看过很多次，但他今天看起来更开心，精力也似乎旺盛了不止一倍。我原以为他只是把割草机从棚屋里拿出来，插上电源，然后随便推着割割草就好了。但没想到只是修剪个草坪，他还是像做其他事儿一样，竟然也要计划一番。我老爸说，很多德国人做事都一丝不苟，所以他们总能造出笔直的高速公路，以及跑得又快又好的汽车。

“好了。”拿着卷尺的爷爷再次弯下腰，“现在，把棍子插进地里，把绳子拉紧，在棍子上绑好。”

我照他说的做好，然后，我俩都直起了腰。

“你看，”爷爷在他的工装裤上抹了抹手，“真是一条完美的直线！现在，我们只要沿着它割草就行了。”

我们走回到割草机边上，爷爷把它推到了直线开始的地方。“记住，我们每次都是从这儿出发，”他说，“这儿就是 a1。”

“a1？ a1是什么意思？”

“你会知道的。”他说，“现在，你来推割草机，沿着这条绳子笔直地往前推，我来抓住电线，这样我们就不会误割到电线了。”

我伸手握住割草机的手柄，往外扯动了黄色拉手。刀片开始转动，我的手随之颤动起来。爷爷点了点头，示意我开始往前走。

就像他说的那样，我推着割草机慢慢在草坪上前进，并注意保持着割草机的右边边缘紧挨着绳子……这活儿没有洗车那么有趣，但比弹弓要好玩儿得多。

不一会儿，我俩走到了草坪的尽头，停在了一丛玫瑰边上。爷爷伸出手，轻轻拍了拍我的手背，让我松开油门。他接过手柄，把割草机掉了个头，然后关掉了电源。

“你看，”爷爷笑眯眯地看着我刚刚修剪出的一条直线，“你刚刚搞定了你的第一条竖线。”

“是直线吧？”我问道。

“不，”爷爷说，“我说的就是竖线。还知道你现在在哪儿吗？”我环顾四周。

“在玫瑰花丛边上，在花园里的一个角落？”

“不，你现在是在a8。”

我迷惑地看了爷爷一眼，一头雾水。这感觉我在格罗夫斯先生的科学课上也有过，而当时他正在努力讲解什么是阿基米德定律。

“先别问了，”爷爷说，“我会慢慢解释给你听的。”

“爷爷，”我叹了口气，“我们只是割一下草，需要准备这么多吗？这充其量就是蒙克顿公园，可不是温布利球场啊。”

“我们才刚刚开始。”

“我们还是干点儿别的吧。要不我去商店给您买份报纸，或者……或者……”我指了指广场对面，“或者我可以去帮丹妮斯夫人遛狗。她最近病了，很久都没有遛她的狗狗了。”

“菲利克斯！”爷爷的脸色变了，“专注于你正在做的事情，哪怕只是一次也好。”他的语气像极了我们学校里的老师，“现在，我们发动割草机，开启另一条竖线，但你看，我们也将开启一条横线。”

“爷爷，”我说，“完全搞不懂您在说什么。”

“没关系，”爷爷说，“现在你只管听，以后再理解。”

我还想再和他理论一番，但爷爷已经把割草机推到草坪的另一头去了。

“这儿是 b1。”他关上了割草机，开口说道，“现在，我再在草坪上量六十厘米出来。”

“我们每次都要这样吗？”我问。

“是的。”

“可这太花时间了。”

“时间不重要，”他说，“重要的是一切都必须做好，每条线都得确保笔直。”他把卷尺递给我，现在你到那边去，按照我量的方法照做。”

“可是，爷爷，我想……”

“怎么？你想干点儿别的？”

“是的！”

“那就做一些不太需要消耗体力的事儿吧，比如……下——”

“我不要！”

12

丽贝卡是个天才☺

量出六十厘米；移动棍子；系好绳子；扯动拉手，打开油门；注意电线；推着割草机修剪出一条直线；松开油门；停下来。现在我们在哪儿？

a8。

爷爷说个不停，他的指令一遍又一遍在我耳边响起，像是卡住了一样不断重复：

量出六十厘米；

移动棍子；

系好绳子；

扯动拉手，打开油门；

注意电线……

“停！停下！”

我身体前倾，头搁在了桌子上。

“菲利克斯，你怎么啦？”杰克推了推我的手臂，好像是想让我保持清醒。

“都怪我爷爷，”我喃喃道，“跟他一起干活儿，可把我给累坏了。”

“可他是个老人家啊。”

“谁说不是呢，但杰克你不知道，他可不是一般的老人家。”我抬起头来，看到杰克正在美美地吃着他的三明治，而丽贝卡在跟一个九年级的女孩聊《超人总动员 2》。这个周末，她跟她姐姐一起去看了这部电影，听起来可比爷爷清单上的那些事儿有趣多了。

食堂里热闹极了，男孩和女孩们一边吃饭一边聊天，到处都是嘻嘻哈哈和窸窸窣窣的声响。可我太累了，对所有这些都提不起兴趣。“你看，”我伸出双手说道，“周末整整两天，他都在让我做家务。我切了一堆卷心菜，清洗了满院子的地砖，清洗了铜器，还修剪了草坪。”

杰克笑了。

“一点儿也不好笑，”我哀叹道，“我的手指都变绿了，闻着像屁一样臭！来，你也来闻闻看。”

“快把手拿开！别在我面前晃荡！”杰克连忙捏起了鼻子。

“但这味儿好像洗不掉了。唉，这就是为什么我这么累。在地理和科学课上，我都快睡着了。”

“我还以为你只是跟以前一样，又在做白日梦了。”杰克一边嚼着三明治一边说，“但你为什么要做这些事啊？”

“因为这些事都被他列在了清单上。”

“什么清单？”

我叹了口气说道：“上面写了他想教我做的十件事，其中还有一件是下国际象棋！”

“国际象棋？”杰克差点儿被三明治给噎住，“只有书呆子才会玩那玩意儿。”

“我知道。我也是这么说的。”

“喂，你们说的我可全听到了啊。”丽贝卡扭过头，瞥了我和杰克一眼，“你们俩难道不知道，我也下国际象棋的？”

“我知道的啊。”杰克坏笑着说。

丽贝卡狠狠瞪了他一眼。我正想开口说我并没有针对她，可她已经转过头继续和其他女生聊天去了。

“也就是说，”坐在桌子对面的杰克凑了过来，“现在你奶奶不在了，你爷爷就让你做所有的家务啰？”

“呃，我觉得也不——”

“唉，你也太惨了，”杰克插嘴道，“要是你爷爷不那么吓人，我还是愿意帮帮你的。”

“他也不是那么可怕……”我说，“你说呢？”

杰克伸出手掌，像天平一样上下摆动。

“呃……有那么一点点。我老爸觉得你爷爷他……”

“觉得他怎么啦？”

杰克耸了耸肩。

“哦，也没什么。我老爸只是觉得你爷爷很古怪，因为他老是拉着窗帘，而且他出门时也从来不跟任何人说话……但我老妈说你奶奶很好！”杰克满脸笑容地说道，好像意识到他弄得我有点儿不开心了，“她真的很喜欢你奶奶。”

“我知道。”我说着伸出双手撑住脑袋。大家都很喜欢我奶奶，人们都爱停下来跟她说话。她只是出门去买个东西，一上午的时间就没了，因为一路上总有人拉着她聊天。爷爷过去经常抱怨她老是耽搁那么久，等面包买回来都馊了。他会假装生她的气，然后又帮她打开电视，陪她一起看综艺节目《追逐》，而这个时候则由我负责烧水煮茶。其实，爷爷也有很好的时候，而且我并不希望杰克说他的不是。他脾气暴躁，跟他在一起很无聊，我这么想没关系，但当你最好的朋友也这么说的时候，你难免会觉得有点儿受伤。可能会伤害朋友的话，最好还是别说。就像去年圣诞节，老妈看到杰克的老爸在特易购小超市后面亲了别的女人，但这事儿我就从来没跟杰克说过。我本不该听到这些的，但这不是我的错，怪就怪老妈打电话时嗓门儿太大。

“菲利克斯！呜呜！”杰克双手环绕着我的头不停摆动，嘴里发出警笛般的声响，“返回地球！”

我晃了晃脑袋，把自己摇醒。

“天哪，菲利克斯，看来你真是被整惨了。”

“我觉得他是想教我代数，在我割草的时候，他不断让我重复一些字母和数字，一遍又一遍的，什么 a1、b8、d4、h6……”

“哦，”杰克说，“这么教代数，还真是奇怪啊。”

“你还别说，他这种教法可能还真是有些效果，因为它们一直在我眼前出现——b6、f4、h6……就像一艘艘敌舰，逐个被我按照坐标击沉。”

“嗯，照我看，这比安德鲁斯先生在教室里教的要好……还有，干这活儿也好，至少你不用下什么国际象棋。”

丽贝卡转过身来，满脸笑容。

“你怎么啦，聪明人？”杰克问道。

“你们两个，”丽贝卡笑着说，“你们俩是笨蛋吗？”

“不是！”我和杰克异口同声地回答。

“呃，你们明明就是。你爷爷让你去割草，割了不少竖线和横线对吧？”

“是的，你怎么——”

“你割出了很多方块，而且还给那些方块都命了名，用字母和数字，对吧？”

“确实，我刚才正说这个来着。”

“啊，菲利克斯，”丽贝卡笑得直捂嘴，“你是真没看出来……他在教你什么吗？这些字母和数字组合，是棋盘上方格的名称啊。”

“什么？”我皱起了眉头，“不可能吧！”

“如果你执白色棋子走棋，a1 就是左下角第一个方格。而 h8 是——”

“右上角第一个方格。”我的嘴巴不由自主地张大了。

“天哪，菲利克斯，你可真是个呆瓜！”杰克双手捂脸。

“别这么说我！”

“但这也太明显了，”杰克说，“这哪儿是什么代数，他一直在教你下棋！”

“那你刚才怎么不说？”丽贝卡站出来替我解围，但我知道她也可以不这么做。我怎么这么笨，竟然那么容易就上了爷爷的当。他竟然是在教我下棋！下棋啊！下国际象棋！

“啊，我的天哪！”我使劲儿揉捏着自己的脸，“我接下来该怎么办啊？”

杰克试图忍住不笑，可桌子却被他摇晃得更加厉害。

“杰克，这很好笑吗？”

“对不起。”他拼命用手捂嘴。

“下棋没什么不好。”丽贝卡说道。

“下棋有什么好的？”杰克抹了抹眼泪，笑着说，“天哪，菲利克斯，你看看你，看起来像活见鬼了似的！”

“别烦他，”丽贝卡说，“你刚才还不是也没猜到。”

“我要是想猜，肯定猜得出来。”杰克回应道，“无所谓啦。你看他，看起来真像是撞见鬼了。”杰克说着搂住了我的肩膀，“菲利克斯，没事儿的。”说话间，他搂得更紧了，“放心，我们会来拯救你的。”

“怎么拯救？这完全就是一场噩梦！一整晚，我眼前都是那些方格。他分明是给我洗了脑。我老妈也絮絮叨叨，说这个讨厌的周末她过得是如何浪漫如何好，可我完全没怎么听。她问我早餐吃什么，我张嘴就说 h2。她看了我一眼，像是在看一头怪物。”

丽贝卡哈哈大笑，而且怎么忍也忍不住。“我们必须做点儿什么，”杰克歪着脑袋盯着眼前的空气，喃喃道，“我们应该……我知道啦！”他突然眉开眼笑，好像有人给了他十个甜甜圈，“很简单！你就跟他说你同意跟他下棋，但是作为交换，他也必须做一件你指派给他的事儿！”

“但我不想下棋！”

“你不必下啊！只要你选一件他永远也不可能做到的事儿，他就会说不，然后你就不用下棋了。”

“好主意！”我的脸上慢慢浮现出了一丝笑意。

“那还用说。”杰克笑容灿烂。

“但我该让他做什么呢？”

“这还不简单？”杰克说，“我们也来列个清单。”他把手伸进书包，掏出了他的数学作业本。“用我这个写。”他咧嘴一笑，“现在，咱们只需要……”

丽贝卡递过来一支钢笔。

“谢谢。”

“不客气。”

“好了，”杰克说，“你只管说吧。有哪些事儿是你想做而他讨厌的。”

“玩高空飞索。”我说。

“这个不错。”杰克连忙写在本子上，“他绝对不可能爬梯子或上树，还有什么？”

“开卡丁车。”

“哈哈，对，卡丁车。想象一下吧，他开着个粉色的卡丁车到处转圈儿！还有什么？”

我耸了耸肩。

“别看我，”丽贝卡说，“我觉得你们这么干有点儿卑鄙。”

听了这话，我不禁觉得丽贝卡好像说得没错。但我还没来得及说点儿什么，杰克就跳起来喊道：“水肺潜水！”

“你说什么？”丽贝卡瞪了他一眼。

“你说什么？”我转头看向了杰克。

“水肺潜水！这事儿我可只见过年轻人爱干。这事儿想要干成，你得像《荒野求生》里的贝爷贝尔·格里尔斯那么强壮。”

“贝爷跟这事儿有什么关系？他只是个生存专家。”

“你说得对，”杰克把手放在我的肩膀上，“菲利克斯，我的朋友，咱们要的就是适者生存！”

13

内疚☹

“水肺潜水？呃……水肺潜水？”爷爷一脸震惊，不停地重复着这四个字。活像我的玩具机器人掉进浴缸之后，只能不断重复同一句话。“水肺潜水？”

“是的，爷爷。”我靠在壁炉边上说道。

这已经是爷爷第十次看我写的清单了，清单上写着“我想陪爷爷做的十件事”。

“水肺潜水？”

“嗯，也不一定要去水肺潜水，”我说，“也可以去玩高空飞索，去滑滑板，或者您带我去索普游乐园……”

“嗯，”爷爷点了点头，“你清单上写的这些事儿我都看到了。”他眯着眼睛看着我的那张纸条，“但你专门圈出了这个水肺潜水。”

“没错儿，爷爷，”我盯着杰克潦草画出的圆圈说，“我只是觉得可能这个特别有意思，也许，等您做完这些事儿里的任何一件之后，我就陪您……下棋？”

“呃……”爷爷一脸疑惑地看着我，“你这个主意不赖啊，但是水肺潜水……”爷爷把手里的茶杯搁在了餐桌上，“我就是觉得这一项有点儿奇怪。”

“确实有点儿，爷爷。但如果您不愿意的话，也没必要去做。如果您真不想去，那就别去了。这一项还蛮危险的，而且，从我们这儿到海边，可是有好几公里路呢。而且，玩水肺潜水还要花好多好多钱。”

爷爷用手指梳理了一下自己的头发。“是的，虽然我的退休养老金没多少……但这事儿我会考虑的。也许，我可以把那些付费德国电视节目停掉。”

“不要吧，爷爷，”我说，“别停掉，那些节目您可是一直要看的啊。”我突然开始觉得有点儿内疚，于是我走向咖啡桌，拿起了电视遥控器。

“要不要我给您调《百万富翁》看？”我问。

“不，我不想看谁成为百万富翁，还是让我考虑考虑水肺潜水的事儿吧。”

“可刚才我也说了，这事儿您不是非做不可。”

“我知道，但我们应该了解一下。你拿手机查一下。”

我不情愿地从口袋里掏出手机。爷爷戴上眼镜，站到了我身边。

“输入‘布里斯托水肺潜水’，”爷爷说道，“看看上面说什么。”

“呃……”我看了看手机屏幕，“呃……我想我可能输错了。”

屏幕上面写着：您是想搜索布里斯托税费欠税吗？”

“哦，”爷爷说，“你再输一次，是水——肺——潜——水。”

“放心，爷爷，”我说，“我知道怎么写。”我重新输入“布里斯托水肺潜水”。但其实查到了也没事儿，因为一旦爷爷看到城里的休闲中心没有水肺潜水，那就意味着要到好几公里之外的海边去，那么他就绝对不可能——

“查到了！”爷爷指着屏幕说道，“城里有水肺潜水！”

“什么？不可能！”我把脑袋凑向屏幕，“这条信息说是在码头，爷爷！”我的嗓门儿因为害怕而变高，“码头我们可不能去，那儿到处都是船啊，鱼啊……还有螃蟹！”

“不对，不对，是这条信息下面的一条！”爷爷激动地说道，就像奶奶送了他一双袜子作为生日礼物那样，“在斯皮德韦尔浴场……‘跟潜水专家学习潜水，跟家人一起共度欢乐时光’。不用带上你老爸老妈，即使只有咱俩去，也会很开心。自从奶奶跟我带你去吉百利巧克力世界之后，我想我们好久都没一起出去过了。”

“我不知道，爷爷，”我说，真希望我的手机这会儿死机就好了，“水肺潜水可能很危险。”

“危险？不会的，在游泳池里潜水有什么危险。他们会有专业教练的。你看这儿，你手指动一动。”

“往下？”

“对，往下。”

我的手指在屏幕上滑动。

“你看，‘所有的课程都由我们的专业潜水教练马克·斯莱德讲授’。”爷爷把屏幕上的信息念了出来。

“算了吧，爷爷，”我说，“我真觉得您不应该选这件事儿做。”

我郁闷地看着手机，简直难以置信。这事儿肯定还有转机。我继续搜索，想要找到一些能让爷爷打退堂鼓的信息。比如说授课时间是在半夜或在早上五点；比如说学员必须在一人以上，课程要满十人才能开班，而且学费是 500 英镑。要是爷爷这会儿不在我身边看着，我还能编造出一些苛刻的条件。但可恶啊，一定还有办法……

"哦，你看，"爷爷指着屏幕说，"你看这个星期五晚上七点的酬宾时间，这个时间段退休老人和儿童可以享有特别优惠。"他微笑着对我说道，"这简直太完美了！"

我又浏览了网站的其余部分，一定有什么我可以拿来说事儿的。我必须阻止这一切。找到啦！

"哦，不，爷爷！"我把手机屏幕给他看，"学员不可隐瞒既往病史。"

"没关系，我们不必告诉他们你最近遇到的问题。再说了，戴上水肺潜水时即使你坐不住也没关系。"

"不是，爷爷！"我嚷嚷起来，"我说的是您！"

"啊？"爷爷摆了摆手，"他们不需要知道我的事儿。"

"但那不是在撒谎吗，爷爷？去年您可是在哈尔福德犯过眩晕症，要是老毛病再犯了怎么办？"

"呃……"爷爷脸上的笑容消失了，"你说的也是。"他叹了口气，说道，"我可不想让你老爸又停下手里的活儿来接我……让我想想，但也许，你是对的。"

"这就对了，爷爷。"我连忙按键锁屏。

他还没有完全放弃！我得做点儿什么，好让他彻底打消水肺潜水的念头。“爷爷，”我满脸堆笑地说道，“现在，您还有其他什么想做的吗？”

“嗯，没什么……”他回应道，好像还在想着水肺潜水的事儿，“我还是先煮点儿茶吧。”

14

杰克是个天才（我觉得）

“就这么说定了，”杰克小声说，“星期六晚上，咱俩带上睡袋和手电筒，就睡在树上。”

“我尽量，”我说，“但要是爷爷完成了水肺潜水，周六我可能要陪他下棋。”

“他不会的，”杰克说，“咱俩又不是不清楚，一般大人嘴上说会考虑做什么事儿时，他们心里其实压根儿就不想干。”

“但愿如此吧。昨晚喝过下午茶之后，他又把我带去了花园，让我说出那些用字母和数字来命名的格子。”

“你是怎么被他忽悠的啊，菲利克斯？”杰克摇了摇头，“国际象棋……国际象棋？好几年前，我姑妈劳拉送过我一套。后来，我就拿红蜡笔在白色方格里乱涂颜色，结果被狠狠教训了一顿。”

话音一落，我俩都笑了。

“小伙子们，电影马上开始了。”基特斯先生说道。

我和杰克连忙闭上了嘴巴。我们正在上历史课，准备观看一部关于第一次世界大战的影片。在历史课上，我会尽量控制自己别惹麻烦，因为我喜欢了解战争，也因为基特斯先生很棒。他不像其他那些老师，他不会把我赶出教室，不会把我送去隔离，而是经常会跟我沟通。我想可能是因为他能理解我，因为他上课时从来都不会坐着。

哈里·吉尔斯关上了百叶窗，教室里顿时一片漆黑。影片开始了，黑白画面上出现了一群站在战壕里的士兵。我试图集中注意力观看，但杰克附在我耳边低语，搞得我再难集中注意力。

“你爷爷还不知道我们早就把他摸透了，”杰克用胳膊肘顶了顶我，“他还想慢慢引你上钩，直到你最后不得不缴械投降。”

“希望你是对的，因为如果不是的话，我就得下一辈子棋了！”

“下一辈子？”杰克惊讶地鼓起了腮帮子。

“是的。他就是这么说的，说要想下好棋就得下一辈子。”

“一辈子？这可比一个星期、一个月、一年要长多啦！”

“小伙子们，安静点儿。”基特斯先生弯着腰，来到我俩面前小声说道，“你们可不能一直捣乱啊，我还想给你俩高点儿分数呢。再说了，这电影对你俩来说应该蛮有意思的。所以，好好看吧。”

“我在好好看呢……”说话间，我瞥了杰克一眼。

说完，基特斯先生走开了。

屏幕上士兵们挖出战壕，把枪架在沙袋上，教室里枪声隆隆。

“可能也没那么糟，”杰克小声说道，“有可能他说的一辈子不是你的一辈子，而是他自己的一辈子。那样的话……也可能只有几年而已。”

“嘘！”我忍不住拿胳膊肘顶了一下杰克的肋骨。

这时，屏幕上出现了医护兵。他们身背急救包和军用马口铁盒子，在战壕里飞奔。

“菲利克斯，”杰克一边护住自己的侧肋，一边继续说道，“你要淡定点儿。你担心的事儿是不会发生的，他绝不可能去水肺潜水。”

“我没法儿淡定，我真没法儿淡定。”说这话时我的心里猛地一颤。我不能跟杰克说我讨厌游泳，说我讨厌把头扎进水里。而且我也绝不能跟他说，奶奶带我去乐高乐园海盗瀑布玩激流勇进时，我甚至还穿了雨衣。

“看着我，菲利克斯。”

“什么？”我扭头看向杰克，只见他的眼睛在黑暗中闪闪发光，“你这么盯着我干什么？太诡异啦！”

“哪儿有？我在电视上看到过，一个魔术师就是这样看着对方，然后催眠了一个女人，让她抢劫了一家银行。”

“但我不想抢银行。”

“我知道，”杰克摆了摆手，“忘记我刚才说过的话，现在跟着我重复一遍：我爷爷不会去水肺潜水。”

“可是……”

“菲利克斯，把我的话重复一遍：我爷爷不会去水肺潜水。”

我深吸了一口气。

“好吧。我爷爷不会去水肺潜水。我爷爷不会去水肺潜水。”

杰克笑了。“现在感觉好些了吧？”他问道。

“算是吧，”我长吁了一口气，“谢了。”

“小事一桩。”杰克笑了笑，然后对着屏幕侧了侧头，“现在，我们所要考虑的是想办法搞一门榴弹炮，然后再把它搬到咱们的树上去！”

我微笑着靠回了椅背。多亏了杰克，我现在只感觉心头一松，仿佛踩在我胸口的那头大象总算是收回了它的脚掌。

15

水肺潜水！

“你带毛巾了吗？”

“带了，我带了一条。”

“人字拖呢？”

“呃……没，爷爷，我没带人字拖。我们用不上的，我们是去游泳池，又不是去沙滩上散步。”

“不会吧！”爷爷的声音在我隔壁的小隔间里回响，“在德国，我总是穿人字拖或凉鞋，这样到处走的时候就不会碰到脚指头了。别担心，我给你带了这个……”这时，一双凉鞋从天而降，掉进了我的小隔间。我弯下腰，把鞋子拿在了手里。

“这是我的凉鞋，爷爷……您在哪儿找到的？”

“上次我们带你去威尔士旅行回来以后，你奶奶一直留着它们。”

我靠在更衣小隔间的墙壁上，闭上了眼睛。这事儿怎么就弄成了这样啊？整整三天，爷爷都没有再提起水肺潜水。我还以为他早就忘了，可他昨晚肯定是和老爸老妈说了这事儿。因为今天一大早，老妈竟然一开口就说起了水肺潜水。我跟她说我不想来，但她却说她和老爸的意见一致，都觉得爷爷能和我一起出门特别好。

就在这时，忽然有人重重敲了敲小隔间的门，吓了我一跳。

“你准备好了吗？”爷爷大声问道。

“马上。”我站直身子，想穿上泳裤。可我的腿脚抖得厉害，几乎穿不进裤腿。上一次我来这儿时，被几个八年级的家伙狠狠嘲笑了一通，因为我一直躲在浅水区最边上，赖在那儿不敢动弹。

爷爷像往常一样接我放学，但当我看到副驾驶座位上他的毛巾和泳裤时，我的心猛地一沉。紧跟着，我便开始绞尽脑汁找借口逃避。

我跟他说我刚吃过东西，下水的话很可能胃痉挛。

我说我觉得浑身上下都不舒服。

我觉得耳朵疼。

我脚上长了个瘊子！

为了不去游泳，我用尽了小学时常说的所有借口，可爷爷就是充耳不闻。

“菲利克斯！”爷爷又敲了敲更衣小隔间的门，嘴里嚷嚷道，“你动作快点儿。”

“来啦！”我一边喊，一边奋力把脚伸进泳裤的裤腿。教练的声音已经响起，在更衣室里回荡。那声音分明是在说，都准备好了，就差最后两个人了。而这两个人一个是爷爷，另一个就是我。这真是让人尴尬到家了。这个家伙连头都不敢伸进水里，怎么也报名参加水肺潜水了呢？所有人都会嘲笑我的。

“爷爷，”我喊道，“我不……”

“我先过去了啊，”爷爷说，“这是储物柜的钥匙，你拿好。”

“不，爷爷……”

储物柜的钥匙从门缝底下被塞了进来。

“爷爷，等一下！我不想……”我一把提起刚穿好的泳裤，拉开门闩。爷爷应该还没走远，他肯定会先上个厕所。我在更衣室里到处找他，但我只看见了一个穿着红黄相间运动服的服务员，他正在拖地。我赶紧把衣服锁进了储物柜，拔腿跑了起来。

“喂！”服务员扯着嗓子叫住了我，指着地板上的一个黄色三角形警示板说道，“你不识字吗？地面湿滑，别到处乱跑！”

“抱歉，”我喘着粗气说道，“您看见我爷爷了吗？”

服务员朝着泡脚消毒池那边歪了歪头。

“他等不及了。”

“急着上厕所去了？”

“不是，他去游泳池了，比尤塞恩·博尔特的速度还要快。”

“什么?！”我连忙转身，蹚过消毒池，走进了泳池区。爷爷正和其他六个人并排站在泳池边上，满脸微笑地看着我。那几个人也都朝我看来，但我的眼里只有爷爷。他穿着蓝色的网球衫和泳裤，这让他的腿看起来特别瘦削。他的岁数是这儿所有人里最大的。别人一定会觉得这有点儿奇怪，但更奇怪的是这人的孙子竟然穿着一双红色凉鞋在泳池边上晃悠。

“啊，”教练开口说道，“这就是您的孙子吧，叫菲利克斯？”

“可不是嘛，”爷爷搂着我的肩膀回答道，“我来这儿可都是他的主意。”

呃，这个主意其实是杰克想出来的。

“很好。”教练说，“嗯，我是史蒂夫，既然大多数人都知道我了，你们其他人也来介绍一下自己吧。”

我身体向前倾，看了看排成一排的学员。一个和我老爸差不多岁数的男人说他叫安迪，一个比我大一点儿的女孩说她的名字叫伊莎贝尔，然后是乔恩、凯伦、马克、乔什，以及……

“弗兰克！”爷爷大声开口说道。他的声音特别响亮，在游泳池周围久久回荡。

“非常好。”史蒂夫教练说，“待会儿大家就都到水里去，但在那之前，我得先把一些重要的注意事项跟大家讲解一遍。”说着，他转向了一幅活动挂图。挂图上面贴着一张潜水员的照片，照片上的潜水员挥舞着双手，嘴里冒着气泡。“潜水第一条，也是最重要的一条原则是，”史蒂夫说道，“别慌！”

别慌！我身体微微颤抖。爷爷低头看了我一眼，低声问道：“你没事儿吧？”

我摇了摇头。

我从没想过我们真会出现在这儿。

史蒂夫告诉学员们恐慌是多么危险，说如果出了什么问题，最重要的是保持冷静。然后他还说大家不要担心，因为一旦习惯了，在水下呼吸就会成为我们的第二天性，就跟我们呼吸新鲜空气没什么区别。

我用胳膊紧紧搂住自己的身体，竭力不让自己继续发抖。

杰克，你出的这是什么馊主意啊？

“各位，”史蒂夫教练继续说道，“接下来，请大家看一下潜水设备和基本的使用提示。这个，是面镜。”说着，他拿起了一个蓝色的面罩戴在了脸上。“就像你想的那样，面镜会遮住你的鼻子和眼睛。注意，当你第一次潜到水下时，面镜里面可能会起雾，你要做的就是放一点儿水进来。我待会儿会告诉各位具体怎么操作。接下来要跟大家说的是调节器。水肺潜水时，要持续呼吸，千万不要屏住呼吸。这一点跟许多人想象的恰恰相反。”

把水放进面镜？不要屏住呼吸？他这分明是在教我们如何溺水，而不是潜水啊！他说的我做不到，我绝对干不来！我抬头看向爷爷，希望他也有同感，但他只是用手指摸了摸鼻子。

“就像这样，”史蒂夫说道，“只管呼气，这样你就可以打开耳咽管。这很重要，否则颅内压力会增加，你会感觉你的整个脑袋都要爆炸了。”大家听了纷纷大笑起来，当然，除了我之外。

“菲利克斯，你听明白了吗？”史蒂夫问道。

没有。我摇了摇头。

“就像这样。”爷爷说道。他用手指捏住鼻子，我也跟着照做。“现在，往鼻腔处鼓气，就像平时擤鼻涕一样。”

“好了，”史蒂夫教练总结道，“我肯定大家都等不及要开始了。”

唉，我可以等。

“好吧，下面各位就都请下水吧。直接往前走，走到池子边上，然后下去。”

其他人都慢慢走到了水池边上，可我还是站在原地，一动不动。

“爷爷，”就在其他人纷纷哗的一声进到泳池里时，我紧紧抓住了爷爷的胳膊肘，“这水我们完全可以不潜了。”

“别担心，”他应道，“我会没事的。”

你是可能没事儿，但会有事儿的是我啊。

“菲利克斯，弗兰克，你俩不一起来吗？”史蒂夫教练站在水里，把面镜推到了额头上，朝我们喊道。其他人也都一边划着水，一边看着我俩。

“我们来！”爷爷边往前走边回应。

我想尿尿。

我想逃走。

哗啦！爷爷跳入水中，水花溅到了我的腿上。

“下来吧，菲利克斯，”史蒂夫教练说道，“现在就差你啦。”

“来吧。”爷爷一边说话，一边擦去脸上的水滴，“就差你啦，跳下来吧。”

“对啊，跳吧。”

“爷爷！”我低声说，“我从来都不想潜水，而且我还以为您也绝对不会来潜水，我本来只是想……用这种办法逃避无聊的国际象棋！”

爷爷对我笑了笑。“你以为我不知道吗？”

“什么？您知道！”

爷爷伸出手，就像正在教我蹒跚学步。“加油！”他笑着说。

他一直都知道！想到这儿，我顿时觉得尴尬到家了。

虽然心不甘、情不愿，但显然我无路可走了。

扑通一声，我捏着鼻子，跳进了泳池……

16

盒子里的军队

花洒里的水不断向下倾洒，粉色的浴帘时不时地往我身上贴。这会儿我已经回到了爷爷家，正费劲地去除身上泳池里的气味儿，以及水肺潜水带给我的恐慌。回来的路上，爷爷在车里什么也没说，只是放着音乐，吹着口哨。而我早就精疲力竭，压根儿就没力气开口。我想爷爷也感受到了我的郁闷，因为他破天荒头一回在麦当劳停了下来，请我吃了一个麦旋风冰激凌。

我关上花洒，抓起一条粉色的毛巾。即使是在浴室里，奶奶留下的痕迹也随处可见——粉色法兰绒搓澡巾、粉色肥皂、挂在门后的粉色淋浴帽。要是她现在在这儿，一准儿会责怪爷爷欺负我，也准会抱抱我，还会告诉我别往心里去。但我此刻的内心怎么能平静呢？如果爷爷早就看穿了的话，我和杰克的计划简直就太垃圾了。

我穿上短裤和 T 恤，走出了浴室。当我把毛巾挂到栏杆上晾干时，楼下传来一阵阵嘈杂的电视声。现在是周五的晚上。我学校里的朋友们这会儿要不是在 Xbox 电视游戏机上玩游戏，就是在家看碟片，还有的可能正在去看足球、橄榄球比赛或者看电影的路上，可我现在必须待在这儿，整个周末都得待在这儿下棋。但说话得算数，而且老爸老妈说得也没错，尽管我讨厌游泳，但能花点儿时间陪爷爷也挺好。尤其是我能看得出来，跟我待在一起的时候，他非常开心。

下楼之后，我看见餐桌上放着一个木盒子。深棕色的盒子泛着光泽，盒子镶嵌着金边，上面配着金色的合页和锁闩。

爷爷坐了下来，满脸是笑，好像得到了圣诞节最想要的礼物。

“这东西啊，我已经好久没碰过了。”他开口说道，“你奶奶总是叫我拿出来下下，但自从……”他脸上的笑容忽然消失不见，“我就再没下过。”

“自从什么时候，爷爷？”我问道。

他啪的一声打开锁闩，抬头看了看我。

“反正是很久以前了。”

我本来还想追问为什么，但看见爷爷眼神里满是悲伤，于是便打消了刨根问底的念头。

爷爷打开盒子，把它推向我。盒子里面躺着些棕色和白色的棋子，一个个都被绿色天鹅绒包裹着。“它们是不是很漂亮？”他笑着说，“这是一副塞勒努斯的国际象棋，是 19 世纪早期用骨头雕制的。”

“骨头？”我扭动着身体说道，“那不跟骷髅一样！”

“哈哈哈哈！”他笑了，“这些是用动物骨头雕刻的，不是人的。”

“但我……”

“嘘。”爷爷把手指放在嘴唇上，好像那些棋子正在睡觉而我的声音会打扰到它们一样。

“我给你看一个，”他低声说道，“这个。”他拿起一枚白色棋子，轻轻地放在掌心，好像他正捧着一只蝴蝶。

“这是兵。”他轻声说道，“它是一名士兵，一名步兵——有时候也是农民，是军队里面最穷的，每边有八个。你还记得那些字母和数字组合吗？就是我给草坪上那些方格起的名字。”

“记得差不多了吧，爷爷，”我说，“我觉得之前我已经重复太多遍了。”

爷爷笑了。“好吧，所有白色的兵一开始都摆在这儿，从 a2 到 h2，全都排在你面前的第二排格子里。”说着，他把剩下的白色的兵都取了出来，并排摆放在棋盘上。

“一般说来，棋子的颜色大都是黑白两色。我会慢慢告诉你所有其他棋子的名称，以及它们的走棋规则。你看……”他又拿出了另一种棋子，“拿着，”他说道，“感受一下它的分量，摸一摸这枚棋子顶上凹凸不平的地方。”

我将棋子轻轻地握在掌心，用指尖触摸棋子顶上高低起伏的边缘。

“感觉像一座迷你城堡。”我说。

“没错，”爷爷笑着说道，“它就是一座城堡。虽然现在棋手们称之为‘车’，但过去人们确实用它来抵御敌人。这种棋子，每边各有两个，在棋盘上只能走直线。”

我把车放在手心里摩挲。

“它的样子还真是好看，爷爷。”我忍不住说道。

“真的吗？”爷爷问道，一脸惊讶。

“真的，确实很漂亮。”我笑了。

“你这么想我还真是高兴。”他说，“它是放在这儿的，”他从我手中接过了车，继续说道，“一个摆在 a1 上，另一个摆在 h1 上。”说着，他把两个车分别放在兵后面一排棋盘的角落处。“好了，”爷爷笑着说，“我再给你介绍一下其他棋子。”

然后，他拿起了马，说它其实常被称作“骑士”，因为它代表了骑士们在骑马作战。它可以直行两格然后转向移动一格，但一次只能移动三格，路线呈倒“L”状。他告诉我每边本应该有两个马，但其中一个不见了，所以我们暂时用一个旧塑料棋子代替。我看了看那个马，觉得国际象棋只不过是一种无聊的游戏。人们只能干坐着移动棋子，而不是像中世纪战争那样，真正动用城堡和骑士进行作战。我正要把我的想法告诉爷爷，他已经拿起了另一枚棋子。他说这是象，也被称为“主教”，只能走斜线，看起来很像《星球大战》中的 BB-8 球形机器人。爷爷把白色的马放在 b1 和 g1 上，把象放在 c1 和 f1 上。

“这是王，”他继续说着，把王放在了 e1 上，“而这……这是他的后。后是棋盘上最强大的一枚棋子，它每一次走的格数不限，可以在棋盘上横走，直走，到处走。来，拿着它。”

我把后拿在手里。只见它手拿权杖，头戴后冠。和其他棋子一样，后的底部也有着一层绿色天鹅绒垫布，估计是为了防止棋子刮擦棋盘。

“好好照顾它，”爷爷说，“而它也会照顾好你的。”说完，他从我手里拿走了后，把它放在了 d1 上。

我看了看棋盘。棋盘上的棋子看起来就像它们所代表的——一支军队，一支由我掌控的军队。

“你瞧，”爷爷说，“国际象棋也没那么无聊，难道不比你在电脑游戏里胡乱开枪要好吗？”

“但至少我知道电脑游戏怎么玩，可下棋这么复杂，我永远也学不会。”

“你当然学得会。”爷爷将一枚兵放到了它的方格之中。

“不，爷爷，”我说，“你不明白我的意思，即使我想下棋，我也做不到。历史课上的战争日期，还有那些国王和王后的名字，我统统记不住。所以，各种棋子在棋盘上的走法我也不可能记得住。”

“所以关键就在这儿啊，”爷爷说，“我会教你的。”

“怎么教？”

“嗯……”爷爷的表情忽然生动起来，“这事儿就交给我吧。还有就是，其实你对国际象棋的了解比你想象的要多得多。”

“是吗？”

“当然啦。你知不知道我为什么让你修剪草坪？而且，我让你做的其他所有家务也是有原因的。当你清理院子时，你学会了如何按照正确的步骤做好准备；当你清洁铜器时，你学到了如何保持耐心，注意细节；当你演奏钟琴时，你不仅学习到了如何将琴键上的字母和数字进行组合，还学到了怎么按照正确的顺序进行演奏。”

“您也太狡猾了，爷爷。”我说。

爷爷摸了摸鼻尖。“如果不能聪明一点儿，变老又有什么意义呢？”他笑着回应道。

“那么，我做德式牛肉卷又能学到什么？学会怎么按指令办事？”

“你说得没错。”爷爷点了点头，“但我让你那么做，也是因为切卷心菜这活儿我讨厌干！”说着，他伸手把所有的黑棋摆上棋盘，脸上掠过了一丝微笑。我扭过头，透过窗帘的细缝朝外瞄去。杰克的自行车靠在树上，他会在那儿跟我碰头。他在等我给他画一张敌军布防图，这样我们就可以进行一番谋划，然后在周末发动一场步兵突袭。上个礼拜——

“菲利克斯！”爷爷扬起手里的信封，拍了一下我的胳膊。

“抱歉，爷爷，”我说，“我刚才——”

“我知道你刚才在做什么，但你需要集中精力。”

“我尽量。”

“很好，这个信封你拿好。关于国际象棋，你需要了解的东西全都在里面。现在不要看，回家再看，把里面的东西贴在你卧室里的墙上。

“太好了，”我接过信封，“现在我可以走了吗？”

“不可以，我们才刚刚开始。”

我瞥了一眼时钟。“但我们已经坐了半个小时了，我还以为这么长时间就够了呢。”

“够了？”爷爷说，“国际象棋不可能在半小时内教好。你是想让我教你，还是你自己看书学，书上的六百页全部自学？”说着，他朝着茶几上那本厚厚的棋书歪了歪头。

“呃，您要是这么说的话，”我做了个鬼脸，“也许，我可以再待一会儿。”

“好极了，”他微笑着说，“要知道对有些人来说，学会国际象棋可能需要一辈子。”

“一辈子？！”我的声音有些发颤，“也就是说，我现在才十一岁，如果我能活到八十岁，我可能要在这儿待上六十九年！”

“那我们就更应该赶紧开始了。另外，咱们可不只是在学国际象棋，也许因为学习它会让你变得更加自律，而这能帮助你在学校更好地集中注意力，从而提高成绩。”

“我可不这么认为，爷爷。”说完我笑了。我不确定爷爷是否看到了我的表情，因为他正忙着摆正棋盘。

现在，我坐在白色棋子后面，而爷爷则坐在黑色棋子后面。

“来吧，”他说，“我们先来说说你要学习的第一条规则。”

“什么规则？”

爷爷朝棋盘努了努嘴。“就是你先走第一步，在国际象棋里，白棋先行。”

我低头看看棋盘，我知道所有方格和棋子的名字，但我已经忘了走棋规则。

“爷爷，”我叹了口气说道，“您的办法行不通的，我永远都不可能记住这么多东西。棋子太多，方格太多了！”我把椅子往后一挪，站了起来，“我要出去啦，老妈告诉我周末不能一直待在室内，因为呼吸新鲜空气对我有好处。”

“那么，我们也可以挪到院子里下。”爷爷回应道。

“不要，爷爷！”我火了，“您不明白我在说什么！我不能一直坐着不动。我需要出去，我没办法在这儿集中注意力！”

我一边说着话，一边准备朝门口走去，心里却暗暗为自己的大喊大叫感到难过。爷爷很开心很激动，因为我能跟他下棋，但我害怕我学不会。因为我的“问题”会跳出来搞破坏，而那样的话我肯定会让他特别失望。

“菲利克斯，”爷爷的手轻轻放在了我的肩膀上，“我们不能一碰到解决不了的问题就一走了之，这样的话，我们就没法儿学习，没法儿提高了。等你长大工作了，如果你这样做，你上班的第一天就会被解雇。”

“我不在乎，爷爷，”我边说边朝着门口走去，“我现在只想离开这个房间。”

就在这时，客厅里的电话铃响了。

“别接！”爷爷大声说道。

“我不接，”我说，“我也从来都没接过。”

我不知道爷爷为什么一直不接电话，即使奶奶还在的时候，他也从来没接过电话。奶奶跟我说这是因为他不信任电话，但老爸却告诉我不是爷爷不信任电话，而是他不信任打电话的人。

铃声戛然而止。

“呃……”爷爷说，“刚才我们说到哪儿了？”

“说到我要走了。”

“对，我们是说到这儿了。”爷爷忽然顿住了。我没再开口，等着听他再说些什么，但我听到的只有时钟的嘀嗒声。我环顾客厅，屋子里不仅没光，而且忽然让人感觉空荡荡的。电视里没有画面也没有声音，沙发上参孙一动不动地蜷成一团，我跟爷爷静静地站着，壁炉上照片里的奶奶微笑着看着我俩。

我想出去，但我不想留下爷爷一个人待着。于是，我又重新回到棋盘边上坐下。

“你这是……？”爷爷问，“刚才我还以为你真要走呢。”

“我本来是打算走的，爷爷，”我说，“也许我可以再待一小会儿。”

“太好了。”爷爷也坐了下来，说道，“那这棋呢？”

“爷爷，”我说，“我们就不能只是坐在这儿休息休息吗？”

“当然，当然可以啊，我们先休息一下……休息一小会儿。”他说着，双眼放出光芒。

看来，我们不会休息太久。

17

老爸，救命！

一块棋盘，六十四个方格，双方各十六枚棋子——八个兵、两个车、两个马、两个象、一个王和一个后。a1、b1、c1、d1……八个兵、两个车、两个马、两个象、一个王和一个后。a2、b2、c2……

“嘿，菲利克斯！”老爸在我卧室门口探头进来，吓了我一跳，“进展如何？”

“还行，老爸。”我有气无力地回答道。

“听起来有点儿累啊，”老爸穿着沾有黑色油渍的工装服走了进来，“小伙子，怎么啦？水肺潜水把你给累坏了吗？”

“是的，是有点儿累。”

“哦，我觉得爷爷肯定很喜欢水肺潜水。我刚在回家的路上碰见他了，他一副兴高采烈的样子，你是怎么说服他去潜水的？”

我叹了口气。“老爸，这事儿很复杂。”

“说说看呗……对了，别告诉你老妈我穿着这身衣服坐在你的床上。”说完，老爸弯腰坐了下来。

于是，我便告诉老爸爷爷是如何列出一份家务清单让我去做，但其实他真正想的是让我下棋。而后来我又是如何列出一份清单，让他去做我以为他永远做不到的事儿作为交换。

“像水肺潜水那样的事情？”老爸笑着问。

“是啊，”我说，“但他做到了。所以一切都乱了套，而我整个下午都在下棋。”

“什么？你和爷爷一起下棋了？但自从……自从……呃，反正他好久都没下棋了，也从来没跟我一起下过。”

“那你真是太幸运了。”我说，“爷爷对国际象棋太痴迷了，结果弄得我满脑子都是黑白方格。现在，我看什么都是方格……”

老爸哈哈大笑起来。

“一点儿也不好笑。”我说，“你看，这么多东西我都得学。”说着，我指了指卧室门的背后。

“这是什么？”老爸转过身，看着门上铁臂阿童木旁边爷爷列出的一份清单——“菲利克斯学习国际象棋需要了解的十件事”。“哎呀，”他惊讶地说道，“这东西肯定能让你安静上好一段时间呢。”

我从床上起跳了下来，跟老爸一起看着那份清单。

1. 下棋之前不要吃东西。否则你的血液会进入你的肠胃消化食物，而不会帮助你的大脑运转。
2. 永远不要走最简单的路线。不下棋就不会输，这种想法是错误的。屡败屡战反而能让你变得更强。
3. 不要相信棋钟。它们可能因为没电而无法工作，或者因为电池电量不足而变慢，又或者你的对手会利用棋钟来放烟幕弹。最好的棋钟是你脑袋里的那个。

4. 别冲你的对手微笑，也别盯着你的对手看（尤其是如果他们戴着眼镜）。他们会认为你没有专注于比赛。而你绝不能分心。
5. 不要坐立不安、抠鼻子、咳嗽或抽鼻子。这跟国际象棋无关，但关乎礼貌。
6. 打哈欠不是不行，但只有当轮到对手走棋时你再那么干。
7. 在比赛前后始终要记得跟对手握手，无论是赢、是输或者平局。同样，这也是礼貌。
8. 永远不要火冒三丈，也不要让对手看到你垂头丧气。因为这么干会成为你的软肋，任何看到你软肋的对手都知道利用它来对付你。
9. 相信我！

老爸把清单翻了过来问道："第十件事是什么？"

"我不知道，"我说，"我再也不想看到爷爷列的什么清单了。老爸你能不能帮帮我？你能不能跟他说看黑白方格伤眼睛，搞得我头疼，而且还会影响我的学习？"

"这我可做不到，小伙子，"老爸说，"你可是跟他已经达成了协议。"

"但是……"

"没有但是。"老爸说，"老实说，能跟爷爷一起下棋聊天，你应该感到荣幸，因为这些事儿他还从来没跟我一起做过。他就好像是一本不让别人看的书，总爱自我封闭。但我……可以给你一条建议。”

“什么建议，老爸？”我满怀希望地问道。

“别想着跟你爷爷讨价还价，下次你一旦有这个想法，赶紧打住。”

“老爸！”我捂着脸叫道，“你怎么不早点儿告诉我啊！”

老爸哈哈大笑。“也许你应该美美睡上一觉，”他边笑边说道，“看起来，这个周末还真是把你给忙坏了。”

“我们就不能一起做点儿什么吗？你、我，还有老妈。”

“这可不行，”老爸说，“我的工作需要随叫随到，而你老妈得两班倒。”

“可我们三个好久都没有一起出去玩了！”

“我知道。”老爸耸了耸肩，“小伙子，我也想啊，可我现在不是老板了，没法儿决定自己的休息时间。”

“杰克的老爸明天要带他去打高尔夫球。”

“他没邀请你吗？”

“邀请了，但我没钱。”

“多少钱？”

“我觉得……要十磅吧。”

老爸面露难色。“小伙子，这钱我愿意出，”他说，“但要是你老妈知道我给你钱去打高尔夫的话，她准会抓狂。因为钱得用在刀刃上，比如你想买双新鞋，”他说着朝门口我那双有些旧了的鞋子侧了侧头，“我给你钱就没有问题。”

“那还是算了吧，”我叹了口气，“反正我也不想跟他老爸一起去。”

“好吧，不去也行，至少爷爷可以陪你。”

“嗯。”

老爸看了看我，一脸关切。“菲利克斯，你现在这种状态是因为国际象棋，还是因为别的什么？”

“别的什么……”老爸起身准备离开我的房间时，我嘟囔道。

我希望老爸继续追问下去，但他只是转身走了出去。

我再次躺了下来。一家人一起出去玩，再也不可能了。每次我问起，得到的回答总是：“我们没有时间……老妈要工作……老爸要工作……我们俩都在加班……我们手头缺钱。”我记得上次一家人出去还是我十岁生日那天，我们一起去看了场电影——《银河护卫队2》。而且，还是因为奶奶请客才去的。奶奶活着的时候，我还没有注意到我和老爸老妈之间有个大洞。可是现在，一到晚上和周末，这个洞就开始变大，而唯一试图填补这个大洞的人只有爷爷。如果他不是想用国际象棋来填补这个大洞，我倒是觉得可以接受。

我翻了个身，闭上了眼睛……

18

我们的广场成了战场

夕阳西下，战斗结束。虽然四处还狼烟滚滚，但我和杰克坐在我们的大树上，美美地喝着可乐。

“刚才好险啊，”杰克说道，“但我觉得我们已经大获全胜了。”

“我也这么觉得，”我说，“幸亏你带了榴弹炮。”

杰克哈哈大笑，打开了一筒薯片。我们靠着树干坐着，聊起天来。

杰克一边往嘴里塞着几片薯片，一边跟我说他听说他家要买新车了——一辆全新的白色兰博基尼。但那车只有两个座位，所以我没办法跟他一起坐进去。但如果我够幸运的话，他老爸可能会让我也坐上去兜兜风。

我坐直了身子，环顾小广场，四下里一切都静悄悄的。建筑物上的窗户全都是一片焦黑，所有的战火都已经熄灭。但忽然，我听到不远处又响起了隆隆的炮声，树下的地面也开始颤抖不已。

“敌情有变，杰克，”我说，“敌情有变。”我站起身来，环顾小广场。

“怎么啦？”杰克问道。

“嘘。”我再次侧耳倾听。除了炮声，我还听到了更多嘈杂的人声，更多的呐喊声，更多的脚步声。似乎有一位指挥官正率领着他的军队朝着我们冲杀而来。

“赶快，”杰克说，“如果我们动作够快，我们可以开着我老爸的兰博基尼逃走。”

我们抓起各自的装备，飞快地爬到了树下。“动作再快点儿！”杰克喊道。

“我来——”

一道光束忽然从我们头顶上方照射而下，一架巨大的军用直升机对着我们猛地打开了探照灯。

我怔在了原地，一动不动，杰克也是一样。

呐喊声越来越近，就好像指挥官站在身边对着我的耳朵大喊大叫。我扭头看向广场入口，一支军队沿着道路正向我发起冲锋。我试图逃跑，但我的双脚却被死死地卡在了原地。地面开始震颤，成片的草皮和草根被撕扯开，露出了下面黑乎乎的一片……白乎乎的一片……巨大无比的方格状混凝土块在地底飞快地穿梭……

“菲利克斯！”杰克在咆哮，“发生什么啦？”

“我……我……我不知道！”

“你先装填炮弹，”杰克喊道，“我去再弄几门炮来！”

“不要！我觉得咱们扛不住，这支军队咱们打不过！”我指着眼前的敌军喊道。

八个士兵身披黑甲，推着两辆战车冲杀而来。在他们的身后，紧跟着两个骑士和两位主教。而后排中间的两匹战马之上，更是端坐着一个国王和他的王后。他们呐喊着，一起朝着我们猛扑过来。

“快跑，杰克！”我喊道，“快跑！”

我和杰克拎起步枪，逃进了黑暗之中。

19

弱点

“菲利克斯，怎么回事儿？你怎么又来这儿了？”

我凝视着墙壁。

“呃，你肯定又做了什么吧？”

“格罗夫斯先生说科学课作业我一点儿也没写。”

尤恩斯夫人的身体往前倾了倾。

“那格罗夫斯先生说错了吗？”

“没有，但他是个白痴！”

“詹姆斯，有人问你的意见了吗？”

“没有，但您知道我的意思就行。”詹姆斯·金坐了回去，继续嘎吱嘎吱地摇晃他的椅子。

“我觉得也许你应该换个地儿待着，”尤恩斯夫人说，“挪到这儿来。”

她站起身，走到房间靠近门口的角落。詹姆斯·金于是站了起来，当他从我身边经过时，他的书包好巧不巧地撞到了我的肩膀。“不好意思。”他挤眉弄眼地笑着说道。

我凝视着墙壁。我一直努力想在课堂上表现得更好，但既要提高成绩又要下好国际象棋搞得我身心俱疲。更别提像昨晚那样，我还经常做些跟象棋有关的怪梦。科学课作业我几乎没写，而当我参加哈德森夫人的阅读小组时，情况则变得更糟。当迈克尔朗读的时候，我却不知道他读到哪儿了，结果惹得哈德森夫人很不开心。我把我的怪梦告诉了她，可她却认为我只是在为自己不好好读书找借口。可我说的明明都是实话啊。我只是想把那个怪梦赶出我的脑袋。我感觉好像连续三天都在一刻不停地在学棋，但我和爷爷连一盘棋也没下过。他只是让我一遍又一遍地重复那些相关知识，而他却坐在椅子上把信件和账单撕成碎片。我爱我的爷爷，但我和他在一起待的时间越长，我就越发现他很古怪——他不接电话，只看德国电视节目，而且连猫粮的外包装都要撕得粉碎才肯罢休。

“好吧，”尤恩斯夫人坐在我旁边说道，“跟我说说发生了什么事吧。”

“也没什么。”我说，“我不想惹麻烦，但我总是遇到麻烦。”

“我知道，”她朝我靠近了一些，“我知道你不是真正爱惹麻烦，但你还得加把劲儿。你不能总是说些什么大炮啊，兰博基尼啊什么的，弄得老师的课都没法儿继续上下去了。”

我忍不住笑了。

“是的，”看见我脸上的笑容，尤恩斯夫人也露出微笑，“你也知道，我们老师彼此之间也会有些交流……所以，你有什么想跟我说说吗？”

“其实也没什么要说的。”

“那你是想让我和你老爸老妈谈一谈？”

“不要。”我看了一眼面前的桌子。我不想老爸老妈出现在这里，他们太忙了。“我会再努力一些的，”我看着尤恩斯夫人说，“我真的会更加努力的。”

“很好，”尤恩斯夫人说，“因为我知道你能做到，菲利克斯。我们只需要做到集中注意力。如果你能做到这一点，我想你的成绩自然会有所提高。”

就在这时，铃响了。

“再见啰！”詹姆斯·金抓起书包就走了出去。看着我也站起身来，尤恩斯夫人叹了口气。

“请继续努力吧，菲利克斯，”她说，“我不希望你像詹姆斯一样一直来这儿待着。”

“我会的。”我说，“那我现在可以走了吗？”

“嗯。”

我拿起书包，朝门口走去。

一出门，我就看到了在外面等我的杰克。

“你怎么又来这儿了？”他问道。

当我们沿着走廊往外走的时候，我跟他讲了我做的怪梦。他觉得这梦可真够酷，尤其是梦里他老爸拥有一辆兰博基尼那一段。他说我看起来很疲倦，活像个僵尸，我觉得他说得很对，我的感觉也正是如此。

我俩走过布告栏、老师们的办公室，然后转向图书馆。杰克一直在我耳边讲述他周末做的事情。他说他老爸一杆儿把高尔夫球打飞得太远，以至于他们不得不跑到路上去找球。他还说后来他们又去了激光乐园……他这话让我非常恼火，因为我们答应过彼此，说等我俩都能去时再一起去的。

我停下了脚步。

“怎么了？”杰克说，“我跟我老爸说了我想跟你一起去的，但他们那儿搞了一个特别优惠活动，孩子和爸妈一起去的话，门票半价。”

“不是那个。”我朝图书馆门上贴的一个海报歪了歪头。

国际象棋俱乐部

你对国际象棋感兴趣吗？

新成员招募正在进行中

欢迎加入我们

活动时间：每周二、四午休时段

有意者请联系

基特斯先生或理查德·帕内尔

“哦，加入吧，这可是个好主意。”爷爷的声音在我的脑海中响起。

“菲利克斯，”杰克走到我跟前，顺着我的目光看向海报，“国际象棋俱乐部？你不会是来真的吧。”

我的目光越过杰克，朝图书馆里面看去。有几个男生和女生在学习区的桌子边写字。我弯了弯腰，靠近玻璃窗，从借书处开始继续往里看。在这一层的尽头，基特斯先生、丽贝卡，以及同年级的克里斯·普莱斯和莉亚·吉布斯坐在一起。此外，他们旁边还坐着两个十一年级的男生。我以前只在餐厅见过他们，当时他俩在值日维持秩序。此刻，所有这些人都围坐在一个棋盘周围。

我伸出手，握在了门把手上。

“菲利克斯，”杰克急切地开口问道，“你要干什么？”

“丽贝卡在里面，”我说，“再说基特斯先生这人还行，我只是想进去随便看看。”

“我们不是统一过意见吗？国际象棋是给书呆子们下的！”

“我知道，但是……”我话说到一半忽然顿住了。我看到克里斯·普莱斯伸手移动了一枚棋子，紧跟着就看到其他人开始议论，好像是在讨论他那一步下得是否正确。然后，一个十一年级的男生说了些什么。再然后，他们一群人全都笑了。

“他们看起来并不像书呆子，”我说，“他们看起来跟你跟我很像啊，只是他们更有头脑。”

“没错，”杰克一边回应，一边想要劝我离开，“那你跟他们聊些什么呢？谁的计算器最好？谁的科学课成绩最好？好啦，我们还是走吧。”

我扭头透过窗户往里看。现在，所有人都安静了下来，全神贯注地盯着棋盘，就像在看一只蚂蚁在上面爬行一样。就在这时，丽贝卡忽然抬头往外面瞥了一眼。我不知道她是否看见了我，因为她的眼神一扫而过，好像她只是沉浸在思考之中，然后便继续低头看向了棋盘。我不行，我永远也没办法像他们那样静静地坐着。也许杰克是对的，我不会跟他们有任何共同点。有时候我会觉得丽贝卡之所以愿意跟我待在一起，完全是因为在她变得超级聪明之前，我们就已经是玩伴了。慢慢地，我把手从门上挪开。

“唉，”杰克说，“你刚才可是把我给担心坏了。”

“我知道，”我一边回应，一边试图把脑海里的胡思乱想给驱散，“他们都是些呆瓜！真不知道我刚才在想什么。”

“你刚才在想，加入他们会是一个好主意。”我的大脑中响起爷爷的声音。

“不，爷爷，我没有。”

杰克一脸诧异地看了我一眼。

“怎么啦？”我说，“我是不会进去的。”

“不是，”杰克说，“你知道你刚才做了什么吗？你在跟你爷爷说话。”

“我有吗？我跟他说话了？”

“是的。就好像他进入了你的大脑，他给你洗脑了。也许他是个间谍，我老爸一直说他有点儿奇怪。”

“我爷爷并不奇怪。”我忽然火了，“他不是间谍。你老爸知道什么？他甚至都没跟他说过话。”

“抱歉，我并不是想惹你不开心。”杰克搂住了我的肩膀，“他不奇怪，并不是特别奇……好了，现在咱们还是先去吃饭吧，然后再去灌几个篮。”

“灌几个篮？什么是灌篮？”爷爷的声音再次响起。

“爷爷啊，”我在大脑中对他说，“您别再说话了好吗？”

20

我、马、衣柜

“来吧，跟我说说，你今天在学校过得怎么样？”爷爷在厨房里喊道。

“呃……马马虎虎吧，爷爷，”我大声回应道，“跟平常一样。”

“那你的成绩怎么样了？”

“爷爷，”我的视线离开书本，抬起头说道，“您怎么老是问我成绩啊？我们又不是每天都有考试。”

“我知道，我就是想看看你是不是有点儿进步。”

“老实说吧，爷爷，”我叹了口气，“您说过下棋可能有助于我的学习，对吧？”

“是的，我说过。”

“嗯，我本来不想跟您说的，但我觉得下棋让我的学习变得更糟了。”

“更糟了？”爷爷疑惑地说道。与此同时，我听到了一阵盘子碟子碰撞的乱响。“不应该啊？那也许……我们需要做些调整。”爷爷说着把他的茶和我的果汁放在了桌上。

“爷爷，我觉得仅仅是调整可不够。因为昨天晚上我做了个梦，结果我今天在一节课上差点儿睡着了，搞得我非常郁闷。而且我还对丽贝卡发了通火，因为她说我应该去加入国际……”

“加入什么？”爷爷问，“你刚才是在说国际象棋吗？”

“什么？不，爷爷，”我说，试图掩饰自己的错误，“我说的是国际……国际标准舞蹈，她说我应该去上国标舞蹈课。”

“国标舞蹈课？”爷爷说，“我不知道你还在学国标舞啊。”

“呃，我没学，爷爷……我本来是想要听她的。”

“我知道了。”爷爷半信半疑地回了一句。然后，他自顾自地小口小口喝起茶来，一边喝一边盯着我看。我赶紧低头，假装看书。

我差点儿就去了国际象棋俱乐部，但我没有告诉爷爷。丽贝卡冲我发了火，她看到我在门口晃悠了，觉得我可能是不太好意思进去，因为当时杰克和我待在一起。我跟她说这跟好不好意思没有关系，我只是不想和她那样聪明的人下棋。我说这话的时候，她当时看起来很受伤，所以我道歉了，但我不确定她是不是原谅了我。

爷爷坐在我旁边，继续小口喝着茶。我放下饮料，装模作样地翻看我的书。

“还是别看了。”爷爷把手放在我的书上说道，“休息一下吧，我要给你一个惊喜。”

“惊喜？”

“是的。”爷爷的眼神亮了起来，“我今天到市区给你买了一份礼物。”

“您进城了？爷爷，您好久没进过城了吧？自从奶奶——”

“我知道。”没等我说出“走了以后”那几个字，爷爷便打断了我，“别那么多话了，你打开看看。”说话间，一个塑料袋被爷爷从桌子上推了过来。“这是一张 DVD 电影碟片。”

“什么？”我激动地问道，“是《蜘蛛侠：英雄归来》吗？是老妈告诉您我想要的吗？”

“不是，这可不是什么蜘蛛来了，你打开看看就知道了。”

我伸出手，从袋子里面取出了影碟盒子。盒子正面是一个演员的照片，这个演员确实是扮演第一部《蜘蛛侠》电影的主演，我有他演的那部碟片。但这个盒子上的文字却跟蜘蛛侠没有半点儿关系。

“《出棋制胜》？”

“就是《出棋制胜》。”爷爷说道，“希望你喜欢这部电影。买它的时候，我跟店里的人说你刚刚开始喜欢下棋，而且你爱看电影。”

“您说得没错，爷爷。”我一边说，一边翻看盒子，“这部电影是讲什么的？”

“一场棋局。”他答道。

“哦。”我不禁感到失望。

“但可不仅仅是一场棋局哟。”爷爷话里难掩兴奋，像是想让我振作起来，“这可能是有史以来最好的一场棋局，两位最了不起的大师——鲍比·菲舍尔和鲍里斯·斯帕斯基进行了顶尖对决。我觉得看这个对你有好处，因为你可以边看电影边学习。”

“真的吗？”

“当然啰，你在家玩电脑游戏的时候，不也是在学习吗？”

“什么，您是说《堡垒之夜》？”

“对啊。而且你在树屋上玩的时候也在学习，你学会了如何做好准备，如何获取资源，以及如何向更高的目标迈进。”

“我还以为您不知道我在干什么呢。”我一脸惊讶。

“你要知道，我又不是瞎子，怎么会对什么都视而不见呢？”爷爷继续说道，“而且你也一样，不能对好东西无动于衷。现在，让我们一起开始看吧。”

我打开 DVD 影片的包装，在电视机前弯下腰，插入光盘，拿起遥控器。我不确定电影会不会像爷爷说的那么有意思，但这总比德国电视节目要好看。爷爷想的肯定也跟我一样，因为当我转过身时，他正坐在沙发的一边搓着双手。

“来，快过来坐在这儿。”他一边说，一边轻拍着身边的沙发坐垫。我忍不住笑了。这份礼物似乎是他买给自己的，压根儿就不是买给我的。因为，我最近一次看到他如此兴奋开心，还是德国队上一次赢得世界杯的时候。事实上，我已经很久都没看到他如此高兴了。

我走到他身边坐下，电影开始播放。一个新闻记者站在一座像是图书馆的建筑外面，把麦克风放在嘴边说道：“世界冠军争夺赛即将开始，可鲍比·菲舍尔今天却选择了卧床休息。”

“哈哈，”爷爷笑着说，“一个棋手竟然胆敢这么干，也许他并不是你的好榜样！”

我边笑边继续往下看。电影闪回到了鲍比·菲舍尔小的时候，他坐在一个房间里跟一个男人下棋。只走了十一步，他就打败了那个男人。然后画面一转，鲍比·菲舍尔在烟雾缭绕的黑暗大厅里来回踱步……他在和十个人同时对决。每次他停下来走一步棋时，他都会伸手按下棋钟。随着影片继续播放，旁白说他在十四岁时就成了美国国际象棋冠军。不管走到哪儿，他都是记者和摄影师们追逐的焦点，人们像关注电影明星一样关注他。看着看着，我不禁开始觉得也许擅长下棋并不是那么无聊。关于这一点，我正想跟爷爷聊上几句，却发现他此刻完全沉浸在了一个新闻记者的言论之中。那记者说这场比赛不只是一场比赛，更是苏联和美国冷战的一部分。

我的身体不由自主地前倾。

“爷爷，冷战是什么？”

爷爷继续目不转睛地盯着屏幕。

我轻轻拍了拍他的腿。

“爷爷，什么是冷战啊？是一场在冬天里进行的战争吗？”

爷爷暂停了影片。

“不是，当年东西方的政客们停止了对话之后，就有了冷战。东边的苏联人和西边的美国人都开始扩充各自的陆军和海军，研发更强大、更有威慑力的武器。”

“就像钢铁侠的斯塔克工业和蝙蝠侠的韦恩公司？”

“我不知道你说的是什么，但当时大家都觉得一场超大规模的战争即将爆发，而双方使用的武器也比以往任何时候都更有威力，更具有破坏性。他们还几乎在一夜之间就建了一堵墙——柏林墙。”

“什么？您是说一堵真正的墙？”

“是的，这堵墙把我所在的城市一分为二，被用来阻止德国东边的人跑到西边去。”

“人们就不能爬过去或者绕着墙走吗？”

“不能。”爷爷慢慢摇了摇头，“不行，那堵墙太高太长了。”

“有多高多长，爷爷？”我张开双臂比画了起来，“像中国的长城那样高那样长吗？”

“那还比不上，但这墙有一百四十多公里长，顶上装满了带刺的铁丝网。所以，你可没办法翻过去。他们还把墙两边附近所有的房子都给推平了，弄出了一大片开阔地——无人区，谁也别想靠近。我当时在墙东边。人们不敢外出，甚至连待在家里都心惊胆战，因为他们觉得自己受到了监视和监听，到处都是政府的密探和间谍。”

“间谍？就像电影里演的那样？”

“是的，”爷爷说，“而且很多。”

我想再说一遍“间谍”，因为这个词听起来非常刺激。但忽然之间，我看见爷爷的眼睛里噙满了泪水。那些泪水微微颤动，上面映出了电视屏幕的影子。

“爷爷，”我身体前倾，“您没事儿吧？”

爷爷低下头，伸手去拿 DVD 播放机的遥控器。“我还好……我们还是继续看电影吧。”他按下了播放键，电影又开始播放。一个记者对着摄像机大声说道：“1972 年世界国际象棋锦标赛就此拉开帷幕。这是鲍里斯·斯帕斯基和鲍比·菲舍尔之间的较量；这是防守和进攻之间的较量；但也许最为重要的是，这是东西方之间的较量！”

我眼角的余光扫过，看见爷爷摘下眼镜，擦了擦眼睛。我很想知道更多关于柏林墙的事情，但我又不想再让他难过。

我身体再次前倾。

“爷爷，您想他俩谁赢？”我问道，试图让他恢复情绪。“鲍里斯还是鲍比？您站在哪一边？”

爷爷拿起遥控器，关掉了电视。

“我很抱歉，”他说，“我想我当时站错了边。”但从爷爷的表情上看，我觉得该说抱歉的应该是我，因为我问了他太多关于过去的问题。

爷爷将手伸向沙发一旁的棋盘，动了动待在方格之中的王。

“爷爷，您是还想再教我一点儿吗？”我说。

“嗯，”他说，“你肯学那就太好了。”

“好吧，”我站起来说，“但我要先去上个厕所。”

爷爷面露微笑，但那笑容里透着疲惫。我刚走出客厅，忽然听到他大声说道：“对了，菲利克斯，你上去的时候，能帮我把那个马拿下来吗？我昨天找到它了，在梳妆台上放着。”

我在最上面一级楼梯上停下了脚步。

“但它在您的房间里啊，爷爷。”

“对，”爷爷说，“就在梳妆台上放着。”

说话间，我迈过了最后一级楼梯。自从奶奶生病后，我就再没进过爷爷的卧室。说实话，我以前也从来都不想进去。

在二楼的门廊里，我转动门把手，打开了门。跟楼下的客厅一样，房间里一片漆黑。我伸手摸墙，摸到了开关，打开了灯。灯光照亮了爷爷的床、他的花被褥和枕头，还有奶奶的泡茶器。这机器很省事，省去了她一大早爬起来煮茶的麻烦。我往前迈出了一步，但心里忽然涌起一种我不该出现在这儿的感觉。我朝房间的另一边看去，看到了那枚搁在窗前梳妆台上的棋子。

我朝它走去，脚下的地板嘎吱作响。爷爷衣柜的门敞开了一道缝隙，一股很老旧的气息扑面而来，那气息闻着有点儿像是爷爷的须后水，但又混杂着一丝奶奶以前的气息。我往衣柜里面看去。里面是爷爷的衬衫、夹克和长外套，然后还有一抹粉色。我伸手进去，轻轻拉开衣架。在爷爷的几件西装中间，挂着奶奶的三件碎花粉色套装。它们竟然还在，我还以为老妈把它们都送给了慈善机构。记得上次我和奶奶一起逛街时，奶奶就穿着其中一件。当时，我不停地求她带我去麦当劳吃复活节麦旋风冰激凌。架不住我的央求，她最后同意了，而且她也来了一份。于是，我俩就坐在一张靠窗的桌子旁，一边吃冰激凌，一边看着外面的行人，而且坐了好一会儿。她说她会一直记着和我一起享用美味，而我也会一直记得那天，因为我的麦旋风有种她用的玫瑰香水味儿。

正当我准备关上柜门时，我注意到了爷爷锃亮的鞋子边上放着个档案盒。盒子上放着一本《小王子》，这是爷爷第一次见到奶奶时她正在读的书，也是她过去经常读给我听的书。我拿起书，轻轻地翻起来。我看到了小王子站在山顶上的插图。每翻看一页，我都能听到奶奶那温暖的声音在我耳边响起，每一页上面似乎都有她的味道。我的喉咙有点儿发紧，我太想念奶奶了。如果我再看下去，我想我会哭出声的。要是给爷爷听到了，他会以为我出了什么事儿呢。

我把书放了回去，但注意到档案盒的盖子滑开了一道缝隙。我伸出手，把它拿了起来。盒子里面有些爷爷和奶奶的老照片。我拿起一叠，小心翼翼地翻看：爷爷和奶奶站在桥上；爷爷和奶奶坐在电车上；爷爷和奶奶站在一堵高墙边上，墙上满是涂鸦，旁边还有一群士兵在站岗；一个看起来像年轻版爷爷的人站在一个大厅里，身边站着个小男孩，那人周围的桌子上摆着很多棋盘。

我把照片放回盒子，又拿起一些发黄的卡片。卡片上面写满了德语，即使我看得懂德语，但上面写的东西我还是看不大明白，因为它们看起来像是些密码——Vorgart-MFX 8628/76。卡片的正中间是爷爷的名字“弗兰克·肖普”，旁边写着他的生日“1943 年 12 月 21 日”。在另一张卡片上，有人写下“国家安全部”几个字，上面还有个图，画着一只红色的手握着一支步枪。所有卡片的底部都有一个相同的名字“指挥官斯坦纳”。

“你找到了吗？”爷爷的喊声从楼下传来，吓了我一跳，“我肯定我把它放在梳妆台上了。”

我连忙把卡片塞进了盒子。

“您没记错，爷爷。”我大声回应道，“我拿好了，我现在正要去厕所。”

我小心翼翼地关上柜门，抓起了那枚棋子。

21

X+Y= 间谍!

敌人溃不成军。我们的机枪火力太过凶猛，把他们吓跑了。他们仓皇逃回基地，我们可以听到坦克的声音隆隆远去。

现在是周五晚上，我坐在树屋的平台上。杰克背靠树干，嘴里嚼着口香糖。

“你再把那事儿说一遍？”他说，“你说你发现了一些卡片？”

“是的。那些卡片有点儿像他看病时用的预约卡，上面写的全是德语。”

“你还看到了一些士兵的照片？”

“没错。那些士兵站在一堵墙的边上。我不知道那跟他说的是不是同一堵墙，但他告诉我说柏林有一堵超大的墙，上面装满了带刺的铁丝网。墙一边的人像间谍一样监视着另一边的人。当时我还想了解更多，但他只跟我说了这么多。”

“嗯……这事儿很古怪。”杰克的目光掠过草地，看向了对面爷爷的房子，“真是奇怪，他从来都不跟人聊自己的过去。而且，他为什么一直都要把窗帘拉上呢？”

“杰克，”我叹了口气，“请别再唠叨我爷爷的事儿了。”

"我没有。"他给了我一个无辜的眼神，"我只是觉得这一切太奇怪了，就像他从不跟任何人说话，还有他能左右你的想法，所以你现在开口闭口都是国际象棋，就像被他洗了脑一样。

"别神经兮兮了，"我说，"他只是在教我下棋罢了。"

"但是，菲利克斯，你差点儿就去国际象棋俱乐部了，事态已经非常严重了好吧。我们绝不能让这种情况再次发生。"

"我不会的。"

杰克死死地盯着远处爷爷的房子，像是想要再弄出一个计划。他不知道的是，现在即使是看见商店橱窗和公交车车尾，我的脑子里都会冒出个棋盘来。这事儿要是给他知道了，他估计会想得更加卖力。

"他要真是个间谍呢？"杰克突然开口问道。

"你说什么？"我一脸的难以置信。

杰克直起了身子。"我说你爷爷……如果他真是个间谍呢？"

"可他不是！"

"但他可能就是。窗帘总是拉着，这就很古怪。也许这并不是为了阻止别人往里看，而是这样他就可以躲在后面监视我们。"

"别说傻话了，"我说，"他只是我爷爷。"

"但关键就在这儿，"杰克说，"他只是个爷爷，所以没有人会怀疑一个爷爷。这就是伪装，这就是他们不会被抓住的原因。他们就像你爷爷一样小心翼翼，从不留下证据。我在一部电影里看到过，他们每次看完一张纸之后都会把它撕得粉碎。"

"呃，我爷爷确实会把纸撕成碎片。"我开着玩笑说道。

“是不是？你看！你爷爷可能是俄罗斯间谍的头目！”

“杰克，”我大笑着说道，“首先，他是德国人。其次，我觉得俄罗斯间谍头目不会住在布里斯托。他只去糖尿病诊所跟历德超市，那里发生的事儿能有什么价值呢？”

“他之所以那么做，可能只是在找一个绝妙的不在场证明，没人会想到这一点。”杰克爬到了树屋平台的边缘，继续说道，“我们应该跟踪他，监视他的一举一动！”

“杰克，”我冲杰克翻了个白眼，“别闹了，现在可不行！”

“我又不是说现在，我现在要回家吃下午茶了，以后再监视他。”

“我觉得你这个提议简直太傻了。”我说，“而且再说了，这事儿我也没法儿干，因为我现在又要去和我爷爷下棋了。”

“对！下棋！”杰克一脸郁闷地说道，“我怎么就忘了呢。那咱们明天再行动。你早点儿来，带上你的望远镜。因为想要抓住间谍，就只有一种方法。”说完，杰克扯住绳子，滑下了树屋。

“什么方法？”

“显而易见，”他抬起头看着我说，“明天，我们自己得先变成间谍。”

22

挪一下酱汁

“你刚才跟朋友在聊什么呢？”我一回到爷爷家，他就开口问道。

“您说什么，爷爷？”

“你跟你的朋友……我刚才看到你们在树上聊天。”

“哦，也没聊什么。”我说着切了切盘里的一块肉，“我们就是聊了些学校里的事儿。”我的脑筋飞快转动，又补充道，“我俩在合作一个科学课上的小任务。”我跟杰克说了爷爷的过去，这让我心里有点儿过意不去。从爷爷之前避开那个话题的情形看，我觉得今天他可能也不想再聊他的历史。“我们今天晚上干什么？”我故作开心地问道，试图转移话题。

“当然是……学习国际象棋啰。”爷爷说着把一片面包塞进嘴里。

“还要再学？爷爷，”我说，“我们什么时候才能真正下一盘呢？”

“我在想，很快你就能下了。”爷爷端起杯子。一瞥之下，我觉得他可能是在微笑，但也可能他只是在抿嘴喝水。

“可是爷爷，我都已经学了很久了。”我说。

我眼巴巴地等着他回答，可他却只顾着吃饭喝水。老是练习让人难以打起精神。这就像在《极限竞速》驾驶游戏里跑了一千个练习圈，但实际上却没参加过一场真正的比赛。

我又切了一片肉放进嘴里。爷爷忽然放下刀叉，开口问道："你看到盘了吗？"

"您说什么，爷爷？"

"你看到盘了吗？"

"看到了。"我朝着放干酪的木托盘点了点头，"怎么啦？您是说这个？"

"不，我说的不是这个，是这里面的棋盘！"他伸出手指，轻轻点了点我的脑袋。

"什么？"我吃惊地张大了嘴巴。

"为什么我总说我能看到棋盘呢？因为我把它放在脑子里了，就像我父亲教会我的那样。现在，你看到了吗？"

"可我们现在还在吃饭啊。"

爷爷的眉头皱了皱。

"好吧。"我说。我凝视着前方的墙壁，全神贯注。"好了，"我说，"我现在也看到了。"

"如果你现在收回视线，看着桌子，你脑海里的棋盘还看得见吗？"

"看得见。"

"好的，你的叉子在哪儿？"

"就在这儿。"我拿起了叉子。

"不，我是说它在你脑海里棋盘上的哪个方格里？"

“嗯……c1？”

“哦，稍等一下。我想我们得重置一下棋盘，想象你的叉子在 f8。这就跟手表对时一样，咱俩必须把脑子里的棋盘同步一下，这样才能看到同一个棋盘。好了，我看到了你的叉子，它在 f8……而你的刀，在……”

“c8？”

“是的，很好。刀和叉现在就是你的两个象。现在，把你的盘子拿开。”

我把盘子挪到了桌子边上，爷爷也那么做了。然后，他把泡菜罐子和芥末罐子递过来给我。

“把它俩放在你的两个象之间。”他说，“现在，泡菜就是你的后，芥末是你的王。”

我笑了。

“很好。”爷爷递给我一个面包卷，“把它撕成八个小块，用手像这样揉捏一下。”说着，他给我看了看他手上的那个面包小块。很快，那个面包小块就慢慢变成了一个弹珠大小的小球。“这下我们就有了兵，我们每人揉八个出来。”

我照着爷爷的样子，也把我的面包卷揪成了八小块。这么干很奇怪，但当我把面包小球们排成一排放在芥末和泡菜小罐前面时，我乐不可支。

在桌子的另一头，爷爷也在做着同样的事儿。当然，他的王是一罐草莓酱，他的后是罐黑加仑酱，而他的象也是他的刀叉。紧跟着他又说：“我们再拿两个酱汁瓶做车，用两根小黄瓜当马。”

“好了，”他说，“你都准备好了吗？”

“搞定。”

“非常好。还记得兵怎么走吗？”

“向前走直线，一次一格。起步可以走一格，也可以走两格。”

“现在，我要走我的面包小球了，走到e4。”

说话间，他移动了面包小球。

“我现在该怎么走？”我问。

“你……你可以把面包走到c5。”

我抓起面包小球，按照爷爷的话走棋。

“非常好。”爷爷说，“现在我要把我的小黄瓜走到f3。”

爷爷移动了他手里的小黄瓜。对于眼前的一切，虽然我还没能彻底搞明白，但我和爷爷脸上的笑容都无比灿烂。

“好。”爷爷点了点我的另一个面包小球，继续说道，“现在，你把这个走到d6。”

“这种玩法真是好怪啊，爷爷。”我说。

“我知道，但当年我爸爸就是这么教我下棋的。餐具用的跟当年一样，但我们没有浪费面包做兵。我们用的是硬币——奥地利先令和德国马克。”

“您的爸爸也很擅长下棋吗？”我问。

“是的。”爷爷把他的另一个小黄瓜移到了c3，“我爸爸曾经是佼佼者……”

“那么，如果是他教的你，这是不是说您比他更好？”

爷爷歪着头，好像在琢磨该怎么回答。

“我不想这么说，但也许是吧。我十二岁时就成了德国青少年锦标赛冠军。”

“哇！那您当年一定很厉害！您有可能打败鲍比·菲舍尔吗？”

“也许不能，但我当时棋下得确实还行。我读书的时候一直在下棋。”他说道，“最开始，跟你一样，我也下得很烂。”

“哈哈，谢谢您这么说！”

“抱歉，我说的是实话。那时候我跟你很像，也是坐不住，无法集中注意力。但国际象棋对我的学习有很大的帮助，而且后来我慢慢开始下得很好。现在，你切点儿香肠吧。”

我于是切下了一截香肠。

“我该把它放到哪儿，爷爷？”

“哪儿都不放，”他笑着说，“放嘴巴里！”

我笑着一口咬住了香肠。和爷爷在一起，跟他聊他的成长经历，这感觉真的很棒。在我的世界里，他一直都只是我的爷爷。可现在看起来，我真有种第一次认识他的感觉。

说话间，我又切下了一截香肠。我们一边吃，一边把芥末瓶、面包小球和小黄瓜在看不见的棋盘上走来走去。

“那您后来为什么不下棋了？”我一边走棋一边问道。

爷爷忽然紧紧地盯着“棋盘”，像是他刚刚走错了一步棋。我不知道他是故意不搭理我，还是没听到我说的话。

“爷爷，”我双手撑着桌子，身体前倾，继续追问道，“如果您这么喜欢国际象棋，而且您又下得这么厉害，那您后来为什么不下了？”

爷爷抬起头来，一脸严肃，眼里泛着泪光。我肯定是说错话了，但我又不知道自己哪儿说错了。我慢慢低下头，用手里的叉子扒拉起了盘里的肉。我不喜欢看见爷爷生气时的样子。可就在这时，我听到了他的声音。那声音很轻，几乎像是在跟我说悄悄话。

“你刚才说什么，爷爷？”

“我说，能挪一下酱汁吗？”他答道。

我抬起头。酱汁罐在h3上，他伸手就能够到，就在他面前。也许，他这会儿的心思根本就不在桌子上，所以就连近在眼前的东西都看不见。

“您没事儿吧，爷爷？”我问。

“为什么要问我有没有事儿？”

“因为您……因为酱汁罐就在那儿啊。”

“我知道它在这儿，”他说，“但我不是想要酱汁，我只想让你走一步棋。”

“走到哪儿？”

“h1。”

我拿起酱汁罐，准备挪动它，但爷爷突然伸手握住了我的手。我试着想挣脱，但他握得太紧了，我的手无法动弹，而且我能感觉到他在发抖。

“爷爷，”我说，“您在做什么？”

“嘘，”他把一根手指举到嘴唇上，“你看看周围。”

我环顾房间，看了看餐具柜上的时钟、墙上的柏林照片、壁炉台上奶奶的照片、角落里的电视……

“不，”爷爷摇了摇头，“不是看你的周围，而是看看桌上这颗棋子的周围。”

我看了看“棋盘”上的所有棋子。可我该看什么呢？我知道泡菜罐是我的后，芥末罐是我的王，它们仍然在方格上——它们没有移动。但我的刀叉已经在棋盘上前进了，我的面包小球们也是如此。爷爷想让我看什么呢？他的面包小球散落在桌子中间，他的酱汁瓶仍在角落里，而他的草莓酱，也就是他的王……

“你现在看到了吗？”爷爷慢慢松开手掌。

我那被握得发白的手指恢复了血色。

“我刚刚……赢了我的第一盘棋吗？”我的嘴角忽然翘起。

“是的，”爷爷笑了，“你赢了自己的第一盘棋。”

23

铁臂阿童木2008

我坐在自己的房间里，看着远处爷爷的房子，怔怔地出神。在我赢了第一盘棋之后，爷爷对我说我刚刚学会了“西西里防御”。他说这是国际象棋里最常用的招式之一，是黑棋对白棋的兵走到 e4 的应对。此外，他还说了不少其他信息，但我已经有点儿记不太清了。最终能下赢一盘棋的感觉真的很棒（即使当时我是在他的引导下走的棋），但现在我不禁又开始胡思乱想，想那些我在他衣柜里发现的东西。那些奇怪的东西可能也没什么大不了的，也许就是他收集的一些预约卡，就像我们班上有些男生喜欢收集明星卡。但杰克显然不这么认为，因为他刚刚又给我发了条信息，问我的对讲机还在不在，说那玩意儿明天监视我爷爷能派上用场。显然，去年夏天的事儿他全给忘了。当时我俩把对讲机放在自行车上，假装它们是警用电台，结果两个对讲机后来全都摔坏了。

就在这时，我的手机又响了。他又想干什么？我拿起手机，却看到了丽贝卡的信息。

喂，我跟我老妈今天在街上碰到你老妈了。

糟糕，结果怎么样？

没事儿啦，我觉得她们已经和好了。

太棒啦！

也就是说以后能来你家玩了。

耶！

☺

我笑了。如果丽贝卡能像以前那样过来玩，那也挺好的。但我敢肯定，这事儿杰克绝对不会喜欢。他会说她太碍事儿，因为我们的步兵和游骑兵里都没有女生。而且，如果给她知道我们还在玩打仗游戏的话，那就很尴尬了。所以，我只能等杰克和他老爸一起出去时，再让丽贝卡过来。

就在这时，我的手机屏幕又亮了。

你在干什么？

没干什么。

在下棋？

下完了，爷爷刚才教了我“西西里防御”。

不错呀！

真的假的？

真的，他很会下棋。

太酷了。

你现在算是下过棋了，可以在线下棋了。

什么？

我说你可以在线下棋，就像玩电脑游戏一样，能让你的棋下得更好。你可以登录 https://www.chess.com 在线下棋。

我对下棋可没多少兴趣。

我觉得你有。☺好了，不聊了。要陪老妈一起看《妈妈咪呀》了，而且是看第二遍！

好。

我看了一眼网址链接。点进去下一盘棋应该不会有什么不妥吧？爷爷给我展示了“西西里防御”，但我不确定我是不是能记起每一步棋。不过，我可以再下一盘，就算我输了，也没人会知道。但爷爷知道了的话会怎么说呢？他连电话都不信任，他也不可能信任电脑。也许，我应该去玩《堡垒之夜》。

想到这儿，我伸手去拿 PS4 游戏手柄，可就在这时，手机屏幕又亮了。

快去呀，菲利克斯！

?

我太了解你了，要是不盯紧点儿，你肯定会去玩《堡垒之夜》什么的。

看到这儿，我忍不住笑了。丽贝卡还真是了解我。

我点击了一下网址链接。

在线国际象棋

真人对战或挑战电脑

现有 53716 名玩家在线

53716 个玩家在线！爷爷肯定不会喜欢这种在线游戏。他疑心太重，肯定信不过这些人，也不会跟他们下棋。

我盯着屏幕看了看，发现这和我玩的其他电脑游戏没什么不同。只是没有愤怒的小鸟在岛上跳来跳去，屏幕上是一个摆满了棋子的棋盘。

我点击一枚白色棋子，把它移动到了 f4。电脑则把一枚黑色棋子移到了 d5。我又把另一枚棋子移到了 g3。电脑也将另一枚棋子移到了 h6。可就在这时，屏幕中间忽然出现了一个方框。

欢迎访问

赶快注册吧

无须任何费用！

老爸一直跟我说，上网遇到需要注册信息的话，要记得先和他确认一下是否安全。但这个网站是免费的，不需要提供详细信息。而且只玩一次也不会损失什么，再说我也想看看自己下棋行不行。

我单击了一下注册框，它要求我设置密码和用户名。

我设置了一个密码，然后想了想该用什么用户名。用户名设置其实不难，一般都是由名字和一个有特别意义的日期组合而成。

菲利克斯 2019？

不好。

肖普 2019？

不行，这两个用户名都太明显了。杰克说书呆子才会下国际象棋，我可不能被别人给认出来。

我又试着输入“鲍比菲舍尔 1972”。

抱歉，此用户名已被占用，请另起用户名。

我愣了愣，然后环顾房间，看到了老爸送我的复古海报。有了！

我输入了“铁臂阿童木 2008”。

恭喜，会员注册成功！

请您选择对战级别。

我点击了 1。

挑战电脑，还是真人对战？

我选择了挑战电脑。

准备就绪，对战开始！

24

间谍行动

“铁臂阿童木 2008！”杰克哈哈大笑，“那其他人都叫什么？万岁书呆子？至死怪咖？”

“我就知道我不该告诉你。”

“可惜太晚了。你下赢了吗？”

“没。”我不太好意思地答道。

“什么？你竟然被电脑打败了……你选的是哪一级？”

“你怎么知道有级别？”

“肯定有级别啦，”他说，“这跟其他所有电脑游戏一样。”

“呃……确实。”

“那你选的是哪一级？”

“呃……第一级。”

“哈哈哈哈！”杰克哈哈大笑，“我不是早就跟你说过了吗？下棋可不是个好主意，你最好现在就赶紧放弃。”

我想也许杰克是对的，我一开始就不该下棋。爷爷说我还没准备好，但可能我永远都没法儿准备好。

“也许我可以问问爷爷，我跟他是不是可以改下跳棋。”我说。

“嘘……”杰克摆了摆手，“先别说话。”他把望远镜对准我爷爷家的房子。“我想我看到有人出来了……呃，又是弗劳尔夫人在东张西望！”

“杰克，”我叹了口气，“你就不能专心作战吗？和我们的军队一起，继续我们的虚拟战争吧！”

“不，我现在做的才更有意思……继续监视，你是知道间谍有什么本事的，他们随时都会销声匿迹。”

现在是周六的上午，我不想跟老爸老妈一起去乐购，而且也没有别的事儿可做。所以，我才不大情愿地跟杰克一起用望远镜监视爷爷。天儿很冷，我一直举着的手臂慢慢开始酸疼。我们看到邮递员在小广场四周投递信件；我们看到弗劳尔夫人牵着她的狗散步；我们看到一辆白色面包车绕着广场行驶，把一个巨大的包裹送到了48号，然后原路返回。这些，就是一个多小时内发生的一切。杰克嘴里的监视听起来很刺激，但干起来却比在电视上看新闻更加无聊。

“杰克，这也太浪费时间了，”我说，“我们还是去我家玩《堡垒之夜》吧。”

“不，我们必须保持耐心，很快就会有事情发生，间谍是不会整天猫在家里的。你再仔细跟我说说，他衣柜里的卡片具体长什么样儿？”

我放下了望远镜，但杰克依旧举着望远镜，死死地盯着爷爷的房子。

“我不是跟你说过吗，卡片上都有一个手握步枪的标志。而且我还记得，我看到了一个名字：指挥官斯坦纳。”

“指挥官斯坦纳？谁会起这样的名字啊？”杰克问道，“等一下……快看快看！菲利克斯！菲利克斯！”他使劲儿朝我招手，“把你的望远镜拿起来，你爷爷刚刚出来啦！”

我举起望远镜，细细扫视爷爷家的房子。前门开着，爷爷穿着一身他几乎从没穿过的深色西装，正在花园里散步。

“他在确认有没有被人盯梢。现在，他在弯腰。”杰克压低声音，像斯诺克台球比赛解说员那样小声说道，“他在干什么？等一下，他把什么东西捡了起来。”

“唉，那是狗屎，杰克，”我叹了口气，“他每天早上都会清理一下的。”

“我们还不能排除其他可能，这可能只是个幌子。他其实是在外出打探我们的行踪，或者是在检查秘密监控摄像头的线路。”

“他没有任何秘密监控摄像头。”

“没有？但那是什么？你看看他家门口那个灯柱。”

我举着望远镜往左边扫视，看到了地面上矗立着一根水泥柱子。“这只是一根路灯灯柱而已。”我说。

“不，我说的不是灯柱，”杰克急切地说，“我说的是灯柱顶上安装的东西。”

我缓缓移动望远镜，朝灯柱上面看去，灯柱上面果然装了一个灰色的摄像头，估计是上周我们上学的时候有人来装的。

“你看，”杰克说，“我说得没错吧。”

“这摄像头是政府装的，为的是防止有人在围墙上涂鸦，砸汽车玻璃偷东西！”

“他们就是希望我们这样想。”

我放下手里的望远镜，一抬头，发现杰克正直勾勾地盯着我。

“间谍无处不在。”他瞪大了眼睛说道，“我到网上去查了你爷爷跟你说的那些东西，当时真的有一堵墙。”

“我知道，”我说，“他不会对我撒谎。”

“好吧，就算他不会，但后来我又搜了一下当时的间谍。当年德国有一个叫‘史塔西’的秘密警察组织，你爷爷就是其中一员。他们会翻查老百姓的垃圾桶，寻找人们对抗警察或者政府的各种证据。他们无处不在，窃听人们的电话和电视，折磨反对他们的人，还把反对者关进监狱。”

“但这和我爷爷有什么关系？他绝不会折磨谁。”

“也许不会，但你不是说他讨厌用电话，还总喜欢把纸都撕成碎片吗？”

“他是会那么做，但是……”

杰克忽然坐直了身子。“看，他要出门了。他穿上了外套，戴上了帽子。现在，他在锁门。跟我来！”

“你要去哪儿？”

杰克一边朝树屋平台边上爬去，一边回头朝我咧嘴笑着说：“当然是去跟踪他啊！”

“但他只是去商店买面包，或者去德国人联谊会见他的朋友。”

“那咱们就跟着他去那些地方。”

爷爷把头上的帽子戴正，然后关上了花园的门。杰克顺着绳子滑下了树屋。

“快下来，”他急切地低声说道，“我们可别跟丢了。”

“杰克，这也太傻了吧？”

“怎么会呢？总比一整天都傻坐在这儿好。”

抓住绳子往下滑时，我忍不住笑了，杰克把这事儿弄得跟真的似的。

来到树下，我俩闪身躲到了树后，看着爷爷转身沿着小路往前朝着主路走去。

“数到三就行动。”杰克举起三根手指，“一、二、三！”

就像电影里的海军陆战队队员那样，我俩飞奔着穿过草地。

到达停车道尽头的栅栏边上之后，我们立刻蹲了下来。远远看去，身着灰色长外套的爷爷已经走到了停车道的尽头。而就在这时，他忽然停了下来，左顾右盼。

“他在寻找他的同伙。”杰克小声说道。

“不，杰克，”我说，“他没有，我觉得他只是准备过马路。”

一辆公共汽车从爷爷面前驶过。他又左右看了看，然后朝着主路对面走去。沿着停车道，我和杰克一路小跑。跑到停车道的尽头，我们又停了下来，蹲在一个绿色的变电箱后面。这个变电箱很大，里面满是我们这片住宅区的电线和保险丝。我们探头从变电箱顶上望去，看见爷爷朝着一排商店走了过去。

杰克指了指一辆停在店门口的白色货车。

“我们过去躲到那辆车后面。”他低声说道，“我先上，你随后。”

我还没来得及点头，他就已经跑走了。他连路况都没有看，就冲了过去，这可真是太疯狂了。

杰克跑到了白色货车旁边。我朝那排商店看去，看见爷爷走进了一家花店。又看了一眼道路上没车，于是我连忙也穿过主路，跑到了杰克身旁。

“这真是太酷了！”他笑着说。

“杰克，”我说，“咱们这么做可真是太傻了，他只是出来买花。”

“是吗？但间谍就是这么掩人耳目的。他们都有接头的暗号，看见暗号就能知道彼此是谁。有些间谍靠帽子或者报纸传递信息，还有些间谍是靠……”

“花？”

“没错。”

爷爷手里捧着一束粉色的鲜花，从花店里走了出来。

“他们还会把东西藏在花里面，比如在花朵里藏个微型相机，甚至在花茎里藏些毒药。”

“杰克，你这是在瞎编乱造。”

“我没瞎编！之前有一个苏联的男人就是被伞尖刺中，随后中毒身亡的。这可是我在网上查你爷爷的资料时发现的。不管怎么说，他要脱离咱们的视线了，赶紧跟上！”

这时，爷爷走到了一家烤肉店旁边，从那儿又走到了马路对面。我和杰克溜过书报亭和花店，赶紧跟上。忽然，杰克举起拳头，示意我停下。爷爷在薯片店外停下脚步，开始跟一个男人交谈。我仔细一看，那是他在德国人联谊会认识的一位朋友。他们边聊边走，我和杰克则继续跟踪。他们走到公共汽车站停了下来，我们则闪身躲在了一辆汽车后面。

“杰克，”我说，“咱们这样跟着毫无意义，他们跟别人没什么不同，只是在闲聊啊。”

“间谍就是这样行动的。”杰克急切地低声说道，“他们就是要表现得跟其他人一样，这样才能混入人群啊。”

一辆公共汽车呼啸而过，我和杰克连忙避让到了人行道上。那个人上车了，但爷爷没有。忽然，爷爷回头朝我和杰克这边瞥了一眼。

我俩一怔，连忙跑进了路边一家房产中介店的门廊里。

“你觉得他发现我们了吗？”杰克问。

“我觉得没有。”我回答，“这个距离差不多有树屋到他的房子那么远，而他在房子里都看不到我们在树上干什么。”

“那就好。”

我和杰克在门廊里探头朝外张望。爷爷一边向前走，一边朝着经过他身旁的公共汽车上的朋友挥手告别。然后，他沿着通往公园的大路继续往前走。

爷爷好久没去公园了。在我小的时候，他和奶奶经常会带我去那儿玩。他会带着我的自行车，然后我就骑着小车逛植物园。今天他怎么会突然想去那儿呢？

沿着人行道，我和杰克一路小跑，进了公园。来到一个岔路口，我俩左顾右盼，但我们只看到一个男人在慢跑，一位女士正弯腰和婴儿车里的孩子说话。杰克面露惊诧，张开双臂。

“人哪儿去了？”

我耸了耸肩。

“看到没？菲利克斯，”杰克说，“我早就跟你说过，间谍可以凭空消失。”说话间，我俩四下打量，但到处都没看见爷爷的身影。

“我们竟然跟丢了。”我说，“他都已经72岁了，不可能比我们跑得还快。我看，我们还是回家算了。”

“回家？”杰克说，“你在开玩笑吧？我倒是觉得越来越有意思了。打起精神来，咱们分头搜索。你去池塘那边看看，我走这条路去游戏区搜索一番，怎么样？”

“好吧。”我叹了口气，希望杰克早点儿对此失去兴趣。

“如果发现了他的行踪，你就给我发短信。”杰克举起手机说道，“如果我们都没发现，就到公园那一边会合。”

我点了点头，杰克随即转身向游戏区走去。我远远地看着他。只见他走着走着忽然蹲了下来，沿着小路向前挪去。每过一段时间，他就会停下脚步，闪身躲到灌木丛后面，向外张望，然后再继续前进。看样子，他是真把自己当成了特种部队里的作战高手。

我沿着小路朝着池塘走去，但我懒得像杰克那样隐蔽行迹，因为我觉得那样太傻了。

忽然，我口袋里的手机振动起来。

有什么发现吗？

我环顾池塘。

没有，只有些鸭子。

继续搜索！他肯定就在这附近某个地方躲着。

我绕着池塘继续往前走，然后走上了一座通向出口的小桥。我一抬眼，看见一个身穿深色外套的男人正朝公园里走来。一开始，我还以为那是爷爷，但那个人个子更高，嘴里还叼着根香烟。杰克从我面前的灌木丛后现身。

“也不知道他跑哪儿去了，他有可能出现在任何地方。”

“也许他只是回家了，咱们也差不多该回去了。”我说。

“或者他去了厕所，”杰克说，“厕所我还没有搜索过。”

“他确实经常上厕所，”我说，“可他也不会上二十分钟的厕所啊。”

“他会的，因为他注意到自己被跟踪了，菲利克斯！”

听到这个声音，我顿时跳了起来。杰克也瞪大了双眼，一脸惊诧地看着我。

我俩慢慢地转过身来。

“爷爷，”我说，“您是从哪儿冒出来的？”我的心脏狂跳不止，就像手刚伸进饼干罐，正准备偷吃却被爷爷当场抓住一样。

“我也在想，你们俩是从哪儿冒出来的？”爷爷一脸严肃地看着我俩。

“我们只是……我们只是……”我一脸无助地瞥了杰克一眼。

“我们只是……来散步的。”杰克说。

“对，我们就是来散散步的。”

“但也是来监视您的，因为我们觉得您可能是个间谍。”

杰克！不要！你在说什么？

“间谍？”爷爷一脸疑惑。

“杰克！”我瞪了一眼杰克，“别再说啦！”

“菲利克斯，你也是这么想的。他可能在那束花里藏了麦克风和微型相机，这可是你说的。”杰克指着爷爷手里的那束花说道。

爷爷皱着眉头看着我。“菲利克斯，你真是这么想的吗？我是个间谍？”

“我们这只是在假装，爷爷，”我说，“我们只是在开玩笑。”

“开玩笑？”爷爷走近我说道，“你觉得这样做很有意思吗？你不知道你说的这些话有多伤人。尤其是今天……你这么说。”他的眼睛里泛着泪花。我瞥了杰克一眼，但他这会儿只是低头盯着地面，好像正在被麦克卢加什先生训斥一样。

“爷爷……”

“不要再说了。”爷爷摇了摇头，“我觉得，我们俩暂时都需要静一静。”

“可是，爷爷，”我跟在他身后央求道，“爷爷，求您别走……杰克不是故意的，我也不是故意的。请让我解释一下，我俩刚才只是在玩一个游戏。”

爷爷没理我，他很生气，我怎么解释都没有用。我只能停下脚步，眼睁睁地看着他走到小路的尽头，走出了公园。

这时，杰克跑到了我身边。“菲利克斯，别担心他。他之所以不开心，是因为我们刚才当场揭穿了他的伪装。现在，他只是要去——”

“杰克，别说了！”我火冒三丈。

“什么？我只是说——”

“我说了，别再说啦！”

25

我都干了些什么？

“我不知道。他只是说他明天不能去接菲利克斯放学，而且这周他都去不成了。”

“因为他约了医生要看病吗？”

“不，他没说要看病。他整个人看上去状态很糟糕，好像很不开心，谁都不想见。我应该再多劝劝，应该让他过来一起吃晚饭的。菲利克斯，”老妈看着餐桌对面的我问了一句，“你知不知道爷爷这是怎么了？”

“不知道，妈妈。”我连忙回答，差点儿被嘴里的豆子给噎住了，“我之前看到他时，他还好好的啊。”

“你今天下午不是要去跟他下棋吗？所以你肯定没去！”老爸说道。

我耸了耸肩，然后把盘子里的食物往旁边扒拉。从我惹爷爷难过到现在，已经过去一个小时了，但我还是满心内疚，胃里很不舒服，看着吃的就直犯恶心。我感觉老爸在盯着我看，像是在想我是否又在学校惹了什么祸。我切了一小块约克郡布丁，眼角的余光看到老爸慢慢放下了手里的刀叉。

啊，不要啊，拷问要来了。

“菲利克斯，”老爸向前倾着身子说道，“你确定不知道爷爷怎么了吗？”

我和杰克说他是间谍。

“嗯，我不知道。”

“你今天看起来怎么这么安静，而且不怎么吃东西啊。”

换了是你，做了那种事，你也吃不下。

“要是你知道怎么回事，你可以跟我们说说。”老妈插嘴说。

“我说啦，我不知道！”我一把推开面前的餐盘。我对自己的所作所为感到非常内疚，以至于喉咙发紧，痛得好像刚才那块儿布丁卡在里面一样。

“菲利克斯，”老妈说，“究竟是什么把爷爷气成这样？我们很担心爷爷。”

“嗯，我也担心！但我说了，我不知道他这是怎么了。我不知道！”我猛地站起身，椅子被我狠狠地推开，在地板上发出刺耳的声响。

“好吧，”老爸说，“开始耍你的性子吧，就像你一直做的那样。”

“马克！”

“怎么了？难道我说错了吗？”

“菲利克斯，”老妈说，“坐下来，我们可不是富人，不能浪费食物。”

“是的，”老爸说，“遇到麻烦时，你不能总是一味地逃避。”

“闭嘴！”我扯着喉咙叫了起来，“你们两个，都给我闭嘴！你们不是一直很忙吗？”我火冒三丈地冲出厨房，跑过客厅。

我讨厌自己的所作所为，也讨厌看到爷爷难过。要是给老爸老妈知道了整件事情的来龙去脉，他们会抓狂的。我绕着栏杆噔噔地跑上楼梯，老爸紧跟在我身后，脚步声咚咚作响。

“马克，别去烦他了，”老妈喊道，“让他先冷静一下，等会儿我再跟他谈谈。”

跑过二楼平台，我冲进了自己的卧室。真希望当时我没有听信杰克的话，真希望我从来都没进过爷爷的卧室，没偷看过盒子里的东西。为什么我要看那个盒子呢？砰的一声，卧室的门被我狠狠地关在身后。我把老爸老妈关在了门外，但爷爷那受伤的眼神却无法被我阻挡在脑海之外。

大概过了十分钟，我听到楼下大门咔嗒一声开了。我走向卧室的窗户……老爸迈着大步，穿过小广场向爷爷家走去。没能从我这儿得到答案，估计他现在是要去问个明白。爷爷的窗帘像往常一样紧闭。真希望他能早点儿睡觉，这样他就不会听到老爸敲门了，这样老爸明天才能跟他说上话。等到了那个时候，大家可能都已经平静下来了。也许，我可以在学校表现得特别好，努力集中注意力，在数学考试中名列前茅，或者用英语大声朗读一段很长的课文。可是，这些事情发生的可能性实在是太小了，比我在温布利球场为布里斯托流浪者队打进制胜球的可能性还要小。

老爸推开爷爷家院子的大门，沿着花园小路往前走去。

我拿起望远镜，看着老爸敲响了爷爷的前门。

千万不要开门。

把电视的声音开得再响些。

老爸后退了几步，走到了草坪上，抬头看了看爷爷卧室的窗户。

是的，爷爷已经在床上了。我们都可以睡觉了。明天早上大家醒来之后，今天所发生的都只是一场梦，从未真正发生过。

爷爷客厅的窗帘动了动。

窗帘是风吹动的。

是参孙在抓苍蝇。

窗帘又紧紧地拉上了，前门慢慢被打开，老爸又走回到了花园里的小路上。我努力想看清楚爷爷脸上的表情，但他站得离门太远了。老爸走了过去，他们开始交谈……

忽然，我的手机在桌子上嗡嗡作响。我瞥了一眼，杰克的名字在手机屏幕上闪烁不已。

你老爸怎么跑到你爷爷那儿去了？

我朝杰克家的房子望去，除了他的房间之外，他家其他屋子里的灯都亮着。

我拿起望远镜朝他的房间看去，看见他也正拿着望远镜朝我看来。于是，我给他发了条信息。

你就不能好好看你的电视吗？

我们的小广场边上有个间谍，我可没心思看什么电视。

他不是间谍。你没看到今天他有多难过吗？

发完信息，我把手机扔到了床上，继续把视线投向广场对面。老爸关上了爷爷家院子的大门，然后向他挥了挥手。爷爷也挥了挥手，然后关上了门。老爸一脸困惑，他这副表情我之前见过，当时他在琢磨该如何修好家里的洗衣机。我慢慢走到卧室门口，耳朵贴着门听外面的动静。

我听到前门被打开，然后听到老爸老妈在厨房里说着些什么，但我听不清他们谈论的具体内容。于是我轻轻地扭动门把手，慢慢开了门，小心翼翼地来到二楼楼梯口。

“他看起来糟透了，”老爸说，“我还从没见过他情绪这么低落过，自从妈妈走了之后，他还从没这样过。”

我的心脏怦怦跳得厉害。

“但自从我们建议他多陪陪菲利克斯之后，他不是一直都挺好的吗？他出门的次数也多了，他甚至还喜欢上了潜水。”老妈说。

是老爸老妈建议他多陪陪我？他俩上周末出去度假是怎么回事儿？难道只是为了让我和爷爷有更多时间待在一起？为什么要这样做呢？

我又往前凑了凑。

“确实，我觉得咱们的建议是有些效果的。”老爸说，“就像你说的，他出门的时候多了，而且菲利克斯终于开始对一件事情产生了兴趣，尽管我还不是很确定他是不是真心喜欢下棋。”

“喜不喜欢没关系，至少他不是一直坐在那棵树上瞎玩。但现在你爸不吃东西，而菲利克斯也在楼上自己的房间里抹眼泪，肯定发生了什么事情。”

“这我知道，但老爸什么也不说。他就那么坐在黑咕隆咚的房间里，一直盯着电视。他看起来又跟以前一样了，情绪特别低落，希望他不要又回到妈妈刚去世时的状态。

我的心跳忽然加速，握紧了栏杆，以至于我都感觉到了手腕上脉搏的跳动。奶奶去世之后，爷爷一直很沮丧？我知道他很想她，但我还以为他只是累了，只是脾气暴躁。

当我挪到最底下一层楼梯时，我转身朝厨房看去，看到老妈正背对着我，和老爸说话。

我沿着走廊朝他们走了过去。

老爸，对不起，我跟爷爷说他是个间谍。我在心里默念。

厨房里老爸呆坐在餐桌边，双手捂着脑袋。

“爸爸……”

老妈转过身来。“别说了，菲利克斯，”她摇了摇头说道，“我们只是很担心爷爷。”

“嗯，我知道，我就是想说他——”

“菲利克斯！”老爸怒吼道，“就像你老妈说的，这一次，总算不关你的事儿，是因为奶奶。”

“但奶奶已经走了啊。”

“是，你说得太对了！今天是她离开我们一周年的日子——可我们都忘啦！”

“你说什么？原来，这就是爷爷为什么去花店，他是打算……”

“菲利克斯，你在说什么呢？”老妈看了我一眼，眼神里满是疑惑。

“没……没什么。”我一边说着话，一边退到了客厅里，“没什么。”

我想打开大门，跑出去，跑到爷爷面前解释。但老妈说，他现在太难过了，谁都不想见，而且这个“谁”估计尤其是指我。

我飞快地跑上楼，冲进了我的卧室。

我真是个浑蛋！

我大口地喘着粗气，望向窗外。外面现在很黑，我只能看到我们那棵树的轮廓和邻居窗户里的灯光。爷爷房子里黑咕隆咚，没有光亮。现在，他很可能像老爸说的那样，在一片黑暗之中，孤零零地坐在椅子上。

我的手机在床头柜上嗡嗡作响。我拿起它，想要看清屏幕上的信息，但上面的文字模糊不清。我伸出胳膊，拿袖子抹了抹眼泪。

你爷爷告诉他们我俩做了什么吗？

他买花是要去奶奶的墓地看她。

呃……

别再烦我了！

我一把丢开手机，脸朝下扑倒在了床上。

26

转折点

地理课上，我坐在利亚姆旁边，因为杰克分在了另一组。但就算他在我们这一组，我也不想坐在他边上。他昨晚又给我发了十条信息，问我怎么了，问我为什么跟他这么较真儿，还说他那么干纯粹是因为好玩儿。但这一点儿都不好玩儿，因为他让我经历了我人生中最糟糕的一天。

“所以，”菲尔兹先生指着白板上的一张挂图说道，“这就叫作沿岸泥沙流，这是……”他继续讲述，说海水不断冲刷海岸线上的一些岩石，久而久之就把它们拍碎成了细小的石块。随着洋流涌动，这些碎石又被冲积到了海岸线上的其他地方。我的脑子慢慢开始变得迷糊起来，只觉得被海水侵蚀的其实是我的思想，爷爷独自一人枯坐在家里的情形不断在我眼前浮现。

外面一有车路过，我就忍不住朝窗外张望，真希望能看见爷爷开着他的粉色汽车经过。我会立刻跑出学校大门跟在后面，为我的所作所为向他道歉。我怎么这么傻，竟然会附和杰克的想法？我怎么会认为自己的爷爷是间谍？他只是要去给奶奶献花。更糟糕的是，我甚至都没有意识到奶奶已经离开了我们整整一年。一年前，我失去了生命中最重要的人，这么重要的日子我怎么也能忘记呢？我垂下脑袋，趴在了胳膊上。

菲尔兹先生的讲解还在继续，他说什么在德文郡有个地方叫作斯莱普顿金沙滩，那儿就是一个很好的沿岸泥沙流的例子。我身后的莎拉·福克斯说那地方她去过，度假时去的。

我盯着白板出神，脑子里的一切慢慢模糊成一团。上周，我满脑子都只想着下棋，一抬头就看能见白板上出现了很多黑白方格。可是现在，白板上一片空白。上周，我脑袋里经常会响起爷爷的声音，可现在我能听到的只是模糊不清的声音。

我闭上眼睛，希望之前脑海里的影像和声音都能回来，希望我能再次坐在桌子边上用面包小球下棋。这种想法很奇特，我以前从没想过。老爸老妈故意安排让我和爷爷在一起多待待，虽然做得一点儿也不光明正大，但我不得不承认我很享受这种安排，而且我想爷爷也是一样。事实上，他真的开始微笑了。自从奶奶去世后，他也第一次进了城。也许，我确实是在想念那些黑白方格，但我觉得我更想念的，应该是爷爷。

我目不转睛地盯着白板，直到白板的边缘开始变得模糊起来。我不能在学校里掉眼泪，我不能。

“菲利克斯！”

我差点儿跳了起来。

“我说，你在听讲吗？”菲尔兹先生忽然出现在我的面前。

“我在听。”我一边说着，一边努力把思绪收回教室。

“那么，破碎的砾石被洋流卷着在海岸线上移动，这个过程叫什么？”

我耸了耸肩。

“说啊，菲利克斯，你不知道？”

我摇了摇头。

“那有谁知道吗？”

“老师，这个过程叫作沿岸搬运。”

“答对了，利亚姆，就是沿岸搬运。”菲尔兹先生瞥了我一眼。“明白了吗，菲利克斯？”

我点了点头，看着我的桌子，只希望自己能立刻被搬运出教室。

走廊上，我的两只脚在往前走，但我却不知道是谁在挪动它们。男生和女生们的说话声在走廊里回荡，我的脑袋里面跟着嗡嗡作响。忽然，在这些噪声之中，一个声音越来越响亮——有人在喊我的名字。

“菲利克斯！菲利克斯！”丽贝卡拍打着我的肩膀，在我耳边说道，“菲利克斯，你怎么了？”

我张了张嘴，却没能发出任何声音。走廊里的我木然地四下张望，却始终不去看丽贝卡，我只觉得喉咙一阵发紧。

“菲利克斯，”丽贝卡轻轻碰了碰我的胳膊，“快跟我说说你怎么了，今天你在课堂上太安静了。”

我摇了摇头。没能回答她的问题，我心里也不是滋味，但我的喉咙像是被什么东西堵住了。我已经失去了奶奶，我不想再失去爷爷。

我默默地转身走开。

“菲利克斯，有什么你就跟我说啊。”丽贝卡继续跟在我身边，“你整整一上午都怪怪的，杰克说你都没等他一起上学。菲利克斯！”

“抱歉，”我说，“这事儿我不想再说了……我爷爷……”

“哦，天哪！”丽贝卡伸手捂住嘴巴，“他去世啦？”

“没，但跟那也差不多了。他……不想再见到我了。”

“为什么？”

我深吸了一口气，把一切都告诉了丽贝卡——我和杰克是怎么跟踪爷爷穿过公园，杰克是怎么对爷爷说他是一个间谍，而他所做的只是想去奶奶的墓地献花，现在他又是怎么不再和我说话。说到这儿，我停了下来，猜测丽贝卡会有什么反应。也许她觉得我附和杰克的计划很傻，或者她甚至会生我的气。但她只是温和地笑着说她觉得这没关系，因为她老妈跟她奶奶曾经两年都没说过话，但她俩现在却相处得很好，像是最要好的朋友。我告诉丽贝卡，我知道她想帮我的忙，但对我来说，两年不跟我爷爷说话那时间也太久了。我还跟她说，不仅如此，我还想我奶奶，想我老妈，甚至还想念国际象棋。听完我的话，她笑了。我低头看着地面，直到听见她说：“菲利克斯，难过很正常。有时候，有些东西正是因为会失去，你才会珍惜。”

“但我觉得我已经失去了，而且太晚了。”我说。

“不，还不晚。”

“我觉得太晚了。”

“听我说。”丽贝卡扯住了我的胳膊，“我们一起去国际象棋俱乐部吧。也许你现在没办法跟你爷爷说话，但至少你可以下棋。”

“不，”我叹了口气，“我觉得我做不到。”

“国际象棋俱乐部并没有你想象的那么糟糕。”丽贝卡笑着说，“俱乐部里有理查德，他是俱乐部的负责人，人有点儿那个，不过克里斯、汤姆和莉亚都还行。我们几个水平有高有低，但我们经常能下出好棋。而且，基特斯先生也会指导我们，我知道你还蛮喜欢他的。”

虽然这会儿我一点儿也不想去国际象棋俱乐部，但我确实需要去某个地方冷静一下。于是，我跟着丽贝卡一起朝前走去。也许，下棋是仅次于和爷爷在一起能让我开心的好事儿了。

我们在走廊尽头转了个弯，然后停了下来。因为杰克朝我跑了过来，笑容灿烂。

“嘿，菲利克斯，”他嚷嚷道，“今儿早上你跑哪儿去了？你怎么没回我短信啊？”

“我不和你说话。”我回应道。

“什么？就因为我说你爷爷是个间谍？我那只是闹着玩儿的。”

“这并不好玩儿。”我说，“我不觉得好玩儿，我爷爷更不会觉得好玩儿。”

“哦，”杰克说，“看来有人气坏了。”

我瞪着杰克，不禁握紧了拳头。我的心跳加快，不知自己接下来会做出什么。

“我们得走了，菲利克斯。”丽贝卡拽了拽我的胳膊，像是感觉到了我的愤怒，“他们不会等我们的。”

“什么？你们这是要去哪儿？”杰克连忙问道。

“国际象棋俱乐部。”丽贝卡说。

杰克哈哈大笑。“菲利克斯，你不是来真的吧？”

“对，这样就可以不用再看见你了。”

“什么？”杰克伸出双手，“菲利克斯，我不是跟你说了吗？你爷爷和那间谍什么的我只是在开玩笑。”

“开玩笑！”我顿时火冒三丈，一把把杰克推到了墙上。

“哇，菲利克斯！”杰克忽然笑了起来，好像觉得我是在跟他闹着玩儿。“我投降还不行吗？我投降！”他一边说着话，一边高高举起了双手。

“打他！”

“揍他！”

一群八年级男生突然跑了过来，把我跟杰克围在了中间。

“哈哈！”杰克说，“我们才不会打架。我们是最好的——”

“揍他！”

“把他揍趴下！”

“打呀！”

“打他！”

“快打呀！”

“哈哈哈哈！”杰克哈哈大笑，“告诉他们，菲利克斯，咱们是最好的朋友。”

“以前是。”我回应道。

“赶紧打呀！”

“揍他！”

杰克脸上的笑容僵住了。我俩的脑袋离得很近，鼻子都快碰到一起了。忽然，有人在背后猛推了我一把，我整个人不禁往前一扑，头撞到了杰克的脸上。

“打呀！”

“动手呀！”

“快打呀！”

杰克伸出手，朝自己的鼻子摸去。一瞬间，我觉得他是要跟我动手了。我连忙伸出胳膊，搂住了他的脖子，紧跟着，我俩一起重重地摔倒在地。

“打！打！”我俩在地上扭打成一团。我的心脏怦怦直跳，一张张俯视着我的脸庞逐渐变得模糊。

“打！打！”我和杰克纠缠在一起，我两腿乱蹬，双手乱挥……

“放开，放开我！”我在地上翻滚，眼前的一切变得更加模糊不清。天旋地转之中，我扯着嗓子喊道：“放开我！”

“打！打！”

我呼吸急促，急促到几乎喘不过气来。

“够了！够了！快停手！”

随着一双棕色的皮鞋出现在眼前，我的耳边响起了基特斯先生的声音。他抓住我的胳膊，把我从地上扯了起来。

“刚才……”

“刚才……”

我和杰克彼此对视，拼命地喘着粗气。“好了，八年级的都给我听好了，忙你们的去吧，这儿没什么好看的。”

杰克的鼻子在流血，眼睛在流泪。

我大口地喘着气。

基特斯先生的一只手放在我的肩膀上，另一只放在杰克的肩上。

他看了看我，然后又看了看杰克。

“你们两个！这到底是怎么回事儿？你们俩可是好朋友啊！”

“我知道。”

“我知道。可我……我……”说到这儿，我再也忍不住了，失声痛哭起来。

27

那个家伙

雨中，我独自一人步行离校回家，身边不时有汽车和公交车呼啸而过。在眼角的余光里，我能看到有些男生女生不时地瞥我一眼。与此同时，一些关于我的谈论也不时钻入我的耳中。

“他就是那个午休时打架的家伙吗？”

“他就是那个哭着鼻子跑出学校的家伙吗？”

“就是那个家伙的爷爷开着粉车接他放学？”

是的，那个家伙就是我。我就是那个跟自己的好朋友打架的家伙。现在，那个家伙正在一个人走路回家。

我们刚一被放出反省室，杰克就撒腿跑了。我们整个下午都待在那儿，盯着墙反思。我希望我能看到棋盘上的方格，能听到爷爷的声音出现在我的脑海里。但墙上一片空白，我唯一能听到的只有杰克的声音。他从小隔间隔板边上探出脑袋，开口说道：“当时，我伸手只是想要去擦鼻血，菲利克斯，我当时并不是要动手打你！”

尤恩斯夫人告诉他要保持安静，因为我俩惹的麻烦已经够多了。而就在这时，詹姆斯·金说：“你俩为什么打架？是为了争坐你爷爷那辆粉车的副驾驶座位吗？”这话说完，他顿时哈哈大笑起来。杰克叫他闭嘴，但尤恩斯夫人说我们几个都应该安静，还说我和杰克明天得去见年级负责人亨特先生。

我转过街角，朝加油站看去。有那么一瞬间，我好像看到有辆粉车一闪而过。但再细看时，那其实只是一辆货运卡车。卡车的车厢上喷着一幅广告，广告上面有些小狗和粉色厕纸。爷爷还是没有原谅我，他甚至都不想再看见我，所以怎么会来接我放学呢？

我低头看着人行道往前走，一直到家才抬头。

进了屋，我看见餐桌上搁着一张老妈写的纸条。

菲利克斯，冰箱里有个比萨。烤箱火力设定到8，烤15分钟。用后记得关掉。我大概七点到家。

爱你的老妈

另外：等我回来，我们坐下来好好聊聊☺

我把眼前的纸条推开，因为现在聊已经太晚了。辛辛苦苦加班，回到家却发现我打架了。这事儿她肯定没法儿接受，而且肯定也会特别生气。

比萨热好之后，我拿了一半回到了自己的房间。羽绒被皱巴巴的，还是我今天早上匆忙离开时的模样。早上被我随手扔下的 PS4 游戏机还在当初的地方嗡嗡作响。在海报旁边的行动计划表上，还贴着爷爷教我的那些象棋攻略便利贴。

我坐在床上，看向门背后爷爷写给我的象棋规则：

下棋之前不要吃东西……永远不要走最简单的路线……不要相信棋钟……别冲你的对手微笑，也别盯着你的对手看……永远不要暴跳如雷或让对手看到你很沮丧……相信我！

我转过身，看了看爷爷的房子。相信我。我回味着这三个字。爷爷说信任是双向的，但他还会再相信我吗？

我凝视着他的客厅窗户，想起了清洗铜器，想起了清扫院子，想起了修剪草坪。

如果我能听到爷爷的声音，我甚至愿意再切一次卷心菜。我不禁开始在脑子里回想起当时的一幕幕情景：

“拿起棍子。”

“量出六十厘米的宽度。”

“把绳子拉直。”

“把棍子插到地里去。”

我想象着此刻头顶上有个炙热的太阳。

“这是 a1……这是 h8……这是 b1……这是 g8……”

“这是……这是……”

爷爷，我想你了。

我抬起袖子，擦了擦眼睛。

这时，我的手机在桌子上嗡嗡作响。我伸出手，把它拿了起来。

嘿，菲利克斯，你没事儿吧？

我们不该说话的。

可这不是说话，是发信息。哈哈！

菲利克斯，你还在生我的气吗？

还在生气吗？

咱们明天见面聊，好吗？

菲利克斯，明天见面聊？

我朝窗外瞥了一眼，看到杰克正站在他卧室的窗边，手拿着双筒望远镜正朝我这边儿看。我真希望自己当时没跟他动手。我不应该打我最要好的朋友。但我也希望当时没跟着他玩那个愚蠢的间谍游戏。我鼓了鼓腮帮子，试图让自己能平静地呼吸。但我却感觉小广场好像在不断向我逼近，越来越近，直到挤压着我的肋骨。我想下楼去我们的树上，我想去看那些烦人的德语电视问答类节目，我想坐在那个黑乎乎的客厅里下棋，我甚至愿意去吃那些香肠。

菲利克斯，你难道不准备回复我吗？

我又擦了擦眼泪。

就在这时，在眼角的余光里，我忽然发现有什么东西在动。我站起身来，看向窗外。爷爷站在前门，朝广场这边看了过来。

我连忙向他挥手。

他低下头，把参孙放进了屋，随即关上了门。

28

失败者

“学校在考虑让他俩停课反省。”说话的是亨特先生。

“停课反省？”老妈诧异地说道，“但你们应该也注意到了，他最近的表现已经好多了。”

“是的。”亨特先生点了点头。

“好吧，要怪就怪我家杰克吧。反正你们总是怪他。”杰克的老爸说道，“也就是两个孩子闹着玩，互相推搡。您知道，这要是在我们部队，这哪儿叫打架啊！”

“老爸，别说了。”杰克一边说着，一边扫视亨特先生的办公室，最后看向了我。

“菲利克斯，你有什么要说的吗？”亨特先生开口说道。

“没有。”我看了一眼杰克，低下头盯着自己的鞋子。

“学校对暴力采取零容忍的态度。”亨特先生说，“但鉴于他俩是……好朋友，我们决定让他俩明天暂时待在家里，给他俩一些反省的时间。而这，也许能让他俩彻底冷静下来。”

“简直荒谬至极！”砰的一声，杰克的老爸摔门而去。

“我就搞不明白了，”在回家的路上，老妈一边开车一边说道，“杰克，杰克！你跟杰克打了一架！你为什么要跟你最要好的朋友打架？”

这事儿我没法儿跟她坦白，没法儿跟她说我和杰克在公园里跟踪了爷爷。她郁闷无比，但我偏偏什么也不能说。

“你知道这对我来说意味着什么吗？被叫进学校？我还不得不请假，你知道我根本就折腾不起啊。”

我本来还想说如果你能多陪陪我的话，这一切可能都不会发生。但如果我真这么说了，老妈肯定会彻底抓狂。所以，我只是盯着脚垫，或者看向窗外，或者摆弄我书包上的拉链，反正就是不去看她。她对我说的最后一句话是，她真的很失望。到家之后，我不得不乖乖待在自己的房间里。“电视别看了，手机别玩了，《堡垒之夜》也别想了，什么也别干了，等你爸爸回来看他怎么说吧。”

上述情形发生在昨天。我很走运，因为后来老爸回来得太晚了；但不幸的是，老妈今天不得不请假一天，在家里陪我。我看得出来，她并不高兴。因为她在楼下不停地摔门，好像丢了什么东西似的。爷爷的事儿，我已经够难过的了，而现在她又把家里弄得震天响，这让我愈发心烦意乱。

我在书桌旁坐下，伸手抓来了历史作业本。

写一篇文章，谈谈假如你身处第一次世界大战的战壕里，会有何感想。特别需要注意考虑当时的生存条件。

我看了看窗外。这个作业我应该能够应付得来。我只要想象和杰克正在树屋上打仗，发射我们的大炮，磨着我们的刺刀。我拿起了笔，开始写了起来……

假如我是战壕里的士兵，我会疲惫不堪，双脚湿冷

还有……还有……接下来写些什么呢？考虑当时的生存条件……我得想想看着别人死去是什么感觉。天气阴冷潮湿……这一点我已经写了……当我们跑来跑去寻找掩体时，士兵们会像我和杰克一样大喊大叫。但我该怎么写呢？

我拿着笔，在桌子上敲了敲，在脑袋上敲了敲。越过我们的树屋，我的眼神又投向了爷爷的家。他现在就是不想和任何人说话，但我希望他能出来走走，我希望他已经没事了，我希望他今晚能吃点儿东西。

我低下头，看着我的作业本，手里的钢笔不断地轻轻敲打着页面。

接下来写什么好呢？

接下来写什么好呢？

我脑子里什么都有，可就是写不出来。接下来该写什么好呢？

我朝窗外看去，目光扫视着小广场。这儿几乎没停什么车，因为大家都上班去了。在詹姆斯·金的嘴里，停课这事儿听上去很有意思。他说他会在镇上散步或在码头那儿的船只附近闲逛。但停课实际上很没劲。我瞥了一眼杰克家的房子。我打赌他跟我一样无聊。这原本是我通常给他发信息的时候，但我俩

被告知要远离彼此。而且在他做了那事之后，我也根本不想跟他说话。还有，我的手机也给老妈没收了。要不是我写作业需要用到笔记本电脑，笔记本电脑也一样会被她拿走。

我把桌上的笔记本电脑拉过来，然后输入了密码。

铁臂阿童木 2008，欢迎回来!

一行字出现在了屏幕上。

这个时候，我本该是在搜索第一次世界大战的相关信息，但下一盘棋也许并没什么坏处。我一跃而起，来到卧室门口侧耳倾听。老妈正在楼下，不知道在跟谁打着电话。我轻轻关上门，然后回到我的书桌边上。

屏幕上闪烁着一条信息。

不想再和电脑对战了？那就来和同级别真人玩家同场竞技吧!

我点击了一下真人会员页面。按照不同的级别，数百位玩家分列于若干个联盟之中，跟那些电子游戏里的设定一模一样。本来我还想从三级玩家里面挑选一个对手，但我只和爷爷下过一盘棋，我可不想一出手就被打败。我向下滚动页面，在线会员的名字上都有个绿色的图标。我从二级玩家名单里随便挑选了一个：迪纳摩 2011。很快，对方的信息加载成功。一张图片跳了出来，图片上画着一个身披战甲的骑士，图片下面写着一句话：迪纳摩 2011，入会一个月。

入会只有一个月，而且是在第二级，看来他跟我一样是个新手。

就在这时，一条消息亮了起来，迪纳摩 2011 已经看到了我的对战请求。

想下一盘吗？

是的。我回复道，尽管心里有点儿想打退堂鼓。

酷！

但这并不酷，没那么酷。因为这会儿我不应该在家下棋，而是应该在学校，和班上其他人一起上课。

我把一个兵走到 e4，迪纳摩 2011 把一个兵走到了 d5。

老妈的声音越来越大，我停了下来。我无意中听到她说爷爷昨晚什么东西也没吃，甚至连盘子上的保鲜膜都没扯下来。她觉得他肯定不大对劲儿。一切都不对劲，爷爷还在生我的气，而我又跟杰克闹得很不愉快。

我把一个兵走到了 f4。

迪纳摩 2011 把他的马走到了 a6。

我双手撑住脑袋，盯着屏幕。

我不应该让这种情况发生的，我应该好好陪爷爷下几天棋的。但现在我伤了他的心，让他又变得消沉起来。

我看了看广场对面，爷爷的房子那边依旧没有任何动静，只有参孙坐在门口的台阶上。我又看了看杰克家的房子，他卧室的窗帘仍然拉着，好像家里没人照顾他，他打算睡上整整一天。

我把一个兵走到 g3，迪纳摩 2011 把一个兵走到了 h5。

我叹了口气，真希望自己能回到我的树屋，回到下国际象棋之前，回到和杰克闹翻之前的时光。那个时候一切都很简单，我们只需要给步枪和大炮上膛。有时候敌人可能也会一时占据上风，但每每游戏结束，我和杰克总还是会大获全胜。

我把一切都搞砸了。我失去了爷爷的信任，也失去了我最要好的朋友。而且，虽然没什么大不了的，可才走了十四步，我就输给了迪纳摩 2011！

29

绝望

“菲利克斯……菲利克斯！”餐桌对面的丽贝卡身体朝我倾了倾，“你得找个时间跟他谈谈，已经三天了。”

“这我知道。”我顿了顿说道，“我是说，我知道。可如果他不想跟我说话，我也没法儿跟他谈。”

“他想跟你说话。”丽贝卡急切地说。

“你怎么知道？”

“因为他跟我聊过，他说他很抱歉。”

“他跟你说他很抱歉？你什么时候跟他说过话？”

“昨天上数学课的时候，还有今天上语文课的时候。”丽贝卡颇感困惑地答道。

我皱了皱眉问道：“丽贝卡，你在说谁？”

“我在说杰克啊，不然呢？”

“哦……我在说我爷爷。”

“哦，抱歉，我说的不是他。不过，如果我能在数学课和语文课上和他老人家说话，那也太奇怪了。”

听丽贝卡这么一说，我不禁笑了。脑子里竟然浮现出了一个场景——爷爷坐在教室里，正在听安德鲁斯先生或者达普先生讲课。

“呃，至少我让你开心一点儿了。”丽贝卡说。

“是的。”我伸手摸了摸嘴巴。我好像很久都没有笑过了，竟然有种嘴角裂开的感觉。

丽贝卡把笔袋装进书包，站起来说道：“所以，你打算跟他说话吗？”

“不，”我说，“他就是个混球儿。”

“可他是你最要好的朋友啊。”

“以前是。”

“但他已经为自己的所作所为感到抱歉了。”

“那又怎样？”

“那你打算跟他说话吗？”

“不打算。”

“你的状态看起来很不好啊。”

我耸了耸肩。

“我了解了。”丽贝卡说，“不如我去你家跟你练习下棋怎么样？正好现在咱俩的老妈又和好了。”

“我觉得这主意不好。”

“怎么不好了？”

“因为杰克有可能会看到我们。”

“你看，其实你还是很在乎他的。”丽贝卡笑了。

“并不是，我只是不想把事儿弄得更糟。我自己会去网上下的，但我棋下得实在是太烂了。昨天晚上，有个迪纳摩 2011，只用十四步就赢了我。

丽贝卡笑着捂住了嘴。

“有什么好笑的？”我问道。

“你想想看，菲利克斯，我的用户名是红宝石 2008，你的呢？”

“铁臂阿童木 2008，怎么了？”

“没错……2008 年，就是咱们出生的那一年。所以，迪纳摩 2011 有多大呢？”

“啊，天哪！”我伸出双手，捂住了脑袋。真是糟糕透了，我竟然被一个八岁的小孩儿给碾压了！

30

枪战

“菲利克斯，整个周末你都想赖在床上吗？”

“哦！别管我！走开！”我用枕头捂住脑袋大声叫道。

“怎么说话呢。”老妈说，“我就是想告诉你今天天气挺不错的。”说话间，耳边传来了窗帘被拉开的刺啦声。“你看，外面万里无云的！”

我睁开眼睛，从枕头底下朝外面看去。阳光刺眼，一下子照亮了我的房间。我连忙又把头埋进被窝。外面确实是晴天，可我的卧室里却像在下雨。现在是周六早上，我无事可做。而且即使我想做，也没人跟我一起做。爷爷还是不吃饭不说话，因为昨晚我又偷听了老爸老妈的对话。老妈很担心，她特地为他烤了些东西送过去，可他甚至都没让她进屋；我还是没跟杰克说话，尽管他今天早上又给我发了四条信息。就在这时，手机又响了，我把手伸向桌子。

菲利克斯，我说，这个周末也太无聊了。

我滑动屏幕，翻看前面的信息。

基特斯先生是说过咱俩不能交谈，可那都是几天前的事儿了。

菲利克斯？

？

你醒了没？☺

我叹了口气，把手机丢到了一边。

我确实也想杰克了。今天天气很不错，就算几公里之外有敌人出现，我俩在树上也能察觉。可即使我能原谅他，我俩也不能去树上。因为要是给爷爷看到了，他会觉得我始终还是站在杰克那一边。

手机又响了。

杰克没有放弃。我伸手拿过手机，打开信息。

喂，菲利克斯，来吧。下午 2 点，咱们树上见。

发个☹给我，让我知道你收到了这条消息。

我按下锁屏键，躺回了床上。爷爷一直不理我；我最好的朋友——前任好友——一直缠着我。我翻了个身，侧躺着，看向墙壁。

4 × 7 = 28

5 × 7 = 35

6 × 7 = 42

乘法口诀边上，爷爷写的国际象棋规则映入了我的眼帘：

2. 永远不要走最简单的路线。不下棋就不会输，这种想法是错误的。屡败屡战反而能让你变得更强。
3. 不要相信棋钟。它们可能因为停电而无法工作，或者因为电池电量不足而变慢，又或者你的对手会利用棋钟来放烟幕弹。最好的棋钟是你脑袋里的那个。

没有哪条路是容易的；我往自己脑子里塞了太多东西，根本没地方放棋钟了。

我一边想着，又把脑袋埋到了枕头底下。

终于，我起身下楼，可家里没人，老妈在桌子上给我留了一张纸条。

我去菲奥娜那儿了。家里面包和厕纸没了，这儿有些钱，记得去买一下。

真是难得，老妈周末竟然没有加班。可她也没有陪我，而是去看朋友了。好像她压根儿就没有注意到我遇到了麻烦。我把纸条推到一边，自己倒了些玉米片，然后走进客厅，打开电视。跟爷爷在一起待了一周以后，我也学会了通过在线电视平台收看各种节目。可我浏览了一通节目列表，却发现什么节目也不想看。我放下遥控器，开始咀嚼我的玉米片。老妈忘了说家里牛奶也没了。

我鼓了鼓腮帮子。真是太没劲了，现在是周六，可我想不出有什么事儿可干。

我瞥了一眼电视上的时间，现在已经十二点了。下棋之前我该做点儿什么好呢？以前这个时候，没出发去和杰克一起玩之前，我都做了些什么呢？我把空碗拿进厨房，然后回到了二楼自己的房间。

我拿起 PS4 游戏手柄，开始玩《猫鼠游戏》。鲍比·比林斯正在逃离坏蛋的围追堵截。我操控他走过一座横跨峡谷的铁索吊桥。鳄鱼在桥下的水流里龇牙咧嘴，盼着他失足跌落。我按下 X 键，鲍比跳到了河对岸的安全地带。

这时，手机又在桌子上嗡嗡地响了起来。可能是杰克又来信息了，但也可能是老爸老妈要告诉我他们什么时候回家。

我放下游戏手柄，慢慢挪到了桌子边上。

菲利克斯，我知道你在，我看见你的电视屏幕在闪啦。

我叹了口气。

你真是个怪咖，你一直都在监视我吗？

我无聊的时候才会这么干。

笨蛋！

你也是。

啊！！！

怎么啦？

你刚才害我中弹啦！

哈哈哈哈！你待会儿会来树上见我吗？来树上打仗可比协助鲍比·比林斯脱困好玩儿多了。

我考虑考虑。

太好啦！

我说我考虑考虑！

一小时之后见！☺

我放下手机。也许我跟杰克见见也没什么，可能他只是想跟我道歉。但如果爷爷从窗帘后面瞧见了我俩，他会觉得我是叛徒。也许因为我跟敌人说了话，会让事情变得更加不可收拾。

我拿起游戏手柄，引导鲍比·比林斯走到了一匹马边上，这匹马将带他穿越边境进入墨西哥。这片土地像沙漠一样平坦，光秃秃的，但一定有人躲在远处的岩石后面。我搜索那些可以藏身的地方，以确保鲍比的安全，但我无法把杰克的话从脑海里赶出去。他说得很对，在树上打仗可比协助鲍比·比林斯脱困好玩儿多了。

我放下游戏手柄，脱了睡衣，换上外出的衣服。手机上显示现在是 13:50。我朝窗外瞄了瞄，想看看杰克是不是已经去了，但我们的树上没人，外面只有帕菲特夫人在广场上遛狗。也许……杰克改变了主意。

我走到楼下，在门厅里穿上运动鞋。如果杰克这会儿只是站在他的窗口，盯着我看呢？他肯定会哈哈大笑，因为我先出了门，而他可能根本就不想再跟我做什么朋友。

我坐在最下面一级楼梯上，手机上时钟显示的时间是13:55。通常我系个鞋带根本用不了五分钟，而且以前我也不会因为要见杰克而瞻前顾后。我俩一直都是形影不离，但现在我甚至都不知道他是不是真的会去树上。

13:56。如果我是鲍比·比林斯，我会继续隐蔽。他从不会轻易暴露自己的位置，他可能会提前一小时到达并设下埋伏。要是杰克也这么干了呢？他现在可能就在外面，躲在某辆车后面，两只手里都拿着鸡蛋，时刻准备袭击我。

13:57。我走进厨房，打开冰箱。家里没鸡蛋了，但在最下面的抽屉里我找到了四个西红柿。

13:58。我又坐回了最后一级楼梯。现在出去还是太早。杰克会在外面拿望远镜观察我家门口，而我跑到树上只需要30秒。我要再等一会儿。我要表现得无比淡定，我可不想让他觉得我眼巴巴地要跟他和好。

13:59。我慢慢打开门，朝外面瞄了瞄。阳光洒满草地，我抬头飞快地扫了一眼杰克的窗户，想看看是否能看见望远镜镜片上的反光。不过竟然什么也没有看到！他可真是狡猾，隐蔽得太好了。

我蹑手蹑脚地出门来到小路上，蹲下身，仔细打量附近的车辆底下。我没发现他的脚。但也有可能他正紧紧地贴在某辆车子的侧面，就像蜘蛛侠那样。我一点儿一点儿地往前挪，逐个查看附近垃圾箱的后面。没有埋伏，没有杰克任何的踪迹。

就在这时，我口袋里的手机忽然开始振动。

我慢慢把手伸进口袋，同时继续保持着对四周的警惕。

菲利克斯，你看起来活像个傻瓜！

你在哪儿？

我在树的另一边。

我怎么没看见你？你要是敢忽悠我，看我怎么收拾你！

没忽悠你，哈哈，我在躲避敌人的侦察。你继续往前走。

我把手机放回口袋，然后从背包里拿出了一个西红柿。他肯定就藏在附近。

我经过那些停着的汽车，快速穿过马路来到了小广场上。杰克的老爸正在屋外擦车，但我还是没有看见杰克的影子。我朝着我们的大树走去，防备着他随时跳出来对我发动突然——

“嗯？”我猛地怔住了，脚步再也无法迈动。

在我面前不远处，爷爷正站在院门口，手里捧着个盘子。

我的心脏顿时怦怦乱跳，像敲鼓一样。爷爷往前走了几步，在路边停了下来。我环顾四周，不知道他这是打算去喂参孙，还是要去查看花园里的小矮人雕像，可他甚至都没往花园的方向看，而且到处都没有参孙的影子。

爷爷穿过马路，一步一步朝草坪走来。有那么一刻，我看到他脸上露出了微笑，或者那只是阳光让他的眼神恢复了神采。他慢慢向我走来。我向前迈出了一小步，然后又是一步，然后在草坪的中间停了下来，就像我是棋盘上的一枚小兵。而爷爷则像一位象棋大师，稳步推进。慢慢地，我俩距离大树差不多远近。难道是因为看到了我走出家门，于是他决定跟我聊聊了？假如杰克要偷袭我，结果误伤到爷爷了怎么办？

我一直往前走，爷爷也一样。没过多久，我俩越来越近，直到我们终于在大树底下停在了彼此面前。我仍然感觉很糟糕，不知道该说什么或者做什么。我低头看着脚尖。然后就听爷爷说道："我想有人可能一直在挂念我……或者一直在想着什么时候能再下盘棋。"

"是的。"我轻声应道，慢慢抬起了头。

爷爷朝大树的根部侧了侧头，草地上已经摆好了一个棋盘。

"这棋盘您什么时候放的？"我问。

爷爷一脸困惑，就像他找不见遥控器了一样。

"不是我放的，"他说，"我可不大习惯这种颜色的棋盘。"

我低头看向棋盘，发现白底棋盘上的方格被红色蜡笔给涂满了。

"但是……"我不禁皱起了眉头。

爷爷从口袋里掏出一张纸条，又开口说道："我想，这个也不是你写的吧？"

纸条上的笔迹很潦草：

爷爷，下午两点树下见。

爱你的菲利克斯

是周六哟。

“可本来约我见面的是……”我慢慢摇了摇头。这笔迹烧成灰我都不会认错，它曾经出现在学校厕所的门上，出现在反省室里小隔间的墙壁上，甚至出现在我数学书的封面上。我低头又看了看棋盘上的方格。

“杰克！”

我转身望向杰克卧室的窗户，看他是否正在看着这里，但我只看到一片反射在玻璃上的阳光。慢慢地，我觉得自己的脸上绽开了笑容。

我回头看着爷爷，也看到了他微笑的脸庞。“对不起，爷爷，”我说，“我不是诚心让您……我不是……”我的声音有些颤抖，说话断断续续的。

爷爷轻轻把手指放在了嘴唇上。“没关系，”他低声说道，“没关系的，最重要的是我们俩都出现在这儿了。”他低头看了看草地，“而第二重要的事情是……又可以一起下棋了。”

他拿起两枚棋子，一个黑王，一个白王，背手放在身后。

“你选哪个？”他笑着问道。

31

想都别想

历史课上，我坐在杰克和丽贝卡中间。教室里的投影仪出了点儿状况，基特斯先生正忙着解决。趁着这当儿，全班同学闹哄哄地议论成一团。

因为杰克耍的花招，我和爷爷重归于好。我一直寻思该对他说点儿什么，但我又怕自己措辞不当，会被他说我多愁善感。我很高兴他耍了那个花招，因为我终于又和爷爷下了半天的棋，而且老爸老妈也都非常开心。晚上他俩看综艺节目《龙穴》的时候，我和爷爷又下了一个小时。结果，因为下得太久，我回到自己的卧室之后，眼前棋盘的虚影又出现了，而且满墙都是。甚至在我睡觉时，闭上眼睛都还能看见棋盘。

投影仪的问题还在解决之中，基特斯先生跟大家说可能几分钟之后才能弄好。杰克无聊地在地上蹭着鞋子，丽贝卡瞪大眼睛看着我，张开嘴巴，无声地冲我说话。看她的口型，她说的是：现在就跟他说！

我深吸了一口气，往杰克身边靠了靠。

“谢谢你帮我跟我爷爷重归于好。”我嘟哝道。

“不用谢，”杰克也咕哝着回应道，“我们算是扯平了……虽然你在众目睽睽之下打歪了我的鼻子。”

“我没有。”

“也许不是你打的，但我的鼻子确实流了一点儿血。”杰克抬起头，冲我笑了笑。

“可能就是挤破了个青春痘！”丽贝卡斜过身子说道。

我和杰克顿时都笑了。

“很好，我很高兴你们的问题解决了。”丽贝卡笑着说。她似乎很高兴我俩再次成为朋友，而且还得意地开了个玩笑。“如此一来，你就又可以专心下棋了。”

“我已经很专心了。”我说，“我又开始看见棋盘了，去哪儿都看得见。”

“你说什么？”丽贝卡问道。

“我到处都可以看见棋盘。”

“真的假的？那你现在也能看到吗？”

“对啊。”

“太棒了！”

“那不算什么。今天早上我起来的时候，我看到了卧室的墙上有棋盘。当我下楼之后，我又看到冰箱上、厨房餐桌上、大门上、街上、人行道上都有。在我来学校的路上，连公交车车尾上也有。我爷爷本来是想通过下棋来帮我搞好学习的，但这棋盘却干扰到我的学习了。”我朝基特斯先生努了努嘴，他正在讲述第一次世界大战的起因。“告诉我，你在白板上看到了什么？”我问丽贝卡。

“费迪南大公的照片。”她轻声说道。

“你看，我在白板上可以看到一个兵从 h2 走到 h6，吃掉了一个马。”

丽贝卡吃惊地捂住了嘴。“我要是也能这样就好了，”她说，“但如果你想看电视的话，那就很烦人了。”

“这我不知道，”我说，“我一直在下棋，可没时间看电视。”

“这事儿你应该告诉基特斯先生，他会——”

“你们想告诉我什么？”基特斯先生忽然站在了我们三个面前。

“呃，没什么，老师。”我一边答话，一边瞥了丽贝卡一眼。眼神里写满了：“什么都别说！”

“他迷上了国际象棋，正在变成一个书呆子！”杰克忽然插嘴道。

“什么？”基特斯先生的眼神转向了我。

我一把扯住杰克，想把他摁到桌子底下去。可却只是把更多的话从他嘴里摁了出来。“是的，”他继续说道，“有人能看到鬼魂，但菲利克斯却能看到棋盘。可这一点儿也不好玩儿，简直太怪异了。”

“我就知道我不该告诉你！”

“什么？”杰克笑了，“我只是随口说着玩儿的。”

“嗯，很高兴看到你们俩和好如初了，但我们还是先继续上课吧。”说着，基特斯先生朝我笑了笑。

我拿起笔，瞪了杰克一眼。就在这时，基特斯先生弯腰冲着丽贝卡说道：“如果他真的能看到棋盘，午休时带他去俱乐部吧。”

“什么？”杰克说，“去国际象棋俱乐部？想都别想！”

“菲利克斯，别去什么俱乐部！千万别去！我求你了。你去了就像上了一艘外星飞船，他们会飞走的，会把你弄成他们中的一员……你会跟班纳博士一样，你会变成绿巨人！但你再也变不回正常人了，你会被困住，你会变成一个怪物！再往前一步，你就会进入书呆子国度，再无回头路！”

“杰克！”我打断了他，“这回我是真要去了，我是不会再掉头逃走的。”

我站在图书馆外面，手已经放在了门上。杰克伸出手，按住了我的肩膀。

“不要，菲利克斯！别进去！算我求你了。”

丽贝卡推开门，回头看向我。

“你来吗？”她问道。

我点了点头，然后走进了图书馆。

“菲利克斯，拜托……”

杰克的声音渐渐微弱，最终像是消失在了另一个星球。

我的心跳骤然加快，可脚步却变得异常缓慢。我已经做好了准备。虽然杰克和丽贝卡走在我身边，但不知怎的，我却感觉此刻只有我自己。

我一言不发，走过读者服务台。丽贝卡跟我说起过的那几个成员——克里斯、汤姆和莉亚——正从木盒里取出棋子往棋盘上摆放。他们聚拢在一起，眼神都投向桌子。

这里太安静了，我能听到自己的呼吸和脚踩在地毯上发出的摩擦声。

杰克说我要进入书呆子国度，但事实并非如此。我只是想前进一步，做我想做的，做我喜欢和爷爷一起做的，做一件让我和他都感到骄傲的事儿。

“如果你想要借书，得晚点儿再过来。”

我止住了脚步。一个戴着眼镜的黑发男孩站起身来看向我，好像在看一个外星人。

“我不借书，”我说，“你是理查德吗？”

“是我，”他回答，“你有什么事儿？”

我朝围在棋盘边上的那几位侧了侧头，结结巴巴地说道：“我……我想下棋。”

“他并不是真想下棋，”一直跟着我的杰克扯住了我的胳膊，“他是跟你开玩笑的……对不对，菲利克斯？”

“不，”我说，“我想下棋。”

理查德回头瞥了一眼他身后那些人。此刻他们都正盯着我看，只有丽贝卡冲我点了点头，好像在说同意我加入。我忽然觉得自己极其渺小，就像独自一人走出球员通道，站在了万众瞩目的温布利球场。我身体的一部分想转身逃走，但另一部分却让我稳稳地站在了原地。

理查德转过身来。

“我们这儿没空余的地方了。”他说道。

“你们有，”我说，“你们在招新成员，我在布告栏上看到了。”

“那条信息早过期了。”理查德说，“再说了，我们可不想要爱惹麻烦的人。”

“我不是爱惹麻烦的人！”我抗议道。

“你就是，我见过你进反省室很多次了。”

“我去那儿不是因为我爱惹麻烦。”

“呃，反正你不是去那儿下棋。对不对，汤姆？”当汤姆坐回他的座位上时，理查德朝他笑了笑。

他认为我不会下棋，他们认为我不会下棋。他们仅仅因为我被撵出教室，就觉得我笨。

丽贝卡说了些什么，但我气昏了头，压根儿就没听见她在说什么。我朝理查德走去，在他的桌子前面停下。

“我说了，我要下棋。”

“哈哈，你还不肯走吗？”理查德往椅背上一靠，双手枕在脑后，好像整个图书馆都是他的一样。“那好吧，”他突然说道，“你就来跟我下吧。”他朝那几位点了点头，示意他们让出位置来。

“菲利克斯，我觉得你现在就跟他下不大好……还太早。”我的脑中响起爷爷的声音。

没关系的，爷爷，我心里暗暗想，我搞得定。

我在理查德对面坐了下来，他已经把自己的棋子摆放在了方格上。我不觉得自己是国际象棋俱乐部队长的对手，但我必须迈出第一步。我抬头瞥了理查德一眼。此刻坐在我对面的不是爷爷，也没人指导我怎么走棋，这感觉有些奇怪。刹那间，四下里的其他人好像全都消失了，只剩下了我和理查德。我的心跳开始加速，手心开始冒汗。我悄悄在裤子上把汗擦干。

理查德拿起两个兵——一黑一白，放到背后。

我选了他右手里的那个。

“你是白棋，”他说，“你先走。”

“我知道。”我回答。

“嗯，咱们这就算开始了。”理查德笑着说。

我拿过那枚白色的兵，把它放在了棋盘上。

理查德逐个摸了摸他所有棋子的顶部，像是这样做能给他带来好运。紧跟着，我又看到他把他所有的棋子都稍微动了动，把每一枚棋子都摆在所处格子的正中间。做完这些，他看了看手表。

“35 分钟。”正说着话，他忽然冲我把手伸了过来。我一愣神，还以为他这是要出拳揍我。但他的手停在了棋盘上方。我看着眼前的手，然后意识到他是想让我跟他握手，好像他觉得自己是在参加世界锦标赛一样。我从来没跟任何人握过手。嗯，除了杰克，而且那也是很久以前在树上。当时，我们假装割破手掌，发誓要成为结拜兄弟。理查德永远也不可能成为我的兄弟，但在爷爷告诉我的规则里，有一条是不要忘记跟对方握手。于是我伸出手，握了握眼前的这只手。本来我还应该记得一些其他的事情，但此时此刻，我却什么都想不起来了。

理查德直勾勾地盯着我。

我于是也狠狠地瞪了回去。

哎呀！想起来了，第四条：别盯着你的对手看！

理查德的脸上忽然露出一抹狡黠的笑容，好像我们还没开始他就已经赢了。

跟学校里其他人一样，他觉得我一无是处。可如果他是对的呢？如果我在大家面前出糗怎么办？我盯着棋盘，努力想回忆起所有棋子的走法，回忆起爷爷在单子上写的所有东西。可忽然之间，我眼前接连好几天出现的黑白格和数字全都不见了，我的脑子里一片空白。我深吸了一口气，然后又深吸了一口。

“该你走棋。”理查德说。

“我知道，”我说，“我知道。”

我能感觉到理查德正盯着我，在等我走棋。我眼角的余光看到了杰克，他正站在门边。丽贝卡和其他人也一样，都停了下来。大家都在看着我，都在等着我走出第一步棋。像被一只多眼怪物注视着，我拿起了一个兵，把它放到了 e4，然后靠回了椅背。

理查德拿起他的一个兵，走到了 c5。

我看向棋盘，心跳加快，但我的大脑却运转极慢，好像变成了一团糨糊。

我把一个马移到 f3，理查德把一个兵走到 d6。

他走棋太快了。我们又走了四步，每次我走一步要两分钟，但他却只用两秒钟。

随着我的心跳加速，棋盘上的方格也开始跟着跳动。

我不该跟他下棋的，我不该来这儿的。我闭上眼睛，希望能再次看到棋盘和数字，但我的眼前只是一片漆黑，就好像有人把我锁进了衣柜，而且还关掉了所有的灯。

“到你啦！”理查德双手抱臂，交叉于胸前。

我的血液在身体里汩汩作响，我的脑子里一片空白，就像有人拿起白板擦，擦掉了我眼前的棋子和棋盘。我必须继续走棋，我必须为爷爷走棋。我伸手去拿一枚棋子，但我记不起它是什么，也记不清它的走法。我的脸开始发烫。我原以为我能好好下棋，可我终究还是搞砸了，跟以前一样。

我的呼吸开始变得困难，浑身开始颤抖。

“你想看我怎么动？”我忽然听到了一个声音——我自己的声音，颤抖的声音。

“对啊。”理查德咧嘴笑着说道。

我站了起来，向前探着身子。其他人仍在观战，但他们身上的校服在我眼睛里已经变成了一片模糊的蓝。

“好吧，这就是我的下一步！”我喘着粗气喊道，“我这么动！”我抡起胳膊，砸翻了棋盘。

理查德张大了嘴巴，呆呆地坐着。半晌才说道：“你这个白痴，我刚才马上就要打败你啦！”

“可惜，现在你没机会了！”说完，我扭头就走。

“哦，不！”丽贝卡吃惊地捂住了嘴巴。

“哦，天哪！菲利克斯，太棒啦！”杰克大笑着跑到了我的身边，“太棒了，菲利克斯，你干得简直太漂亮啦！”他扯住了我的胳膊，“咱们快跑！”

32

反思

“那简直就是一场噩梦，爷爷，那家伙一直坐在那儿嘲笑我。”

当我们开车经过薯片店时，我的讲述听得爷爷直咂嘴。

“对不起，”我说，“我知道我输棋肯定会惹您生气。”

“输棋会惹我生气？不会，我可不会因为你输棋而生气。我们都会输棋，但我们屡败屡战，我们反而会因此变强。我恼火的是你气急败坏地逃跑了，那只会让你逃回以前的老路上去！”

“我没忍住，爷爷，”我说，“那家伙真的很烦人。”

“那咱们就来解决这个问题。”爷爷说，“给我点儿时间，让我好好想想。”

我鼓了鼓腮帮子，爷爷凝视着前方。看得出来，他确实生我的气了，但我很开心他又来接我放学了。尽管我觉得在发了脾气之后，自己走回家可能会让我平静下来。整整一个下午，我满脑子都是当时的情景：理查德咧嘴大笑的样子，我的冲动。我甚至连自己跟基特斯先生擦肩而过都没有注意到。那天下午的科学课上，我们学习了阿基米德的科学原理。格罗夫斯先生往一只桶里倒满了水，并往里面放了些东西。但我的注意力却一直都在教室的大门口，生怕理查德会向基特斯先生告状，而我则又会被送去反省室。我可不想那样，因为我已经厌倦了被送去那里。可杰克不管这些，他只觉得我掀翻棋盘很有趣。之前看到我跟爷爷一起回家，老爸和老妈都很高兴。所以我不想再让他们失望，不想让他们知道我在学校又闯了祸。

汽车在红绿灯处停下，爷爷扭头看着我。“听我说，”他说，“我看得出来你心里不好受，但这其实也是件好事儿。”

“好事儿？”我回应道，仍然对自己感到很失望。

“当然是件好事儿。这说明你在乎。但不幸的是，这也说明你忘了我告诉你的一条规则。”

“说实话，爷爷，我当时气急败坏，那些规则我全都给忘了！”

“是吗？”爷爷笑了，“我想你也是全忘了！”说着，他冲我扬起了手。我赶紧闭上眼睛，等待吃上一记爆栗……但他的手落下来，却只是揉乱了我的头发。

我笑了。“爷爷，我忘了第八条，是不是？不要让对手看到你垂头丧气。”

“对啦。”当我们穿过路口时，爷爷点了点头说道，“但我们还可以补救。现在，我们应该把注意力集中在第二条上，屡败屡战反而能让你变得更强。所以，跟我说说那局棋，你俩怎么走的都告诉我。”

“我能记住的不多，我只记得我用的是白棋，所以我不能用西西里防御，即使这个我的确记住了。”

“你好好想想，”爷爷说，“从第一步开始回忆。第一步，那永远是最关键的。”

我把头靠在座位上，努力回想第一步棋。我告诉爷爷理查德和我是怎么走的。爷爷嗯了一声，盯着马路，好像在脑袋里移动棋子。我接着又告诉了他后面十步棋，然后停了下来。爷爷看了看我。

“接下来呢？”他问道。

“接下来，我就站了起来，干了那事儿。我……我把棋盘给掀翻了。”

“不，在那之前，你好像漏了很多。再回到最开始……你把兵走到 e4。他是不是把兵走到 c5……然后又把一个兵走到 d6？”

“呃……我不确定……是的，我觉得应该是的。”

“你再想想，”他说，“这很重要……他是不是在 d4 吃掉了你的兵，然后你也吃掉了他的一个兵？”

“嗯，应该……是的。”

“啊！那他和你的朋友用的是同一种开局！”

“您说杰克？他不——”

“不，不是他。是你的朋友鲍比·菲舍尔。这个开局叫作‘纳道尔夫变例’。1966 年，他在圣莫尼卡下棋时用的就是这一招。”

“爷爷，”我摇着头说，“您真是把我给说糊涂了。我只知道我输了，而且几乎十分钟不到就输了。”

“十分钟？”我们的车拐进广场边上的道路，爷爷继续说道，“十分钟对付‘纳道尔夫变例’足够了。”

“不够，十分钟我什么都对付不了，爷爷。”我转向他说，

"理查德还跟其他人说，我应该去玩小孩子玩的蛇梯棋！"

"没关系。"爷爷说，"别担心，我不是说过吗，屡败屡战反而能让你变得更强。"说话间，他把车停在了院子外边，"像你这么大的时候，我第一场比赛也输了，输给了一个八岁男孩。跟我一样，他也住在东柏林市郊的潘科区。当时他甚至好像都没怎么看棋盘，他的手就像捕蝇草那样飞快地移动，就跟你说的这个理查德一样。所以咱俩都输了。"爷爷给了我一个微笑，这微笑很亲切，跟奶奶给我的那种微笑一模一样。当时我跟她正在公园里，而我手里的冰激凌掉在了地上。

"我没事儿，爷爷。"我盯着车里的脚垫，沮丧地说道，"我知道您这么说是想让我好受点儿。但我下棋跟做其他任何事儿一样，都烂透了。"说完，我抓起了书包。

"不，事实并非如此，"爷爷说，"我并不是为了安慰你随口一说。菲利克斯，还有……"他把手放在我的书包上。我等他继续说下去，可他只是看着我，看了好一会儿。

"还有什么，爷爷？"我问。

"我们都会从错误中吸取教训。"他缓缓说道。

"这我知道，爷爷，这一点您刚刚说过了。"

"是的，但我说的不只是下棋。我是说上个星期天发生的事。你当时以为我是间谍。"

"我知道，爷爷。"我说，"我犯了错，我也确实跟您说了对不起。"

"是的，你确实说了，但我想我也应该说对不起。"

"没事儿的，爷爷，您不用跟我道歉。我很高兴我们又能一起下棋了。”

“我也是，但如果我们继续下棋的话，有些事儿我得跟你说说。我们不能相互怀疑。如果想继续下去，我们必须信任彼此。”

“但我确实信任您，爷爷。”

说完，我就等着爷爷继续往下说，可他只是看着前方，整个人好像完全沉浸在了自己的世界之中。

我伸手去开车门。

“再坐一会儿。”爷爷环顾了一下小广场，“我最好还是在这儿跟你说吧。”

爷爷看了看远处的哈迪夫人，她正在擦窗户。然后，他又转头看了看门牌号是25号的院子门口，一个男人正把一个小女孩放进婴儿车里。

“怎么了，爷爷？”我问，“您想跟我说什么？”

“为什么我总是拉上窗帘，为什么我不喜欢电话。”

“为什么您总要把废纸撕成碎片？”

“是的，那个我也会说。”爷爷的目光又在小广场上扫视了一圈，然后倾了倾身子，靠近我小声说道，“菲利克斯，确实，以前在我的国家里，到处都是间谍。”

“原来您真是……！”爷爷的话让我大吃一惊。

“不，不……我不是他们中的一员，但周围有太多人是。所以，在冷战期间，在他们修建了柏林墙之后，在我的国家里，没有人相互信任。我跟你说过，德国被一堵墙割裂成了西德和东德。我所在的东德有一个秘密警察机构，它时刻监视着所有人，它叫……”

“史塔西。”我小声说。

“是的。”爷爷点了点头，“你怎么知道？”

“杰克告诉我的，他在网上搜的。”

爷爷嗯了一声，听上去像是可能已经原谅了我，但并没有原谅杰克。

“我跟你提过，当时我的国家到处都是间谍。你不能信任你的邻居，你不能信任街角商店的老板，有时候你甚至不能信任自己的家人。每个商店、每个办公室、每个房间都有可能安装了窃听设备。”

“所以，这真就跟《出棋制胜》里一样。”我说，“电影里，鲍比·菲舍尔就觉得他的房间和电话都被窃听了。”

爷爷没有回应，等到那个男人推着婴儿车从我们身边经过之后才又开口。

“是的，”爷爷一边看着后视镜一边轻声说道，“确实就像电影里演的一样。”他的声音很轻，轻到我几乎听不太清楚，“他们的窃听设备无处不在；你的太爷爷、太奶奶和我，我们在自己的家里甚至都不能交谈。而当我们外出时，则会被跟踪。所以，我们一直都待在家里。如果有什么重要的话要说，我们就会把它写在一张纸上，看完之后我们就把纸撕成碎片，这样间谍就永远不会知道我们写了什么。我们一直把窗帘拉上，以防有人在街对面监视偷窥。房间里总是黑的，但至少如果我们看不到外面，他们也就看不到里面。”

我想说点儿什么，爷爷的生活听起来太糟糕了，完全就像电影里演的那样。我想知道这一切是否都是真的，但从他严肃的表情我看得出来，这一切绝不是他随口编造的故事。

我朝车窗外面看去，恍惚间不禁觉得小广场正在向我逼近，还感觉所有人好像都知道我在做什么。但实际上，平时也只有弗劳尔夫人会告密，说我跑到她的花园去捡走了别人的网球。老妈说弗劳尔夫人知道所有人的事。但是，假设有成千上万个弗劳尔夫人在你门外的垃圾桶里翻找，窃听你说过的每一句话，那将会是什么样子啊？可即使是这样，也没有爷爷年轻时那么糟糕。坏蛋们身穿制服，而且还有枪。

我看了看爷爷。他表情严肃，凝视着前方。我说过两次对不起，可现在，我想说一百万次。

“爷爷……”

“没关系，”他从车子上拔下钥匙，“那是很久以前的事儿了，我们以后不必再谈论了。”

“但是……”

“没有但是，”爷爷说，“要聊的我们已经都聊了。我想我们现在应该回家了。另外，我想好了一个计划，等用完下午茶我告诉你。”

“怎么对付史塔西？现在还有史塔西吗？还有人守在岗哨里，拿枪看守柏林墙，防止有人爬过铁丝网吗？”

“没了，谢天谢地，已经没了。”

“那是什么计划呢？”

“当然是打败那个理查德啊！”说着，爷爷的脸上闪过一抹微笑。

33

我能保守秘密
（能保守13小时23分钟25秒）

“好的，各位，请先画出x轴和y轴。都画好了吗？还有谁没画好呢？利亚姆……杰克……菲利克斯？”我的桌子上出现了一个影子，我抬起了头。我正在数学课上听安德鲁斯先生讲课，而现在，他忽然出现在我和杰克面前。

“加油，你们两个。”他说，“杰克，你看菲利克斯至少还在努力画，你怎么连笔和尺子都还没拿出来。”

“对不起，老师。”杰克说。

我抬起手，掩在嘴巴上，试图忍住一个哈欠。

安德鲁斯先生咂了咂嘴说道：“菲利克斯，可别再熬夜玩《竞速飞驰》游戏了。”

杰克听了哈哈大笑。

“有什么好笑的？”安德鲁斯先生问道。

“老师，他玩的是《极限竞速》，”杰克说，“不是《竞速飞驰》。”

“我不在乎它叫什么，我在乎的是，明明只是画一张简单的图，怎么就难住了你们俩……赶紧画吧！”他瞪了一眼杰克和我，然后慢慢走开了。

我拿起铅笔和尺子。

我一边画图，一边还在为昨天的事儿兴奋不已。昨晚用过下午茶之后，爷爷教了我新的招式。我们又把刀叉、盐罐、胡椒粉瓶和其他调味罐放到了桌子上，他教了我“马洛契绑定”。这个开局以一位匈牙利特级大师的名字命名，许多棋手都用它来对抗“西西里防御”。所以现在我有了两套非常好的开局策略——一个当我执黑棋时用，另一个执白棋时用。我迫不及待地想把它们用在理查德身上，可爷爷却让我不要告诉任何人我的策略，因为下棋最好的战术之一就是出其不意。

我画出了 x 轴。

“喂。”

我把尺子竖过来。

“喂！”杰克用胳膊肘顶了顶我。

“干什么？”我说，“我在画图呢，你一下子就把我的 y 轴给搞歪了！”

“哦，好吧，歪一点儿又不要紧。”杰克笑着问道，“你昨晚在哪儿？我记得我们说好要去树上的。”

“抱歉，我完全忘记了，昨晚我在下棋。”

“又开始下棋啦？”

“我知道你想说什么。”

我一边说着，一边开始重新画 x 轴和 y 轴。

杰克拿他的腿弯撞了撞我。

“菲利克斯，”他急切地说道，“我是说，你一直都在下棋？”

我没搭理他，继续看着我的练习本，题目要求我画出坐标点（3，6）。我把铅笔沿着 x 轴移动到 3，然后沿着 y 轴移动到 6，再然后画下了一个坐标点。

“菲利克斯，”杰克说，“你真在画图啊？”

“对啊。”我拿起尺子回应道。

“你为什么要这么认真？”

我耸了耸肩。

杰克看了我一眼，像是在看一个怪物。然后，他把身子靠了过来，对我说道：“菲利克斯，你不会真的要变成个书呆子吧？你在语文课上写了一个小故事，在 PSHE[①] 素质教育课上也没捣乱。”

我没理杰克，把各个坐标点逐一连接起来。杰克说得没错，我似乎真的能专心学习了。虽然还远远不够，但老妈说我似乎更能集中注意力了。我不知道她是怎么知道的，因为我一直待在爷爷家。但我的学习确实有进展了，因为昨天在科学课上，我举了手，回答了为什么镁燃烧时特别明亮。

杰克在桌子底下踢了踢我。

“菲利克斯！”

“干什么？”

“我说，如果放学之后还在下雨，你愿意去我家玩《猫鼠游戏》吗？”

---

① PSHE 为 personal（个人）、social（社会）、health（健康）、economic（经济）的缩写，指这些方面的综合素质教育。——译者注

“你知道我去不了，我……”

“菲利克斯！”

“老师？”我一抬头，看见安德鲁斯先生正盯着我。

“我说过了，少说话，专心学习。”

“老师，我学着呢。”我回答。

“嗯，看起来似乎不是这样啊，那你继续吧。”

我低下头，继续看我的练习册。

杰克又用胳膊肘推了推我。“老师，我学着呢。”他捏着嗓子，用一种听起来根本不像我的女孩声音说道。

即使我想专心学习，似乎也总会遇到麻烦。

我又连了三个点，而杰克则一直在边上叽叽喳喳。忽然，我感觉到有点儿不大对劲儿。

“好吧，”安德鲁斯先生说，“既然所有的噪声都来自你们这张桌子，我假设你们中的一个人已经知道了答案。所以……菲利克斯，你来回答第三个问题，告诉我你连接完坐标点之后得到的形状是什么。”

我低头看去，看到了一个六边形，但我不太确定自己是对的。如果我坐在丽贝卡旁边，我可以跟她的答案对照一下。但我唯一能看到的另一个答案是杰克的，他画的是《愤怒的小鸟》里的大红鸟。

“菲利克斯？”安德鲁斯先生追问道。

“呃……老师，我不知道对不对，我的答案是一个六边形。”

杰克捂着嘴巴偷笑。

“答……对了。”安德鲁斯先生说道，他看起来和我一样惊讶，和全班同学一样惊讶。他们一直都以为我永远都说不出正确答案。

“什么？”杰克轻声说道，“数学题你不是永远都做不出来吗？”

“我知道。”我笑了。数学我真不行，可答对一次的感觉还真是不错。

“也许你可以跟我们说说你绘制的坐标点，”安德鲁斯先生说，“让我们也好有个参照。”

“好的。”我回应道，突然间来了自信。可一转眼，我忽然意识到全班同学都在盯着我看。

“菲利克斯？”安德鲁斯先生继续开口说道，“这个可不难，毕竟你都已经答对了。”

我看了看我的练习册。

“兵走到 e4，兵走到 c5，”我脱口而出，“马走到 f3，马走到 c6！”

“你说什么？”安德鲁斯先生皱起了眉头。

“白棋第五步——兵走到 c4！”

“菲利克斯，你在说什么呢？”

“呃……没说什么！”我边说边环顾四周。班上有些人在笑，杰克一脸诧异，好像我是从火星来的。安德鲁斯先生示意大家安静，然后转身看向我。

“菲利克斯，”他说，“你有两个选择：要么老老实实坐下，要么去反省室待着。”

我慢慢摇了摇头。我这会儿脑子里全是数字——棋盘上的数字，我绝对不能再冒险开口说话了。

“你说呢？”

“他会老老实实的。”杰克说。

“菲利克斯，你会老老实实的，对吧？”

我点了点头。

“很好，”安德鲁斯先生说，“所以，还有谁能……”

他的声音渐渐消失，我一屁股坐回了座位。这就好像突然之间我变成了一段不断喷吐的电脑代码，但至少我得到了正确答案。我扫视了一下全班，有些人为了避免回答安德鲁斯先生的下一个问题而低下了头，有四个人高高举起了手。西蒙·琼斯回答了问题，安德鲁斯先生说他做得很好，然后就又抛出了下一个问题。大家继续上课，没人注意到刚才究竟发生了什么，除了坐在我身后的丽贝卡，她冲我一边摇头一边微笑。

“a3，b4，h5，m1。”我们走过走廊时，杰克捏着嗓子，像个机器人一样说道，“菲利克斯，你可把我给担心坏啦。”说着，他一巴掌拍在我的背上，“刚才在数学课上，我还以为你疯掉了。”

跟以前一样，杰克错得离谱，棋盘上压根儿就没有 m1。但这样也好，说明没人知道我说的是什么。我无意间脱口而出的，是爷爷昨晚教我的开局策略。我低头不语，而杰克一直像机器人一样说个不停。后来，他终于去了厕所，我才总算得到片刻清净。

我往前走了几步，停在布告栏旁边等杰克，身边不时有男生和女生跑过，跑去餐厅吃饭。我深吸了一口气，试着把象棋从我脑海中清除。爷爷，我心里想，我知道我想学国际象棋，但我不想让它过度干扰我的生活。更多的人从我身边路过，但我注意到一双女鞋出现在了我身前。我抬起头，看到了身着蓝色校服的丽贝卡。她冲我微笑，那会心的笑容跟我上课时看到的一模一样。

“放心”，她平静地说，“我不会告诉任何人你说的是什么。”

“我说的是什么？”我问。

丽贝卡往走廊里四下看了看，像是要告诉我一个秘密。

“那是‘马洛契绑定’，对不对？就是数学课上你说的那些字母和数字组合。”

“不……不……我说的只是些坐标点。”

丽贝卡扬起了眉毛。

“好吧，好吧，”我把她拉到走廊的一边，“你猜对了，但请不要告诉任何人。爷爷说我必须保守秘密，因为下棋最好要——”

“出其不意！”

“嗯？”我皱了皱眉，“我爷爷也教你下棋了？”

“没有啦！”丽贝卡笑了，“我的棋可能下得很烂，可我也从下棋里学到了点儿东西。”说话间，她举起了手里的一本棋书。“那么，”接着她又说道，“这是不是意味着你会参加这个？”说着，她朝布告栏歪了歪头。

我转过身，看向布告栏。国际象棋俱乐部招新海报已经不见了，取而代之的是一张新的海报。

全校国际象棋锦标赛

4 月 24 日，星期三

中午 12 点至下午 1 点；

以及放学之后，直到决出最终胜者

地点：学校图书馆

只要你来，我们就热烈欢迎

不见不散！

报名请联系理查德·帕内尔（俱乐部主席）

或基特斯先生

丽贝卡满脸笑容地看着我，那笑容我很熟悉。我们上小学时，她被选中扮演灰姑娘，当时她的笑容跟现在一样灿烂。

我走近布告栏。海报上的文字下面有一张照片，照片上理查德手里捧着一个奖杯。

“怎么样？”丽贝卡说，“你想不想打败他，拿一个属于自己的奖杯？”

“你说什么？你忘记上次发生什么了吗？”

“就是因为上次的事儿，所以才要打败他！”丽贝卡说，“他活该。”她朝着理查德的照片侧了侧头。

“啊？我还以为你蛮喜欢他呢。”

“怎么可能？”丽贝卡一脸嫌弃，好像刚看到一只苍蝇，“他很讨厌。”

“是的，他确实……”我看了看海报上的理查德，他正咧嘴笑着，脸上的笑容很狡黠，让人看了很想上去把它抹掉。我点了点头，说道：“他确实很讨厌。”

“那你参加吗？”

“什么？不，我没说过要参加。再说了，他肯定也不会允许我去下棋。”

“这可不是他说了算，”丽贝卡说，“决定权在基特斯先生手里。还有，上面不是写了吗？只要你来，我们就热烈欢迎。”

“那是什么意思？”

“意思就是说只要你来，就可以上场。所以，你只要做一件事——到场。”

“我去不了。明天就比赛，我都没时间练习。”

“他故意这么干的。克里斯跟我说过，理查德每年只提前一天发布通知，好让大家都没时间好好准备。”

“这也太卑鄙啦，”我说，“一点儿也不公平。”

“那你还参加吗？”丽贝卡边说边跳了起来，好像今天是她生日似的。

“参加什么？”杰克一边说话，一边在他的运动衫上擦拭双手。与此同时，顺着我的目光，他也看向了布告栏。

“什么？不！菲利克斯！你不能参加！你跟你爷爷一起下棋就已经够糟糕的了，怎么还要在学校里下！”

“抱歉，”我说，“我想参加。”

“太棒了！”丽贝卡激动得近乎尖叫了起来，“我去告诉克里斯。”她沿着走廊跑了起来，跑了几步忽然转身喊道：“真是太棒了，千万要记得今晚再和你爷爷一起练习练习啊！”

杰克转过身，看着我。

“菲利克斯，”他说，“你都不知道你在干什么，他会再让你出糗的！”

“但我总得试试。”

“但是……”

我盯着海报，杰克的声音渐渐消失，一种奇特的感觉从我的心底慢慢升起。我不知道这感觉具体是什么，但我知道我真的想下棋。这一次是我自己想做，而不是因为老师、老妈、老爸或者丽贝卡要我去做。这是我自己想独立完成的事儿。我感觉到自己的脸上掠过一丝微笑。这事儿我做定了！为了爷爷，也为我自己。

34

土耳其机器人

“等一下。”爷爷抬起手。

自打我们回来到现在，电话已经响三次了。

我们俩隔着桌子看着彼此，一起等待电话铃声停止。铃声响了很久才停，好像有人急着想要联系爷爷。我想把这个想法告诉他，但他肯定会挥挥手让我别管。我不知道他为什么不让电话公司停掉服务，但这意味着他必须打电话要求他们这么干，可他永远也不会打那个电话。所以，跟以前一样，我们只是坐着，关着窗帘等待铃声停止。

“所以，”爷爷最终说道，“锦标赛？你要参加锦标赛，我很高兴啊。”

电话铃声停了，但好像还在我耳朵里面回响。

“是的，爷爷，锦标赛。我都有点儿等不及了。但我现在发现国际象棋好复杂啊。您教了我两套开局，但今天下午，在信息技术课上，我和丽贝卡发现还有好多其他开局。有伯德开局、王翼印度进攻、后翼马防御、刺猬防御，好多攻击和防御策略啊。”

“啧啧，”爷爷摆了摆手，“我跟你说过，别太在意那些名词，你会下好的。”

“希望如此。”我说，“就是因为这些信息太多，搞得我头都大了。”

“但你学得很快，”他喝了一口茶，“也许你知道的比你以为的要多，因为我教给你的很多东西都已经融进你的潜意识了。”

“什么？”

“融进你的潜意识了。也就是你在不知不觉间学习到了一些东西。”

“嗯，确实有不少东西潜入我脑袋里去了，因为我总能在教室的墙上看到棋盘。”

爷爷笑了。“放心，我保证你会没事的。你有点儿紧张，但这很正常，我第一次参加锦标赛之前也很紧张。”

“那是什么时候，爷爷？”

“嗯，很久以前了，我们现在没必要聊这个话题。”

“但我想聊，爷爷。”我说，“不如跟我说说您年轻时候的事儿吧？老爸说您也没怎么跟他说过。”

“嗯……那是因为我的过去并不重要……但既然你想听，它可能还就真有点儿重要了。好吧，让我们坐到沙发上去，坐那儿聊更舒服点儿。”

爷爷把椅子往后挪了挪，站起身来。

“哦！”他说着忽然把手摁在了餐桌上。

“怎么了，爷爷？”我连忙问道。

“没事儿，”他说，“我只是有点儿头晕。”

我快步走到他身边。

"您需要胰岛素吗？"

"不用。"爷爷摇了摇头，"用下午茶之前我查过血糖水平。我想可能是刚才起得太快，现在好多了。"

爷爷嘴里说他很好，可脸色却煞白。我以前还从没见过他这样。我伸出手，扶着他走向沙发。

"好了。"他叹了口气，坐了下来，"嘿，别担心。"

"但我确实很担心，爷爷。"我说，"我给老妈打个电话吧？"

"不，不，"他说，"我没事儿。"

我在爷爷身边坐了下来。他深吸了一口气，然后忽然打了一个大嗝。

"你看，"他笑着说，"原来只是消化不良。"

我也笑了，但心里还是不免有些担心。

爷爷轻轻拍了拍我的手背。

"我没事儿。"他说，"现在，我们还是来聊聊怎么不再为明天的事儿发愁。我刚才打算做什么来着？啊，对，我来和你说说我的第一个锦标赛。那天晚上，我一个人去莱比锡比赛。天上下着雨，路上全是水，路灯闪着明亮的黄光。我很紧张，很紧张，就跟你今天晚上一模一样。"

说着，爷爷把手放在我的手上，阻止我继续抠指甲。"我的对手比我岁数大得多，块头也比我大得多。跟我握手时，他用了很大的力气，把我的手指关节都给捏响了。他还死死地盯着我的眼睛，活像个比赛场上的拳击手。但那是我最后一次看他的眼睛，那也是我最后一次看见他的人。在那之后，他在我面前就变成了一堵墙，一台没有面孔的机器。因为就在那个时候，我想起了我父亲的话：你下的是棋，跟对手无关。他说我必须把对手挡在外面，把他们当成一堵砖墙，或者是一台没有面孔的电脑，就像土耳其机器人。”

“土耳其机器人？”

“是的，它是第一台会下棋的电脑，一个装着机械手臂的大木头箱子。它的手臂能走棋，是个机器人。”

“像钢铁侠那样？”

“我不知道谁是钢铁侠。他会下棋吗？”

“不会，但他能到处飞，摧毁建筑物和汽车。”

“哦……照你这么说，土耳其机器人不会干那些，但它赢了很多比赛，世界各地的人都跑来跟这台机器较量。

“太酷啦！”

“是很酷，但后来人们发现那只是个大木头箱子，里面藏着个人。”

我哈哈大笑。“那它后来怎么样了？”

“因为仓库失火被烧毁了。”

“当时那个人藏在里面吗？”

“我希望没有吧。土耳其机器人可能涉嫌作弊，但里面的人肯定是个优秀的棋手……不管怎么说吧，我就是想让你能放松一下。”爷爷继续说道，“我想说你不要去担心你的对手。你可以试想一下，理查德只不过是一个大木头箱子罢了。”

“哈哈，这不难。”我笑了，“对了，在莱比锡，你打败了那个比你大的家伙了吗？”

爷爷咧嘴一笑，说道：“当然赢了！而且明天你也会赢。”

“希望如此吧。”

“你会赢的。”

就在这时，房间里的古董钟响了。爷爷看了看手表，又看了看壁炉架上的座钟，然后又看了看古董钟，它正好敲响了第七下。

“我想你该回去了。”爷爷说。

“但我还想听您再讲一些。”我说。

“哈哈，”爷爷说，“关于我的过去，今儿晚上已经聊得够多了。”

“没聊多少啊，爷爷，”我说，“我们都还没下棋呢。”

“嗯，你很努力，练得也不少了。你现在知道的比你以为的要多，我们不需要一直通过下棋来学习。”

“您是说通过潜意识学习？”我问。

“是的，你朋友说我在给你洗脑，但我更喜欢说这是一种潜意识学习。”

“我也觉得这种学习挺好。”我有点儿不好意思地附和道。

马上要回家了，我以为爷爷会过来揉揉我的头发，或者敲敲我的脑袋，但他只是伸出双臂。“来。”他说。

我向爷爷靠了过去，他展开双臂搂住了我。我听到他的心脏怦怦跳动，感觉到他微微挺了挺胸膛。奶奶以前经常会拥抱我，但爷爷只会搂搂我的肩膀，他还从来没有像这样拥抱过我。

“你会没事儿的。”他低声说道，“你现在掌握了两套很好的开局策略——我用调味罐教你的‘西西里防御’和‘马洛契绑定’，我觉得这就够了。”

“但愿如此吧，爷爷。”我说。

他又用力抱了抱我，然后松开了手。

“赶紧回去吧。”他说。

我转身走到门口，爷爷跟在我身后。我还不想走，但我得好好睡上一觉，这样才能更好地拿下明天的比赛。

我走了出去。参孙忽然沿着小路轻快地跑了过来，我蹲下身摸了摸它。爷爷笑了。

“赶紧回家吧，我在这儿看着，看你进门。”爷爷说道。

“没必要，爷爷，我都十一岁了！”

“待会儿睡觉之前，记得看看我给你的那些规则，一切都不会有问题。”

“好的，爷爷。”我说，“晚安。”

“晚安，祝你好运。”爷爷抱起了参孙，冲我喊道。

我跑过小广场。明天将要到来的比赛让我兴奋不已，我脚下的速度似乎比平时要快一倍。我在家门口停下脚步，转过身来。爷爷朝我挥了挥手，关上了门。

“菲利克斯，是你吗？”当我走过客厅时，老妈朝我喊道。我在客厅门口停了下来，瞄了一眼里面。

“都还好吗？”正在看电视的老妈扭头看着我问道。

“是的，”我说，“我很好。”

“那爷爷呢？”

“也很好，我觉得他状态也挺不错的。”

老妈轻轻拍了拍她身边的座位。“过来坐一会儿，”她说，“我们好久都没好好说说话了。”

“我不坐了，妈妈，”我叹了口气，“抱歉，我明天还要参加学校的象棋锦标赛。”

老妈笑了。“有什么好抱歉的，”她说，“你终于对电脑游戏以外的东西感兴趣了，我高兴还来不及呢。”

“嗯，我现在确实对象棋感兴趣了，我得去准备了。”

我关上客厅的门，走上了楼梯。她为什么要那么说？说我终于对电脑游戏以外的东西感兴趣？她就不能说“干得好”或者“祝你好运”吗？我感兴趣的东西可多了，只是她不知道罢了。

我走进房间，心里对老妈有些不满，但我不能让这个念头影响我的注意力。我躺在床上，看着爷爷写给我的清单。

菲利克斯学习国际象棋需要了解的十件事

1. 下棋之前不要吃东西……

2. 永远不要走最简单的路线……

…………

9. 相信我！

我深吸了一口气。相信我，他说。但清单上没写第十件事，这让我感到一丝不安。也许这第十条真的很重要，那可能是什么呢？也许他只是想告诫我应该准时到达比赛场地。但准时参赛不应该是很明显的一条吗？也许是要我领带别系得太紧，以免造成大脑供血不足。我曾经看到过相关信息，但记不清在哪儿看到的了。或者我并没在哪儿看到过，只是自己在数学课上无聊的时候瞎想出来的。

我明天就要参加锦标赛了，可能我会在第一场比赛就被淘汰，但至少我现在正努力尝试着做一件事情。也许老妈说得没错，这是我第一次真正对电脑游戏以外的东西感兴趣。

我翻了个身，再次看向清单……相信我。相信我。相信我。

爷爷，我确实相信你……我真这么想。

35

新手的好运？

我站在图书馆里，像冬天躲在山洞里的熊一样，肚子饿得咕咕叫。爷爷说下棋之前别吃东西，所以我早餐就只吃了一块巧克力夹心饼干。

“这是我们的对阵图。”理查德指着一张挂图说道，“大家分两组比赛，每组三名选手。每个选手都要循环对战。胜一场得一分，平一场得半分。两组头名在放学之后的时段进行决赛。”说完，站在白板边上的理查德转过身来，微笑着看着大家，“都听明白了吗？”到场的所有人都点了点头。“什么，你竟然也听明白了？”说话间，他直勾勾地朝我看来。

“是的！”我咬紧牙关说道。我记不清爷爷是不是写过“别让你的对手捉弄你”，但理查德刚刚就那么干了。

“好吧，那就让我们开始比赛吧。”理查德说，“每场比赛以 20 分钟为限。嗯，你们应该都知道如何操作棋钟。”

棋钟？什么棋钟？没人跟我说过什么棋钟的事儿。

我环顾赛场。在两张桌子上各摆着一个棋盘，棋盘的边上都搁着一个时钟，钟上面有两个银色的按钮。我在电影《出棋制胜》里看到过它们，爷爷也在他的清单上提到过，但他没跟我说过如何使用。我瞥了一眼丽贝卡，想开口问她，但她已经和其他人一起走向了棋桌。

这棋钟我该怎么用？我肯定会看起来像个白痴，所有人都会笑话我。因为嘻嘻哈哈捣乱被嘲笑我无所谓，但我现在真想认真下棋，这完全不一样。要是他们待会儿嘲笑我怎么办？要是爷爷教我的一切，跟我平时课堂上学的东西一样，完全记不起来了怎么办？

对不起，爷爷，我终究还是做不到。

我朝后退了一步，想溜出大门。

“你要去哪儿？”理查德问道。

“我只是……”

“他只是想坐下来比赛。对吧？”丽贝卡瞪大眼睛看着我，像是在给我使眼色。

“呃……嗯。”

“好，”她说，“你的位置在这边。”我的腿脚想往后退，但丽贝卡走到我身边，拽住我的胳膊，把我拉到了图书馆最里边的赛场。“加油，”她低声说道，“你来都来了。”

“可是棋钟……”我急切地低声说道，“我不知道棋钟怎么用！”

“很容易的，你瞧。”她拿起一个棋钟，“在棋局进行过程中，你走好一步棋之后，就按下棋钟顶部的这个按钮。这样，你就在按停自己时钟的同时也启动了对方的时钟。然后，当对方走好一步棋之后，他也会按下按钮，这时他的时钟就会停止，而你的时钟就会再次启动。明白了吗？”

“没明白。”

“你可以把棋钟想象成一个跷跷板。当你坐在下面时，就是你走一步棋；当你的对手走棋时，你就会翘起到空中。”

“但是——”

“好了，”理查德说，“大家都准备好了吗？”

理查德在桌边坐了下来，像其他人一样准备开始比赛。我心慌意乱地四下里打量。十一年级的男生汤姆朝他对面的座位点了点头。

“你的对手是我。”他看着我说道。

可我不会用棋钟！

我瞥了丽贝卡一眼。她冲我举起手来，然后放下，做了个按动棋钟按钮的动作。

她张开嘴巴，没有发出声音，但看口型，她是在说：只管往下按！说完便朝着我微笑。我试着也对她微笑，但我的下巴却紧紧地绷着，好像马上就要看牙医一样。

“开始吧，”理查德说，“如果你一直傻乎乎地站在那儿，我们就都没法儿比赛了。”

我深吸了一口气，拉过一把椅子。

“真是磨蹭。”理查德咕哝道。

“别发脾气。”爷爷的声音出现在我的大脑中。

我知道，爷爷。我不发脾气，我不会的。

棋盘上方，一只手伸了过来。

“尊重你的对手，看着他的眼睛，但握手之后绝不再看。”爷爷的声音再次响起。

我伸手握着汤姆的手，看着他的眼睛。他冲我点点头，祝我比赛愉快。

“尊重你的对手，但这就够了。他是你的对手，不是你的朋友。”

我点了点头，但什么也没说。

汤姆拿起两个兵，一黑一白，然后把它们放在身后。我朝他的左手点了点头。他摊开手掌，露出来的是白色的兵。我用白棋。就这样，我的比赛开始了。

我看了看棋钟。

我看了看棋盘。

我又看了看棋钟。

我又看了看棋盘。

我看到一只手出现在半空，我看到那只手拿起一个兵，我看到那只手把兵向前移动了两格，放在了 e4 的格子里。然后，那只手再次抬起，回到了我身边。那是我的手在走棋。

我呼出一口气。我已经迈出了第一步。我的身体靠回椅背。我眼角的余光看到一只手上下挥舞。我抬头一看，看到丽贝卡正冲着我在无声地说话：按下按钮！按下按钮！

“哦！”我连忙跳了起来，用力按下棋钟上的按钮，但我按得太用力了，掌心被戳得生疼。丽贝卡忍不住捂嘴偷笑。我也想笑，但我必须集中注意力。我回头看向棋盘，等待对手下出他的第一步。

他把“面包小球”走到了 e5。他按下棋钟。

我看着棋盘。

轮到我了……“小黄瓜”到 f3……拍下棋钟。

我的对手把“小黄瓜”走到 c6。

我把“餐刀”移到 b5……拍下棋钟。

对手走棋……他按下棋钟。我走棋……我拍下棋钟。

对手走棋。

我走棋。

他的“面包小球”吃掉了 d4 上我的“面包小球”，我的“泡菜罐”吃掉了他的“面包小球”。

拍下棋钟。

他的“面包小球”走到 g3。

我的“面包小球”走到 c4。

“棕色酱汁罐”走到……拍。

“红色酱汁罐”……拍。

“叉子”……拍。

“刀子”……拍。

棋钟嘀嗒作响。

我的棋子在移动。

我的头脑非常清醒。

我的手变得模糊不清。

“蜂蜜罐”走到 g6……拍。

“餐刀”走到 d6。

“芥末罐”走到……

拍。

拍。

拍。

“将军。”我听到了自己的声音。

是我在说话?

“叉子”走到 h6。

“将军。”还是我的声音!“将军。将死。”

我的对手放下了“醋罐”。

我的眼前出现了一只手。

我伸手握住了它。

“下得好。”汤姆边说边站了起来。

“你也是。”坐回椅子时我也对他说道。

我赢了。

我刚刚竟然赢了!

36

恐慌

“我知道，但要是我没法儿再赢一场呢？”我盯着眼前的香肠卷说道。

“但你可以，”丽贝卡说，“你不是已经赢两局了吗？”

“但你说的可是决赛，而且是和理查德下！我不可能下赢他，也许我应该见好就收。”

“你不能这样，你这就像拳击手才打了一轮比赛就举手投降了！”

“应该是两轮，”我说，“我赢了两场比赛。先是赢了汤姆，然后又赢了克里斯。这个时候，我完全可以退出。”

丽贝卡叹了口气，咬了一口三明治。

这会儿是午饭时间，我坐在学校食堂里，双手抱着脑袋看着眼前的饭盒。四下里闹哄哄的，椅子被拖来拖去，吃饭的人们叽叽喳喳，弄得我头昏脑涨。这会儿我本应该填饱肚子，然后去上课，但我的胃里一阵翻腾，就好像洗衣机的滚筒不断翻滚。赢下两场比赛之后，我的感觉特别好，但一离开图书馆，我的信心反而开始一点点消失不见。我赢了，但我感觉不到是自己在比赛。一切好像都不在我自己的掌控之中，就像是做了个梦。在梦里，在一架即将着陆的飞机上，驾驶舱里只有我一个人。而一切都在自动驾驶，电脑控制着我做的每一个动作。

我把香肠卷丢回了午餐盒。

“我下不过他的。”我说，“理查德十步就可能打败我，然后，明天整个学校就都知道了。”

“他下不过你的，”丽贝卡说，“他走了二十步才打败莉亚。”

“这跟我有什么关系？”

“因为你击败了克里斯，而莉亚通常都会输给克里斯，所以这也就意味着你更有可能打败理查德。明白了吗？”

“不明白。”我摇了摇脑袋，而脑袋还在手上撑着。

“哈哈！你输了吗？”杰克把手里的饮料放在桌上，坐了下来。

“这下好了，”丽贝卡嘟囔道，“怕什么偏来什么。”

“没关系的，菲利克斯，”杰克笑嘻嘻地说道，“反正你也不想成为他们中的一员。”

“他没输。”丽贝卡说。

“那他怎么看上去这么郁闷？”

我抬起头。“因为我要和理查德下！”

“我还以为这就是你想要的——复仇！”

“我确实想过。”我说，“而且现在也想，但我不知道该怎么……”

“把你的香肠卷给我行吗？”

“你说什么？”

杰克朝我的饭盒努了努嘴。“你的香肠卷能给我吃吗？我的饭卡上忘充钱了。”

我把桌上的饭盒推了过去。现在我对食物没想法，对下棋也没想法，我只想拿着我的书包溜之大吉。

“对了，”丽贝卡说，“刚才在杰克打断我之前，我正想说这只是一场比赛，理查德只是另一个对手。”

“而且这个对手恰好是全校冠军！”杰克说着，食物的碎末从他嘴里喷溅了出来。

“这我知道。”丽贝卡叹了口气，“但是，菲利克斯，你这样前怕狼后怕虎的，怎么能进步呢？”她的语气忽然严肃起来，像个老师一样说道，“你需要放松，深呼吸。就像我老妈那样，每次我老爸惹她发火时她都会那么做。”

“这种情况下，我老妈就会大喊大叫，让我和老爸全都滚出去。”

“杰克！”

“好吧，如果你们俩只聊象棋的话，我就走了。”杰克把椅子往后一推，站了起来，“你是要和书呆子们待在一起，还是来灌灌篮？”

我朝他摇了摇头。我很想一走了之，但丽贝卡是对的。我不能因为不喜欢做就逃走。在面对科学、数学和老爸老妈时，一遇到问题我就这么干。这就是以前我应对一切麻烦的方式。

我看向窗外，看着杰克跑到了操场上。跟他一起去肯定更容易，但爷爷说我永远不要选择最容易的选项。再说，我都练了那么久了，现在放弃似乎也太傻了。

“菲利克斯……菲利克斯！”丽贝卡在我的眼前挥手说道，

“我们马上就要回去上课了。”

“抱歉，”我说，“我刚才……”

杰克投中了一球，跟利亚姆击了个掌。

“我们刚才说到要学一些深呼吸的练习方法。你看，就像我这样。只需要慢慢深吸一口气，默数到五，然后再呼气。”

“我做不到，”我说，“这让我想起了水肺潜水。”

“呃，”丽贝卡说，“那就再试试别的办法，试试你爷爷教你的，他告诉你的那些规则呢？”

“贴在我卧室的墙上，但我现在脑子太乱了，想不起来了。”

“你试试，”丽贝卡说，“在上课铃响之前赶紧好好回想一下。”

“我在试，”我说，“我现在正在试，但我只想起了最后一条。”

“是什么？”

“最后一条他只写了句‘相信我！’。”

丽贝卡往椅背上一靠。

“那么就按你爷爷说的做。”她笑了。

“做什么？”

“他说你要相信他。”

“呃，行吧。”

“也许，你真应该相信他。”

37

复仇？

走廊上空无一人，看上去比平时要长一倍。

我往前走着，耳边传来自己脚步的回响。远远地，我听到有个老师喊着让某人别再打闹，赶紧回家去。丽贝卡走在我的身边，我想她跟我一样紧张，因为放学后到现在我们几乎都没说过话。在地理课上，她也没有举手回答任何问题。而在烹饪课上，往蛋糕里掺水果的活儿我俩也都交给了杰克。

走到图书馆大门口，我停了下来，深吸了一口气。丽贝卡转过头，看着我。

“要开始了。”她低声说道。

“嗯。”我叹了口气。

丽贝卡推开大门，我跟着她走了进去。克里斯、莉亚和汤姆正聚在读者服务台旁边，但我唯一关注的人是理查德。不远处的墙上挂着一句标语：保持安静，是一种礼貌。理查德坐在标语下面，手里拿着一本书。

我蜷起手指，紧握在掌心。

“祝你好运。”丽贝卡轻声说道。

我想说声谢谢，但张开嘴巴，却发不出声音。

穿过一排排红蓝两色的座椅，我往前走，走过读者服务台。所有人都停止了交谈，而理查德继续看着他手里的书，假装没看见我来了。但他现在快要装不下去了，因为我的影子已经在棋桌上慢慢蔓延开来。

我把他对面的椅子拉开。慢慢地，他合上了手里的书，抬起头来。

“我很惊讶，你竟然来了。”他开口说道。

我比你更惊讶。

“我不惊讶。”我说。尽管我的脑袋晕晕乎乎，但我还是努力保持冷静。说完，我坐了下来。

棋子已在棋盘上摆好，理查德伸手旋转棋盘。

“你可以用白棋，而且我还可以让你一个后。”

“什么？”

“我们下一盘让子棋，”他咧嘴一笑，“我只是想给你一个机会，好让你能下得久一点儿，但最后我还是会赢。”说话间，他瞥了一眼现在已经围坐在我俩边上的众人。

让子棋！他以为他是谁？

我的手指深深嵌入手掌。

“第四条：别冲你的对手微笑，也别盯着你的对手看。”爷爷的声音又在我的大脑中响起。

冲他微笑？爷爷，这绝对不可能。

“第八条：永远不要火冒三丈。”

我很有可能控制不住自己！

理查德的手在棋盘上方伸了过来，手里拿着他的后。

我浑身肌肉紧绷。

我瞥了一眼丽贝卡。她冲我慢慢摇了摇头，像是在说："千万不要！"

"相信我。"爷爷说。

相信我，我心中念道。

我抬起头来，看着理查德的眼睛。

"我不需要你让我一个后，"我说，"我会在比赛里，堂堂正正地吃掉你的后。"

理查德扑哧一笑。

"行吧，"他说，"本来还想帮你个忙呢。"

我拿起一黑一白两个兵，双手放在身后。

"选哪个手里的？"我问。理查德朝我左边歪了歪脑袋。

我伸出左臂，摊开手掌。

"太好了，"理查德说，"我用白棋，让我们开始吧。"

是的，让我们开始吧。

38

冠军!

我是全校国际象棋冠军。我是冠军。是的，我，菲利克斯·肖普，一个坐不住的家伙，一个整天做白日梦的家伙，一个每周都会被赶进反省室的家伙，一个卧室里的墙上还挂着乘法口诀表的家伙，但这一切都无关紧要，因为现在我是全校国际象棋冠军。这不是梦。这绝对不是梦。对不对?

醒醒，菲利克斯，醒醒！我狠狠地用手掐我自己，用脚尖踢我自己。

不，这不是梦。

我真是冠军。

我是全校国际象棋冠军。

现在是周四上午，我沿着走廊走向历史课教室，感觉所有人都在盯着我看。昨天下午在国际象棋俱乐部发生了什么，好像他们全都知道。他们从我身边经过，我无法隐藏脸上的微笑。我很想指着自己的胸膛，大声宣布我的战绩，好让所有人都能听到：是的，就是我，全校国际象棋冠军！我就是那个七年级的笨小孩，我就是那个比跳蚤还要更加坐不住的家伙，我就是那个打败了国际象棋俱乐部队长理查德的家伙，而且只用了十六步！

昨晚我告诉爷爷比赛结果时，他非常高兴。可他并没有在客厅里大喊大叫，也没有蹦蹦跳跳，但他还是微笑着又给了我一个拥抱。他告诉我他为我骄傲，但最重要的是我应该为自己感到骄傲。老爸老妈也很高兴。老妈又搬出了她那一套，说我终于做了件像样的事情。她还答应周末带我去吃南多世烤鸡，因为我成了学校的国际象棋冠军。是的，如假包换。就在这时，我看见基特斯先生沿着走廊朝我走来。我依旧没有忍住，冲他微笑了起来。

"昨天你干得很漂亮，菲利克斯，"他说，"我没想到你这么快就可以打比赛了。我可是花了两年时间才赢得了第一个冠军。理查德跟我说你在几场比赛中用到了西西里防御，这个开局策略技巧性很强啊。"

"是吗？"我骄傲地回应道。

"是的。还有，我还从没见过你做事如此专注。"

"您当时也在场吗？"

"你看，"基特斯先生笑了，"你当时太专注了，你都没注意到我进去。"

"那么这不是梦？我真的赢了。"

"不是梦。"基特斯先生笑了，"如果这是个梦，你觉得我还会被困在学校里教历史吗？"

"您很可能不会。"我笑了。

"不管怎么说，"基特斯先生兴奋地搓着双手说道，"校际锦标赛你觉得怎么样，准备好参加了吗？"

“什么？”

“校际锦标赛，我昨天下午本来打算告诉你的，但你当时一直在发呆。校际锦标赛通常都在五月的第一个星期一开始，这就是为什么我们要在上周举办全校锦标赛。而你，显然是上佳的人选。”

“那理查德呢？”

“他也会去。这是一个团队项目，但同时也有个人项目。”基特斯先生看了看手表，“好了，马上上课铃要响了。”他边走边说，“你好好想想，跟丽贝卡或者理查德谈谈，他们会告诉你相关信息。记住，这可是你代表学校出战的好机会。”说着，他朝教师办公室走去。忽然，他转过身补充道：“还有，菲利克斯！”他竖起大拇指，“你干得不错，赢得非常漂亮！”

我笑了，笑得无比灿烂。我从未想过自己会成为全校象棋冠军，更不用说还被老师选中去参加校外的比赛了。他想要我——菲利克斯·肖普——代表学校出战！

我继续往前走。

走廊里，看到清洁员大叔拔掉洗地机的插头，我朝他微笑。刘易斯小姐正站在复印机旁边忙活，我朝她微笑。走过学生服务办公室时，我也朝尤恩斯夫人微笑。

“很高兴看到你这么开心。”

“我确实很开心。”

关上反省室的大门时，她回头说道：“希望你能保持这种状态。”

我还朝坐在反省室里的詹姆斯·金笑了笑。

我是全校冠军，我是全校国际象棋冠军。其他什么都不重要！我是全校国际象棋冠军，而且我喜欢这个称号。跟我撞拳吧，跟我击掌吧，拍拍我的肩膀吧。我就是菲利克斯·肖普，全校国际象棋冠军！

现在，我感觉我有三米高。

现在，我感觉我的肩膀有一米宽。

现在，我感觉我行走在云端。

现在，我——

“菲利克斯，你走路能不能别这么大摇大摆啊？你看起来好傻啊！”

“哪儿傻了？”

“我学给你看！”杰克提了提裤子，弯着双腿，迈着夸张的大步往前走，活像是在太空中行走，“你踮着脚，迈着八字步走路，看起来真像是穿了紧身裤！”

“我没有！”

“就是有！你看起来真像八年级那个骨瘦如柴的家伙。但你这么走也没关系，谁叫你是全校国际象棋冠军呢？”

对，我是全校国际象棋冠军！杰克搂着我的肩膀，我俩走进了班会课的教室。德鲁夫人的视线离开电脑屏幕，抬起头来。

“就差你俩了，总是最后才到。”她叹了口气。

杰克猛地一跳，站在了她的面前，好像冠军是他一样。

“杰克，赶紧坐下。我们今天有很多事情要完成。”

“老师，菲利克斯刚刚成了全校国际象棋冠军。”

“这是真的吗，菲利克斯？”

“是的，老师，”我说，“昨天下午放学之后我赢了比赛。”

“哦，如果真是这样的话，你做得非常好。”

“可总共只有六个人参赛。”杰克说，“不过，最后他还是赢了。”

我在自己的座位上坐了下来，视线扫过教室。丽贝卡正朝我看来，我们彼此点头微笑。我不在乎锦标赛只有六个人参加，反正我是全校冠军。这是我一生中最美好的日子，什么都不能破坏这种美好。

39

拔河

“你可真是太棒了。”

“你说什么？”

“你没听错，你太棒了。我永远不会忘记理查德被你将死时的表情。就像……哦！”丽贝卡张大嘴巴，瞪大眼睛。

“真希望当时我也在场。”杰克说。

“当时的确感觉很解气。”我说。

“确实，他那样子就像掉进了下水道一样。”丽贝卡说。

我们全都哈哈大笑起来。给我们上素质教育课的埃利奥特小姐看了过来，让我们几个安静，丽贝卡的声音低了下来。

“所以，你打算参加校际锦标赛吗？”她问道。

“我不知道。”

“你必须去。克里斯、理查德和我也都被选中了，我们一起代表学校对战全国各地的中学，这多棒啊！”

“我知道，所以我才不知道要不要去啊。”我只当了半天全校冠军，而且我的信心已经开始慢慢消退。我只赢了三场比赛，如果这三场都只是侥幸呢？靠着醋罐和酱汁罐，我赢了，可校际锦标赛的级别完全不一样。我可不想让基特斯先生和学校失望，更不想让爷爷和丽贝卡失望。

埃利奥特小姐发给大家几张纸，让我们写下各自的想法，写为什么与人友善很重要。

丽贝卡的身体朝我靠了靠，她好像能看出我很担心。

“你必须参加，菲利克斯。”她说，“你没问题的，你比我们其他人都要强。而且不管怎么说，克里斯说我们能合法地旷一天课，还能去体育中心吃个午饭。”

“抱歉，”我说，“我不确定我是不是……还能做好。”

“你可以的。”丽贝卡笑了，“咱们午休时图书馆见。”

“你干什么？”坐在我另一边的杰克问道，“她刚才说什么？”

“她想让我午休时练棋。”

杰克拼命地摇头，就好像我们的一枚炮弹刚刚落在了学校食堂里，炸了他一脑袋土似的。

“他不能去。他要跟我去电影俱乐部。”

“行啦，杰克，也许我应该去练棋，因为我——”

“不行，菲利克斯。你说过，你只是为了陪你爷爷随便下下的，你没说要加入国际象棋俱乐部。上周你不是还说了吗？你说他们就是一群笨蛋。”

“嗯？你说什么？”丽贝卡用胳膊肘撞了我一下。

“对不起。我的意思是，你们以前……不，他们以前是一群笨蛋。”我不好意思地笑着说道。

“也许，你爷爷也可以教我下棋。”丽贝卡说，“也许可以请他来国际象棋俱乐部。有他的指导，我们一定可以拿下那个锦标赛。”

“呃，我不知道……我可以……”

“什么锦标赛？”杰克插嘴问道。

“校际锦标赛。”丽贝卡回答道。

“什么？怎么又有锦标赛了？”杰克长吁短叹道。

“我拿下了学校锦标赛冠军，我还以为你很替我高兴呢？”

“我是替你高兴过……不，我的意思是，我确实替你高兴。但听你们现在一说，怎么感觉你整个暑假都要下棋一样。”

“不会的，但我确实想参加接下来这个比赛。”

“好吧，”杰克说，“但你爷爷不可能教她的。”

“为什么不能？”丽贝卡问。

“因为……因为他喜欢独处。他喜欢一直待在家里，还总把窗帘拉上。”

“我知道，”丽贝卡说，“我以前去菲利克斯家时就知道。”

“是的，但现在情况更糟糕了。是不是，菲利克斯？他就像个隐士，根本就闭门不出。”杰克瞪大眼睛说道，而且眼珠子都快要瞪出来了。

“呃，是的……我想是这样的。”我看着杰克，想知道他究竟想说什么。

“太好了，”杰克说，“问题解决了，你跟我一起去电影俱乐部。”

丽贝卡笑了，好像她已经知道了我会怎么选。我突然很想去图书馆跟她练棋，但我确实也答应过杰克。我看了看丽贝卡，眼神里写满了“抱歉”。而我在她回看我的眼神里看到了“没关系”。然后，杰克拽住了我的胳膊。

“赶紧吧，菲利克斯，”杰克说，“我们上木工课要迟到了。”说着，他连拖带拽地拉走了我，把丽贝卡留在了原地。

“谢谢你为我爷爷着想。”

“你说什么？”杰克问。

“谢谢你说我爷爷现在不大喜欢见人。”

杰克哈哈大笑。“我可不是因为这个才那么说的！”

“那你……”

“我那么说是因为像你这样的人都让你爷爷教成了冠军，像她那样的聪明人学了，那还得了？”

40

城市和高墙

丽贝卡给我发了条信息，说我应该去参加校际锦标赛。她说理由有三条，而且每一条都很充分。

一、她希望我们学校获胜。

二、她认为莉亚喜欢克里斯，所以上了小巴车，他俩会坐在一起，所以没人跟她说话。

三、来回路上，她不想跟理查德坐在一起。

对于参加校际锦标赛这事儿，爷爷也极力赞成。接我放学的时候，一了解到情况他立刻就表明了态度，直到用下午茶的时候，他还在做我的工作。但他不知道的是，我满脑子想的都是……

“退役？”餐桌对面的爷爷朝我挥舞着手里的叉子，“退役！你怎么能退役？你现在只有十一岁！”

“我知道，但如果我去了，大败而归怎么办？所有人都会认为我是个白痴。”

“啊，我知道怎么回事儿了，你正在对自己失去信心。”

“我知道，爷爷。”我说，“今天早上起床时，我觉得特别不可思议，后来我在电影俱乐部时感觉也很棒。可到了下午，在数学课上，那种神奇的感觉就开始慢慢消退了。”

爷爷揉了揉我的头发。“打起精神来，”他说，“还记得鲍比·菲舍尔吗？连输了三场他都没有放弃！现在和我说说，昨天你跟那个理查德在比赛里都是怎么下的。”

我把笔记本滑到桌子另一边，脸上挤出一个微笑。爷爷在听我说话，可他不理解我。我想让那种奇妙的感觉一直持续下去，我不想让人拔掉塞子，而我只能看着它慢慢流进下水道。

“嗯……有意思。”他点了点头，“他当时用的是‘路易·洛佩兹开局’。”

“罗伊什么？”

“不是罗伊，是路易，这个开局又叫‘西班牙开局’。路易·洛佩兹是一位主教，他写过一本书。让我想想……是的，”爷爷的眼睛忽然亮了起来，“书名叫作《国际象棋的艺术》。当时，我们在东德买不到这本书，官方渠道买不到，但有人从西德带了一些进来。那个理查德只有十一岁，但他用的正是这个‘西班牙开局’。”

“不，他十五了，爷爷。”我说，“他确实读了很多书。”

“嗯，我了解了。”爷爷继续研究笔记本上的走棋记录，“兵走到e4，兵走到e5，马走到f3……c6……象走到b……但你看，你也用到了‘西班牙开局’。”

“我可不这么认为，爷爷。我当时真不知道自己为什么要那么下。”

“那你当时是凭直觉在走棋。”

“我有吗？”

“是的，你是不由自主地在走棋。你这局棋……这局棋很像我小时候在那堵墙建成之前下过的一局。”

“上面装满了铁丝网，把城市分割开的柏林墙？”

“是的，”爷爷顿了顿，“你还记得？”

“爷爷，那堵墙听起来那么可怕，”我说，“谁听过都不可能忘记啊。”

“确实，”爷爷缓缓点头说道，“的确如此。”

我想告诉爷爷那堵墙在我的想象里有多大，但我不想打断他，因为他终于又开始谈论过去了。

“东德政府跟苏联人交好，”爷爷继续说道，“所以他们修建了柏林墙，把柏林与德国其他地区以及英、法等西方国家隔开。”

“爷爷，那具体是谁建造的呢？管理秘密警察的人？是史塔西吗？”

“不是，建造它的不是史塔西，尽管他们也是其中的一部分。是东德政府。也有人说是苏联人做的决定，是他们下达了命令，然后柏林墙一夜之间就建了起来。”他继续说道，“我之所以知道这一点，是因为我当时正搭电车从斯普林伯根经过柏林，去看我姐姐，她当时住在海因茨·霍夫曼大街。可半路上电车却停在了一个陌生的地方。我从车窗里往外看，看到有军人让司机把车开回去。在远处，我还看到工人们正在冒雨干活。有些在架设栅栏，有些在砌墙，还有些在墙顶上加装带刺的铁丝网。在那些人忙着砌墙的时候，我还看到对面有不少人也被拦在了栅栏外面，大家都不知所措。可我必须过去，我姐姐还在那边等我呢。”

我浑身一颤，而且身体不禁前倾。说话之间，爷爷仿佛又回到了当时的柏林。

“于是我从电车上冲了下来。当时我想也许只是车子走错了路，他们修那堵墙，拉带刺的铁丝网，只是为了保护一处新的军事设施。所以我就沿着墙一直走，想走到它的尽头绕过去。但我沿着那墙走了好几公里，也没有看到尽头。就像看不见尽头的电线塔，那墙一直往远处绵延。因为没有办法通过那堵高墙，所有人都像我一样走来走去，就像我们全都迷路了一样。我们……全都迷路了……”

我的身体又往前倾了倾。

“我想回家，可我姐姐还在墙那边，”爷爷小声说着，“如果我过不去，找不到她，她怎么过得来？她怎么能找到我？墙边站了太多警卫……墙上装了太多铁丝网……慢慢地，天黑了，而且又湿又冷，我只好回家把这一切告诉父母。第二天一大早，我和父亲就又去了那堵墙边上。他向警卫解释说，他得把我姐姐接回家，但他们不让他通过。四下里，人们都在呼喊尖叫。他们也与家人分开了，有些人……有些人再也见不到他们的家人了……”爷爷的声音渐渐消失。我本来还想问他一些问题，比如他有没有再见到他的姐姐。但从他眼里的泪水来看，我想我的问题只会让他更加难过。

“对不起，爷爷，”我轻声说道，“我只是想知道更多您年轻时的事儿。”

“我知道，我知道。”爷爷把手放在我的膝盖上，“这不是你的错……现在，来吧，”他说，“努力保持乐观，让我们振作起来，回到你的校际锦标赛。我在想，要是你下得好，在你想让我做的几件事的清单上，我们可以再选做一个来庆祝，比如高空飞索。”

“没事儿，爷爷，”我说，“我真不在意那个清单了，当时让您去水肺潜水，只是因为我想逃避下棋。”

“但我喜欢水肺潜水。对我来说，那可是一个很棒的挑战。所以，在锦标赛开始之前，我们有很多事情可做。”

我还没说我要参加，可爷爷脸上的笑容那么灿烂，我真心不想让那笑容消失。但时间太紧了，一周之后比赛就要开始了。

“我想参加的，爷爷，”我说，“但我只有七天的准备时间。”

“那现在就只能做一件事了。”爷爷说。

“什么事儿？”

“显而易见，”他搓着手说，“现在，咱们就开始练棋。”

41

杰克，抱歉

“可你整个周末都在下棋。”

“我知道。我必须这样做，离校际锦标赛只有两天了。”

“但菲利克斯，你就不能歇会儿吗？你都多久没去咱俩的树上了？咱俩的那些大炮都生锈啦！”

“它们并没有生锈。”我走出爷爷家的前门，和杰克一起走在花园里的小路上。

“太棒了！所以现在你跟我一起去树上吧！”他说。

“不，我得回家了。”

杰克叹了口气。“来吧，菲利克斯，要不然也太无聊了。”

我深吸了一口气，穿过小广场。现在是周日晚上，从今天早上去了爷爷家到现在，我一次门也没出过。事实上，我整个周末都没有出门。我一直都在下棋和学习新招式——荷兰防御、奇戈林防御和剑桥防御。只有在爷爷停下来泡茶和上厕所时我才会停下休息。而我在学校里时，爷爷也一直在我脑海里出现。木工课上，当我凿一个榫眼时，他的声音会从我手上的木制品里传出：“练习！练习！练习！”我在体育馆的时候，他的声音也会在我锻炼的时候响起：“练习！练习！练习！”

“爷爷，我记着呢。”我在脑海里对他说，“别说了。”可即使是我在鞍马上翻筋斗时，他还在说个不停。在历史课上，当老师讲到英国军队在诺曼底登陆时，他的声音再度响起：“练习，练习，练习，抓住每一个机会练习。因为你的对手也在这么干。他们会在睡觉之前练习，他们会在梦里练习，他们一睁眼就会开始想着下棋。”

杰克拽住了我的胳膊，我们停在了树下。

“来吧，菲利克斯，”杰克说，“你也想上去玩一会儿的，我知道的。”

我看了看我俩的大树……只上去玩一个小时又有什么关系呢？今天的实战练习已经告一段落，明天我和爷爷要做的就是复盘讨论。我现在可以先和杰克聊聊，玩上一个小时，擦擦我们的枪和刺刀，然后往山上发射几枚炮弹。我一边这样想着，一边转身看向大树。

“太棒了！”杰克兴奋地说道。

“练习，练习，练习！想想你的对手甚至会在圣诞节练棋，他们会把时间花在树屋上吗？”

我停下了脚步，一言不发。

“不行，”我说着朝家里走去，“我得练棋。”

“菲利克斯，你正在变成他们。”杰克跟了上来，气鼓鼓地说道。

“什么他们？”

“那些象棋呆瓜。”

“我不是。”

“你就是。”杰克忽然加快脚步，然后转过身说，“历史课上，你甚至举手回答了一个问题！”

“是的，但那是只因为我刚好知道答案。”

“哼！”杰克说，“我打赌那是因为丽贝卡告诉了你答案。”

“并不是。”

“我不明白你为什么每次午休都要跟她下棋。”说这话的时候，杰克瞪大了眼睛看着我。每当他被要求去反省室面壁时，他脸上都是这副表情。

“杰克，”我问，“你怎么了？”

“我没怎么。”他说，“最近我一直都是一个人。现在，我只是想到树上待一会儿，你甚至都不能陪我去。”

“还有两天就要比赛了，”我说，“我不抓紧练习很可能就会输，而输了我就可能再也不会下棋了。”

“哦，那我还真希望你不要赢。”说话间，我走到了家门口，杰克转身就走。

“你真想我输吗？”我在他身后冲他喊道。

杰克转过身，摊开双手。“我不知道，菲利克斯，”他说，“你变了。”

我看着他转过身，穿过小广场，朝他家走去。这周我没怎么跟他待在一起，对此我也不怎么好受。可去年暑假，他堂兄凯尔来他家时，他也是这么对我的，整整一个星期都没人陪我玩。我当时非常无聊，最后只好央求老爸带我跟他一起去上班。可很快我就发现，看别人摆弄几个小时锅炉比待在家里还要无聊。

杰克走过他老爸的车……我满心期待，等着他转身朝我竖个大拇指，或者做个鬼脸，就像他以前经常会做的那样。可他只是绕过了他家前门，从房子边上往后门走去了。

没能到树屋上去玩，我也很不开心，但现在下棋对我来说更重要。我从来没想过我竟然会有这种念头，但事实确实如此。我第一次开始喜欢做一件自己擅长的事儿。有不少人信任我、支持我，这种感觉非常不错。而且，我不想让他们中任何一个对我失望。

我打开家门，然后进屋把门关上。客厅里正播放着综艺节目《龙穴》的主题音乐，我慢慢地走上楼梯。

杰克说他不希望我赢，我希望他不是故意那么说的。虽然最近可能我一直跟丽贝卡待在一起，但杰克仍然是我最要好的朋友。

42

老爸为什么那么做？

明天就要参加校际锦标赛了。我躺在床上，耳边不时传来楼下电视节目的声音，但这并不是我现在还保持清醒的原因。我睡不着，是因为我的心跳得飞快，就跟圣诞夜里的情形一样。这两天，我的心里总是七上八下的，而且今天在学校里时情况尤其糟糕。丽贝卡跟我说没关系，她也有这种感觉，但她的话只让我稍微好过了一阵子。

午休的时候，基特斯先生召集了一个国际象棋俱乐部全体会议，我们进行了一次团队谈话。他告诉我们，我们要打造一个团队，我们都应该互相支持，共同努力。当我们中某一个人获胜时，我们都应该觉得自己也是胜利者。理查德挺起胸膛，就像基特斯先生是在重点说他一样。然后，基特斯先生又说，假如我们中有谁输了，大家也应该一起面对。

我们是一个团队，我们是一个团队……我以前从未加入过任何团队，因为我以前什么都不擅长，根本就没有机会被选中，没有机会成为一名队员。上小学的时候，我曾经当过替补守门员，但那只是因为乔治·德拉蒙德要看牙医。可是现在，我成了团队中的一员，这个事实让我一直忐忑不安。一想到可能会让其他队员失望，我立刻就紧张得不得了。

其他人离开之后，我留下来跟基特斯先生单独聊了聊。我跟他说我非常紧张，非常不自信，而且我也不想让其他人失望。可他却告诉我，其他人都会有同样的感觉，而事实上紧张是件好事儿，因为它会帮助我集中注意力。他还说我只要记着当初我是怎么对阵理查德的就行。因为一旦我走出第一步棋，我的紧张就会消失。上次跟爷爷一起去潜水时，我也很紧张，可跳进游泳池并没有让我的紧张消失。

我翻了个身，侧着身子躺着，电脑上的红色电源灯在我眼前闪烁。晚上从爷爷家回来以后，我在网上下了两盘棋，而且都赢了。爷爷跟我说过，我没必要再在网上下了，他说我所需要的只是好好休息。他说有时候休息是对大脑最好的锻炼，可我不确定他那么说是什么意思。

我叹了口气，看了看电脑。也许，我应该在网上再下一局，来给自己树立更多的信心？但万一我输了呢？那我明天早上可就真出不了门了。

我拿起手机，看了一眼，还是没有杰克的消息。我俩一起上了一天的课，但没有像以前那样说话或者逗乐。我为即将到来的比赛紧张不已，没心情说什么。而杰克看起来仍然有点儿不自然，因为我已经很久没陪他到树上去了。丽贝卡跟我说，她觉得我跟杰克之间的状况只是暂时的，我和他那么要好，国际象棋根本不会成为我俩关系的障碍。但我不太确定。现在，我终于在某件事情上有点儿厉害了，我还以为他会为我高兴，可他现在连课间休息时都不和我坐在一起了。

卧室门外的过道灯亮着，灯光从门缝下面漏了进来。老爸走上楼梯，脚下发出沉闷的声响，他这是要去浴室洗澡。

门缝里的光线消失，被老爸的影子挡在了门外。然后，我听到两下轻轻的敲门声。“菲利克斯。”他低声说道。

我把手机放回桌上。

“菲利克斯，还醒着吗？”

门缓缓打开，老爸探头进来。

“醒着呢。”我说。

他走了进来，蹲在我的边上。我笔记本电脑屏幕上的光照在他的脸上。

“这一周我都没怎么看到你，”他轻声说道，“我只是想来祝你明天好运。”

“谢谢，老爸。”我笑了笑，“可我非常紧张。”

“你肯定会紧张啊，我也紧张。但你会没事的，相信我。”他轻轻摸了摸我的头，接着说道，“而且我敢打赌，爷爷肯定也是这么跟你说的。”

“没有……呃，他是说过。但他跟我说的最后一句话是，头脑要像天空一样清醒，内心要像大海一样平静。”

听了我的话，老爸笑了。“这话我不记得他是不是跟我也说过，”他说，“但相信我，你会没事的。如果你下好了，我跟你妈妈可能会带你去吃南多世烤鸡！”

“谢谢爸爸。”我说。

老爸手撑着床，站了起来。我以为他会跟我说声晚安然后离开，但他却没动，只是站在那儿看着我。

“爸爸，你没事儿吧？”我低声问道。

“没事儿。”他弯下腰，亲了一下我的额头。他以前可从没这么做过。“爸爸爱你，小家伙。”他说。

“我也爱你，爸爸。晚安。”

“晚安。”

43

惊喜!

“各位，我需要再确认一下，是不是所有人都到了。克里斯、我……”说着话，理查德指了指自己，“还有莉亚……”我们站在学校的小巴车外面，而理查德正在清点人数。这似乎已经是他第十次清点了，但我只想赶快离开这儿，一直站在这儿等弄得我非常紧张。我们几个都穿着校服，这就意味着我们几个是要代表学校出征。一想到这儿，我就更忐忑不安了。

丽贝卡轻轻戳了我一下，给我看她手里的一只蓝色泰迪熊。“这是我们的吉祥物，”她低声说道，“它会给我们带来好运的。”

“照你这么说，我们可能需要整整一小巴车的泰迪熊。”我说。

丽贝卡哈哈大笑。我很高兴丽贝卡在这儿，但也有点儿希望杰克能来。

我的视线越过停车场，看向对面的科学楼，眼前的这一切极不真实。我已经习惯了做个待在教室里的孩子，眼巴巴地看着校橄榄球队或者校篮球队坐上小巴，而不是成为坐上小巴的人。橄榄球队回来后，他们会在全校大会上宣布获胜的结果，队长丹·威尔斯还会在主席台上讲述他们比赛的过程。

基特斯先生穿过停车场，朝我们走来。他穿着一身深色的西装，这套西装我只见他在家长会上穿过。

“理查德，大家都到齐了吗？”他问道。

“都到齐了。”理查德说。

“那我们就出发吧。”说着，基特斯先生拉开车门。理查德第一个上车，坐在了前排。我站到汤姆、克里斯和莉亚的后面准备上车，他们都冲着我微笑。为了表示友好，我也只好挤出一丝微笑。在小巴车的后视镜中，我看见了自己的身影，我的样子跟我想的一样——紧张极了。要不是丽贝卡也在，今天就像是在没有任何朋友的情况下参加夏令营。昨天晚上，她发短信问我那部讲鲍比·菲舍尔的电影叫什么。但我知道她的问题只是个幌子，她其实是要确保我今天会出现。就像她知道我的信心不足，知道我可能会觉得自己不属于这儿，不应该出现在这辆小巴车上，不应该穿着这身校服。

丽贝卡推了推我。“上车吧，菲利克斯。”她说。

我身体里的一部分想留在学校，但另一部分却指挥着我往小巴车上跨去。

“菲利克斯！菲利克斯！”我停下脚步，转过身。只见远远地，杰克朝我跑了过来，边跑边挥舞着双臂。

“杰克！”我喊道，“你来这儿干什么？”

“就是啊，”理查德把头探出车门问道，“你来这儿干什么？”

“我……我……”杰克一边看着我，一边大口喘气，好像他想让我帮忙想个答案。“我……我是菲利克斯的教练！”杰克忽然脱口而出，“对，我是菲利克斯的教练。他说我可以一起来。”

“什么？”理查德看了我一眼。

杰克朝我瞪大了眼睛，像是在说：菲利克斯，赶紧支援我！见到杰克我真是太开心了，以至于情不自禁地笑了起来。

“是的，他是我的教练。”我笑着说。我不敢相信杰克竟然这么说，但有他在我确实很开心。

“他是你的教练？”理查德转身看向了我。

“是的。”

“好吧，但他来做什么？”理查德又问道。

“呃……”

“我负责帮他拿水，”杰克举起了手里的水壶，“我还要确保他不会受伤。”

“那也不行，”理查德说，“我们是去下棋，又不是去踢球。再说，名单上也没你的名字。”

杰克一把抓过理查德手里的钢笔。“你看，”他一边在纸上潦草地写着，一边说道，“现在有了。”

“都准备好了吗？”驾驶室里传来了基特斯先生的声音。

“好了，除了这个人还在这儿。”理查德指着杰克叫道。

“老师好！”杰克笑着说道，“我想你们需要更多的支持！”

“嗯，感谢你的支持，杰克，但你父母允许你跟我们一起去吗？”

“当然允许啊，”杰克说道，“我妈还专门给我写了个条子。”

说着话，杰克扬起了手里的一张字条，作势要递给基特斯先生。看着杰克脸上奇怪的表情，我努力憋住不让自己笑出声来。

“那赶紧上车吧，杰克，”基特斯先生摆了摆手，“我们还有很长的路要赶呢。”

“太棒了。”杰克一下子就蹿上了小巴，朝后面走去。他并不是什么教练，但有朋友在身边支持我，这感觉真不错。

我也上了车，穿过两边的座椅，往车后走去。杰克轻轻拍了拍他旁边的座位。我扭过头，看了丽贝卡一眼。

“没关系，”她说，“我不介意。”

这么做其实不大好，因为我答应过我会坐在她旁边，但我又不想让杰克失望。

“你介意我跟丽贝卡一起坐吗？”我谨慎地开口说道，“你能来，我真的很开心，但我需要集中注意力。”

杰克看了看丽贝卡，然后又看了看我。

“当然不介意，”杰克笑着说，“你可是全校冠军。”他说这些话的时候嗓门儿很大，大到前排的理查德肯定也能听见。说完，他就在我身后的座位上坐了下来。

我在丽贝卡旁边坐了下来。她笑了，但我看见她的身体在微微发颤。

“你冷吗？”我问。

“不冷，”她笑得很勉强，“就是有点儿紧张，你不紧张吗？”

“嗯……也只是有一点点紧张！从起床到现在，我的下巴骨一直有点儿疼。”

“是肾上腺素！”在我和丽贝卡的座位之间，忽然探出一颗脑袋。杰克开口说道：“我踢足球的时候也会这样。”

“杰克，很抱歉，我说过我需要集中注意力。”

“噢，抱歉，菲利克斯，我这就把嘴封上！”杰克在嘴上做了个拉拉链的动作，然后坐了回去。丽贝卡瞥了我一眼，好像想要说些什么。我也看了她一眼，但也是欲言又止。就在这时，小巴车开动了，慢慢驶离了停车场。我突然一阵紧张，很想小便。早上出门时，老爸老妈试图让我平静下来。他们祝我好运，老妈给了我一个鼓励的拥抱，但那个拥抱给我的力量开始消失了。都没用。我可能会输掉所有比赛，我可能会让团队失望。我不在乎理查德，但我在乎其他人。现在我知道有了特长是什么感觉，但我害怕因为某人或者某件事儿失去这种感觉。爷爷，我们一开始为什么要下什么国际象棋呢？你难道不能教我一些别的东西吗？比如卢多飞行棋。那样的话，我就只需要拿个骰子摇个点数就行了。

小巴车在红绿灯处停了下来，我望向窗外。我现在可以朝车门跑去，抓住车门把手，往后一拉，然后就可以跳出去。我可以做到，我可以——

“菲利克斯，我觉得你现在需要停止胡思乱想。”爷爷的声音在我的大脑中响起。

“我知道，爷爷，但我控制不住自己。我需要出去！我会看起来像个白痴的。”

丽贝卡看了我一眼，惊讶地问道：“你在跟谁说话？”

“跟他爷爷。他总爱这么干。”杰克的脑袋再次从座位之间的空隙处伸了出来，“他这么说话有点儿古怪，但你会习惯的。”

“杰克！”我叫了起来。

“抱歉，我只是随口说说。”

“行了，别再说了！”

“嘘！”前排的理查德转过身来，“我们需要集中注意力。”

“听到没，”我小声说道，“我不是跟你说过了吗？如果你真想帮忙，那就请帮帮忙别再说了，你不应该是我的教练吗？”

“好……好吧……冷静，菲利克斯。让我来想想办法……有了！来……”他的手从座位缝隙里伸了过来。

“嚼口香糖？”我问。

“嗯，我还有瓶可乐……我本来还想买点儿零食的，但听说中午他们会提供免费的午餐！”

“怪不得呢！”丽贝卡转过身来，“所以，你就是冲着午餐来的？”

“对啊……不过，我主要还是来给菲利克斯加油的。”

“我觉得只有队员和老师才有午餐。”丽贝卡说。

“没关系，”杰克说，“那我就从自动售卖机里弄点儿薯片和巧克力出来吃。我知道怎么把它们从里面摇出来，我看我老爸摇过。所以，你们不用担心……”

“杰克，”我打断了杰克的絮叨，“别再说话了，我需要安静。”

“我们都需要安静！”理查德也生气地瞪了杰克一眼。

“好的，好的！”杰克坐了回去，“你们别激动啊。”

我往后靠了靠，头枕在座椅的靠背上。老爸说到切尔滕纳姆需要一个小时，而这段时间我正好可以冷静一下。我要好好利用这一个小时，为我生命中最重要的事儿做好准备。真希望爷爷在这儿，来帮我平静下来。我闭上眼睛，想着要是他在这儿会对我说些什么，但我能想到的还是那句话，那句昨晚我离开他家时他对我说的话。

“头脑要像天空一样清醒，内心要像大海一样平静。”

好吧，头脑清醒，内心平静……不，这没用。我的心还是在跳，我还是想尿尿！

“深呼吸。慢慢地深呼吸。呼气时要比吸气长两秒。我想这能增加你肺里的空气和血液中的氧气，这样你的大脑会更有活力。我想这能帮你保持冷静，这是你集中注意力的最佳方式。”爷爷的声音再次响起。

我深吸一口气，默数到六，然后呼气，默数到八。然后，我再次吸气。

“哦，天哪！这不可能！”

“杰克！别说话！”我喘着粗气叫道。

“但是，菲利克斯——”

“别说话！”

“啊！快看啊！没有比这更糟糕的事儿了，这比梦到没穿衣服上学还要糟糕！”

我叹了口气。要是我不看，他是不会闭嘴的。

我睁开眼睛，转过身来。

“看什么？”

杰克从座位上滑了下去，就差没躺在地上了。

“你看那儿，”他指着自己的椅背后面说道，“他在那儿。”

“谁？”

“你爷爷！他开着粉车，就跟在我们后面！”

44

第一轮比赛

“爷爷，您来这儿干什么？”

“我想给你一个惊喜。本来我在家看电视，然后我就想，菲利克斯这会儿肯定很紧张。”

“我是很紧张。可是爷爷，你也不需要跟着我们啊。”

“但我不知道你们要去哪儿，我没有那个 GPF 定位。”

“是 GPS，爷爷。”

杰克站在我身后偷笑。放在以前，我也会笑。而且如果爷爷出现在我学校附近的任何地方，如果老爸和老妈因为那事儿被叫去见班主任，我通常也会感到尴尬，但现在，我不在乎这些，我很高兴爷爷能来帮我。

我朝停车场的另一边望去，约莫有上百个男生、女生和一些大人正缓缓步入体育中心的正门。

“走吧，”丽贝卡说，“我们现在要进去了。”

穿过一排排汽车，我边走边鼓了鼓腮帮子。

“你会没事的，”爷爷努力跟上我的脚步，“最磨人的部分是赛前等待，你只要记住鲍比·菲舍尔说的话就好了。”

“他说过很多话，爷爷。”

“是的，那些话都很重要，但今天要记住这一句——一个伟大的棋手需要什么：强大的记忆力、专注力、想象力和坚强的意志。”

“我知道，爷爷，但问题就在这儿，我无法集中注意力。”

“这倒是真的，”杰克插嘴说，“一只围着牛粪嗡嗡叫的苍蝇都比他更专注。”

爷爷瞪了杰克一眼，说道：“可他现在不这样了。”

听了爷爷的话，我的身上顿时流过一阵暖流，我意识到爷爷已经注意到了我的诸多改变。

杰克耸了耸肩，好像他也意识到了这一点。“是的，”他说，“他现在好像是不怎么爱捣乱了。不过没关系，我反正也不能总围着牛粪转。”

“杰克，”丽贝卡打断了他，“你是来帮忙的吗？”

“不，他是来添乱的。”爷爷瞪了一眼杰克，然后搂住我的肩膀，“走吧，菲利克斯，”他摘下帽子说道，“我们进去吧。”

我们跟在其他队员后面，穿过一道道门，然后就看到基特斯先生和另一位女老师握手，而理查德也停在前面，正和另一所学校的一个男生交谈。

报到处人头攒动，四下里嗡嗡作响。我感觉自己浑身发抖，恍惚间我好像又闻到了游泳池消毒水的气味，这让我感觉很不好。好在爷爷在这儿。我告诉自己，不会有什么问题的。沿着一条长长的走廊，我们走向主体育馆。我瞥了丽贝卡一眼，她耸了耸肩，给了我一个紧张的微笑。“好了。”基特斯先生在门口停了下来，拍了拍手说道：“大家注意了，有些注意事项我们得听一听。理查德呢？”

理查德跟那个男生道了别，走到了我们中间。

“我刚跟他们说了，你有些注意事项要告诉大家。”基特斯先生说。

“嗯，是的。”理查德看了看手里的一张纸，然后清了清嗓子，一副准备播报新闻的样子。“我们将在第一轮比赛中对阵福克斯利高中，”他说道，“谁对谁我们已经抽好签了，所以各位的对手完全是随机的。丽贝卡，你在6号桌；克里斯，12号桌；汤姆，14号桌；莉亚，18号桌；我在16号桌。”说到这儿，他顿了顿，抬头看了我一眼，补充道：“菲利克斯，你在20号桌。”

“可那是……”克里斯站在理查德的身后，盯着他手里的那张纸说道，“他的对手是萨姆·帕特森？”

“没错。”

“萨姆·帕特森是谁？”我问。

“不是谁，他只是去年锦标赛的得分王！”克里斯说。

“哇！”杰克叫了起来，“你会被修理得很惨的！”

“杰克！”基特斯先生说，“你这可不是在帮菲利克斯啊。”

“我就随口一说。”杰克瞥了我一眼。

杰克确实帮不上忙，但他说得没错。我正准备转身去找爷爷，可就在这时，比赛场地的门被推开了，我一瞬间就被众人给挤了进去。

体育馆里面很大，场地两边是两个篮球架，在它们之间摆放着成排的桌子，像个大考场。场地里站着数百个男生和女生，个个都穿着校服。人们议论纷纷，声音在体育馆里回荡。理查德和其他人从我身边挤了过去，然后又有更多来自另一所中学的学生挤了过来。我转身想再次寻找爷爷，但我唯一能看清的人只有杰克。

“加油，菲利克斯。”他在人群里大声喊道。但我不想要他的建议，我想要爷爷的。

“菲利克斯！”我又转过身去，看到了爷爷的帽子。他戴着那顶帽子，看起来比其他人都要高。“你会没事儿的，”他大声说道，“我就在这儿陪着你。”他朝楼梯上面的看台侧了侧头，然后又回头看向我，“记住，别盯着对手看，你只要把他们想象成——”

就在这时，一声哨音响起。男生女生们快速从我身边挤过去，好像急着赶去看球赛，生怕迟到了，卷着我往场地里面退去。

“爷爷，把他们想象成什么？”我喊道。我跳了跳，想越过人群去看爷爷，但我只看见他刚才站着的楼梯处空空如也。他刚才说的是什么呢？

我看了看眼前长长的两排桌子。桌上都摆着棋盘，棋盘边上都摆着棋钟。这不公平，为什么要抽到我和去年的最佳棋手比？

这时，我的视线扫视赛场，看见丽贝卡正和克里斯说话。他们边说边朝我走来。最后，我们在场地中央停下了脚步。

“这是怎么回事儿？”我说，“我们可以换换吗？”

“什么？跟你换，然后我被痛扁？”克里斯说。

“不，”我说，“也许不是跟你换，而是跟某个人换换……比如和理查德？”

“我们没法儿换，”丽贝卡叹了口气，“我知道这看起来不公平，但这是随机抽的签，咱们没得选。”

就在这时，一阵铃声响了起来，大家都不再说话。

“我们得赶紧找到自己的桌子。”丽贝卡指了指桌角贴着的数字号码牌，“我是 6 号桌，”她说，“你是 20 号桌……”

我环顾四周，想找到我的桌子，但我心乱如麻，根本静不下心来数号码。

“菲利克斯，”丽贝卡轻轻拍了拍我的肩膀，像是想让我放松下来，“就在前面。一直走，往那边去找。”

“谢谢。”我深吸了一口气。

“菲利克斯，没事的，别担心。别把什么都一个人扛，我们是一个团队，对吧？”

“对。”我无力地微笑着，然后在两排桌子之间穿行，像在电影院找座位一样查看号码。

终于，我在 20 号桌前停下了脚步。我的对手已经坐好了。我低着头，尽量不与他眼神接触，直到我们握手。我环顾大厅，其他人也都已经就座，准备开始比赛。大家全都表情严肃，可理查德却朝我这边看来，一脸坏笑。

我朝自己身后望去，想看看他是否在朝他的朋友笑，或是朝他看台上的父母笑。但我身后除了一面巨大的白墙，什么也没有。

他在笑什么？

我摸了摸脸，想把脸上的青春痘弄平，还想低头检查一下裤子的拉链。

可就在这时，有人清了清嗓子，然后冲我伸出了手。我只好也伸出手，看了一眼对手的眼睛，握了握他的手。等一下！我之前见过他，他就是在报到处跟理查德说话的那个男生。他一直握着我的手不肯松开，我使劲想抽回手。终于，他松开了手，咧了咧嘴，紧跟着回头瞥了一眼赛场。然后，我就看到理查德冲他挤眉弄眼。

“喂，”我的对手忽然开口说道，“你打算用什么开局？‘西西里防御’？”说完又是咧嘴一笑。

我的心跳顿时开始加速。理查德告诉了对方我用的招数。这是一个陷阱！他们已经商量好了。我的脑袋轰的一声像要炸开，我不知道该如何是好。我想离开这里，但我被困住了，就像被困在了《古墓丽影》游戏中的一个山洞里，四周的墙壁渐渐向我逼近。

我愤愤地看向理查德。

我还以为我们是来赢的！我还以为我们是一个团队！

45

嘀嗒，嘀嗒，嘀嗒

我的对手拿起一枚白色的兵，然后又拿起一枚黑色的，把它们放在身后。

这样不行，这样不行啊。

我抬头朝观众席看去，看到了很多选手的父母，但我父母不在其中。只有爷爷在盯着我看，而他身边的杰克正大口大口地嚼着一包薯片。

理查德跟他说了我的开局策略。快来帮帮我！我试图把这个想法传递到观众席，但爷爷只是凝视着前方，杰克只管继续大口咀嚼。

理查德竟然告诉这个男生我打算使用"西西里防御"，这真是难以置信。本来我还以为自己有一丁点儿的胜算，可现在那一丁点儿的胜算也没有了，因为我的对手已经摸清了我的底细。我可以换一个开局，我必须换一个，但换哪个呢？

我的心脏狂跳不已，只感觉四周的墙壁都开始朝我挤压过来。不要慌，保持冷静。

我闭上眼睛，回想脑子里的那些规则。

下棋之前不要吃东西。

我没吃。

别盯着你的对手看。

别……

我身体前倾，双手抱头。

“你要选一个。”我的对手说。

“左边。”我答道，没有抬头。

“那你就用白棋了。”

“好吧，”我低声说道，“我用白棋。”

我听到棋子放在棋盘上的声音。我抬头看了看眼前的棋钟——跟《出棋制胜》里的那一只一样。我需要走棋，我需要走棋，然后开始计时。我慢慢握紧了拳头。

“头脑要像天空一样清醒，内心要像大海一样平静。”

我知道，爷爷，但我的心在狂跳！

“那么想象一下。”

想什么？

“大木头箱子。”

什么？

棋钟嘀嗒、嘀嗒地响，转眼就走了50秒，51秒，52秒，53秒，54秒，55秒。

“想象你的对手是……”

57秒，58秒，59秒……

帮帮我，爷爷！

“想象你的对手是土耳其机器人。”

我拿起一个兵，把它移到e4。

好了，我总算走出了第一步。

“别忘了按棋钟。”

什么?

“别忘了按棋钟。”

我按下棋钟。

“就当你的对手是一个躲在箱子里的无脸人，或者是一个没有心脏而且手臂笨重的大木头箱子。

好的。

大木头箱子把一个兵走到 c5，按下棋钟。

我把马走到 f3，按下棋钟。

大木头箱子把马走到 c6，按下棋钟。

我把一个兵走到 d4，按下棋钟。

大木头箱子吃掉了我走到 d4 的兵，按下棋钟。

我的马吃掉了对方 d4 上的兵。

大木头箱子把一个兵走到 g6。

这盘棋的走法我以前遇到过。有天晚上，爷爷特地和我说过，说这是“西西里防御”的“加速龙式变着”。我得好好想想，我得想得再快些。当时爷爷教我怎么应对来着?怎么……

想起来了!

我把一个兵走到 c4。

我等待大木头箱子走棋，但棋盘上没有手出现，没有棋子被移动，它好像正在绞尽脑汁。我刚刚用的是“马洛契绑定”，但大木头箱子好像不知道该怎么应对。

等了半天，只见大木头箱子最后把马走到 f6，按下了棋钟。

我和大木头箱子对战，就像在玩一场猫捉老鼠的游戏。它想要困住我的王，而我也在努力困住它的。

我俩又走了许多步……每人又各走了十步。每走一步，我都提前想好了后面三步的应对方法。直到……

马走到 c3。

兵走到 d6。

兵走到 f3。

马在 d4 上吃掉车。

后在 d4 吃掉马。

“将，”我说道：“将死！”

“怎么可能？”我的对手嘟囔道，“这不可能！”

我的脸上泛起一抹微笑，我原来也以为这不可能。在我的脑海里，大木头箱子上的木头手臂不停乱扭，好像里面的电线短路了一样。

我站了起来，伸出我的手。我赢了。我打败了“机器人”！

“真棒！菲利克斯！你真棒！”杰克围着我上蹿下跳，活像一只兴奋的拉布拉多犬。

丽贝卡在朝我微笑，克里斯在朝我微笑，汤姆在朝我微笑，莉亚在朝我微笑。

“太棒了！太棒了！”杰克不停挥舞着拳头，在我面前蹦蹦跳跳。

“好了，杰克，”基特斯先生说，“这是国际象棋比赛，不是足球比赛。菲利克斯，干得漂亮！”他拍了拍我的背，表扬道：

“功夫不负有心人。”

不过这确实感觉像一场足球比赛——我全场奔袭，然后狠狠地把球踢进了对方的网窝。

杰克张开双臂，搂住我的脖子。

“就知道你会赢，”他说，“一点儿都不怀疑。”

费了好大的劲儿，我才从他的搂抱中挣脱。我跟他一样开心，而且希望这一天永远不要结束。但现在，我最想一起庆祝的人，是爷爷。

我抬头望向观众席，寻找爷爷的身影。但除了空座位和安全出口标志之外，那儿什么也没有。他肯定是离开了观众席，正在来找我的路上。

理查德来到我的面前，不大情愿地伸出手说道：“干得好。”我不假思索地握了上去。

我刚刚连续赢了三场比赛，感觉非常好，心里乐开了花。现在我只想见到爷爷并且拥抱他，但我到处都找不到他。整个体育馆里挤满了人，到处都是学生和老师。我问丽贝卡她比得怎么样，她说自己赢了一场，输了一场，平了一场。对于这个结果，她很高兴。我告诉她我也为她高兴。就在这个时候，一个穿着蓝色校服的金发女孩朝我们走了过来。

“你下得很棒。”她对我说。

“哦……谢谢。”我回应道。

她略感疑惑地看了我一眼，说道：“你在第二场比赛里打败了我。”

“是吗？”

“是的，”她说，“你在第十二步和第十四步分别吃掉了我的象和马。”

“抱歉，”我说，“这些我记得，但我不记得……”

“不记得我？”

“是的，”我说，“很抱歉。”

“没关系，”她笑着说道，“你下棋的时候看起来像是在发呆。”

“他平时一直那样。”丽贝卡笑着问女孩，“你们队的成绩怎么样？”

“我还不太确定，”她回答道，“我觉得我们好像赢了八场，输了七场，平了三场，所以我们队没什么戏。你看，他们正忙着统分呢。”说着，她朝体育馆角落里的一张桌子努了努嘴。一群老师正聚在那儿，手拿写字板和笔，正在忙活。我想知道我们队最终的排名，但我也想马上见到爷爷。我在人群里不停寻找，但就是看不到他的身影。从观众席到我这儿，根本要不了这么久，他肯定是去上厕所了。

杰克拍了拍我的背，第二十次称赞我做得很棒。而在我俩身后，理查德和克里斯正在计算我们队得了多少分，克里斯说他和丽贝卡都得了两分半，莉亚得了一分，汤姆一分没得。然后，理查德说他自己得了三分半，而“他”——说的是我——得了四分。他算出我们全队得了十三分半，我们可能拿不了冠军，但也可能有点儿机会。

统分的老师们彼此点了点头，然后分散开来。

“结果出来了！”丽贝卡扯了扯我的胳膊说道。

一个老师拿起一个铃铛，摇晃了几下。我环顾整个体育馆，所有的学生都顿时安静了下来，站在各队的老师身后。我们队也聚集在一起，只是理查德站在了队伍前面，因为不知道什么原因，这会儿基特斯先生不在现场。

“好了，”摇铃的老师说，“首先，我要感谢大家的到来，是你们让这届锦标赛精彩纷呈。”

我深吸了一口气，看了看杰克和丽贝卡。我赢了所有的比赛，但如果我们队能拿下冠军，那可就太棒了。

“第三名，”老师说，“总得分是十二分，获得者是……掌声呢？”

所有的队伍都很安静，好像大家都很紧张，忘了鼓掌、拍桌子或者跺脚。

“来吧，各位，让我们一起弄出点儿动静来吧。”老师说道。话音一落，大厅里顿时隆隆作响，人们纷纷拍起了桌子，跺起了脚。“费尔菲尔德高中！”

一群身穿灰色校服的男生和女生转过身来，朝着大家微笑，并且互相拍着肩膀。他们中有些人看起来很高兴，因为他们获得了季军；有些人一脸失望，因为他们不是冠军。

“我们得了十三分半，”理查德小声说道，“我们比他们厉害！我们要么第一要么第二。”

“接下来，亚军，”老师说，“比分相当接近啊，比分确实非常接近。”丽贝卡用胳膊肘碰了碰我，克里斯和莉亚看着对方，理查德紧握起了拳头，杰克睁大了眼睛，看起来好像随时都会跳起来。

我扭头看了一眼，想看到爷爷的身影。如果我能取得好名次，我希望他能亲眼见证，但我却只看到了站在大门口的基特斯先生。他一脸严肃，就像刚刚收到我们被取消了资格的坏消息。

“亚军是……”

基特斯先生朝我招了招手。

他是在招呼我还是我们整个团队？

他再次朝我招手。

“哦——”体育馆里骤然响起了巨大的轰鸣声，但我没能听到人们是在为哪支队伍欢呼。因为当我穿过篮球场时，我仿佛在一排嘈杂的巨浪中艰难向前。

基特斯先生侧过身，让我走出了大门。

“老师，”我问，“我……做错什么了吗？”

“没有，”基特斯先生摇了摇头，“你没做错什么，只是你爷爷……”

“什么？他怎么了？”我顿时一阵心慌意乱，忙不迭地看向门外的走廊，“他在哪儿？”

“他……在外面。”基特斯先生说，“在救护车里，有人正在照顾他……菲利克斯！”基特斯先生伸出手臂拦住了我，“菲利克斯，你别慌，现在有专业人士正在照顾他。”

“可，可您不知道……我得马上去看他。”

“菲利克斯！”

我推开基特斯先生的胳膊，拼命朝外面跑去。

46

蓝灯和消毒水

我沿着走廊往前飞奔，我的脚步飞快，可我的心跳得更快。我一边跑，一边躲避接待处边上的人群。

都让开。

赶紧让开！

我推开体育中心的大门。一辆救护车正停在门口台阶下面，车子的后门开着，一名身穿绿色制服的医护人员站在门边。

我飞快地跳下台阶。

“爷爷！”我大叫道。

“停！”医护人员一伸手，把我给拽住了，“他很好。”

“那他为什么在救护车里面？”我边问边试图挣脱束缚。

救护车里，另一名医护人员轻轻弹了弹一根塑料软管，软管连着爷爷的手臂。“你爷爷没事儿，”说着，她转头看向了我，“你慌里慌张的，反而会帮倒忙。”

“但我……你能让我看看他吗？”

“没事儿，马丁，让他过来吧。”

马丁放开了我，我慢慢走上救护车。爷爷坐在一个轮椅上，身上盖着条毯子，下巴露在外面。他的帽子掉在救护车里的地板上，被压扁了。

“爷爷，”我问，“你还好吗？”我想听到他的回答，可他却回答不了，因为他的脸上戴着输氧的面罩。一股消毒水的气味忽然蹿进了我的鼻子，不禁让我想起了以前去医院看望奶奶时的情景。

“安静地坐会儿。”车上的医护人员指了指车里的一条长凳，“你爷爷会没事儿的。”她轻声说道。

以前，他们也这么说奶奶，但实际上她……我慢慢地坐了下来。爷爷看起来不太好。他的脸像纸一样白，眼睑下垂。忽然，他慢慢举起了手。

“别，弗兰克，”护理人员连忙开口说，“别动也别说话。”紧跟着，她转身看向马丁说道：“血压108/68，心率96。”

“这是什么意思？”我问，“问题严重吗？”

“这意味着我们必须带你爷爷去医院，”她说，“你爷爷有糖尿病吗？”

“有，他车上有个黑色的包。”

“太好了，你说的这些很有用。”护理人员站起身，把爷爷继续往救护车里面推了推。

“菲利克斯！”我抬头一看，看到基特斯先生站在救护车外面。在他身边，杰克和丽贝卡踮着脚尖，朝我看来。

“你爷爷没事儿吧？”杰克问道，“跟他说我很抱歉，以前还以为他是个间谍。”

“杰克，”基特斯先生说，“别净说些傻话了。”他向我伸出手。“菲利克斯，”他说，“我看你最好还是先跟我们一起走吧。”

“但我爷爷……”我说，“我不想跟他分开。”我回头看了看爷爷。他的领带歪了，他最好的西装也皱了。他想说话，但我听到的只是模糊不清的咿咿呀呀。

“您想说什么，爷爷？”我问。

“弗兰克，”医护人员说，“我知道这很烦人，但现在氧气面罩还是得戴着，还是尽量不要说话。”

爷爷烦躁地晃了晃脑袋，像是有蜜蜂钻进了他的耳朵。紧跟着，爷爷又开始咿咿呀呀了。

“血压108/62，心率82。弗兰克，现在情况开始稳定下来了，但保险起见，我们还是要去医院。”护理人员平静地说道。听她这么一说，我也开始逐渐平静下来。

“去医院之前我能跟他说几句话吗？”我问。

护理人员看了看爷爷，好像这要看爷爷的意思，但爷爷已经在拉扯面罩了。

“你说吧，”护理人员微笑着说，“长话短说。”

爷爷把氧气面罩往上面推了推，嘴里嘟囔着什么，但他呼吸急促，我听不太清楚。

我往他身前靠了靠。

“没事儿的，爷爷，”我说，“我也爱你。”爷爷摇了摇头，深吸了一口气。“不，”他低声问道，“比赛赢了吗？”

47

临时抱佛脚好吗？

亲爱的上帝………亲爱的上帝啊……您看是不是……您能不能……

我躺在床上，双手放在胸前，盯着天花板。我一直想为爷爷祈祷，但每次刚要开始，就会听到楼下老妈和老爸通电话的声音。我既想听听她在说什么，同时又想拿枕头捂住脑袋，什么都不听。

亲爱的上帝啊……

“他醒了吗？”

自从奶奶生病以后，我就再没有祈祷过。

“他能说话了吗？”

我知道祈祷不怎么管用。

“他知道你在他边上吗？”

我相信您曾经想帮我。

“我肯定他会没事的。”

另外……

“等一下……”有那么一刻，老妈走到过道，我听到的声音大了一些。“是的，我知道，我这就到客厅里跟你说。”

咔嗒。

老妈关上了客厅的门。

老爸要说的肯定是坏消息，因为眼前这一幕我很熟悉，就跟奶奶去世前的情形差不多。老爸打电话给老妈，老妈打电话给老爸，然后老爸回家，然后他们就在厨房里窃窃私语，在餐厅里窃窃私语，在他们的卧室里窃窃私语。我不想听，但如果有人病得不轻，其实你不听也能猜到。我不想爷爷自己一个人去医院，但基特斯先生说我太小了，不能独自待在医院。回去的路上，小巴车里很安静，只听见风在外面呼啸，轮胎和路面不停摩擦。丽贝卡说爷爷肯定会没事儿的，杰克也这么说，但他们怎么可能知道呢？像我一样，他们也只能往好处想。

我翻了个身，侧卧着看向墙上的那些纸。纸上满是爷爷的笔迹。棋盘上画着棋子，棋子边上写着各自的走法：兵，只能前进不能后退，第一步可以走一格或者两格，之后每步只能走一格；象，只能斜着走；车，只能横着和竖着走。我闭上眼睛，通常我会一直看到棋盘上的方格。可是现在，我只能看到爷爷，看到他在救护车里裹着毯子的身影。

“菲利克斯……菲利克斯……”老妈轻轻敲了敲我的门，“我能进来吗？”我在睡衣袖子上抹了抹眼泪，然后翻了个身，看向了门口。

老妈慢慢地推开了门。

“我就是想跟你说说爷爷的消息。”她轻声说道。

“是他的心脏出了问题吗？像奶奶那样？”我问。

“我们还不是很确定。”她走进来坐在我的床尾说道，“他现在正在休息，但你老爸说不用担心，明天早上他会再打来的。”

“我就知道不该让他开车来看我比赛……”我的声音开始颤抖，“这周早些时候，他就头晕过，我早就该把这事儿告诉你们的。”

“嘿，”老妈朝我笑了笑，满眼关怀，“这可不怪你，你也知道爷爷的脾气。他太固执了，就算我们不让他去，他还是会去的。再说了，过去几周里，是你让他情绪好起来的。”

我勉强挤出了一丝微笑。我宁愿爷爷愁眉不展地坐在家里，也不想他虽然愉快了点儿，却要待在医院。

“早知道这样，我当初就不该跟他学棋。”我说。

“来。”老妈说着话，伸出了双臂。

我身体前倾，老妈搂住了我。

“他会没事的。”她低声说道，“放心，要不了多久，他就会去接你放学的，而且还是开着那辆粉车。我知道，你肯定迫不及待地想坐那辆粉车了吧！”

“迫不及待坐那辆粉车？我才没有呢！”我立刻反驳道。

老妈一听，立刻笑着说：“不错，听起来我的菲利克斯又满血复活了。”

听到这话，我微微笑了笑，真希望爷爷也能早点儿满血复活。老妈又抱了抱我，轻轻拍了拍我的背，摸了摸我的头，就像小时候那样。

“他会没事的。”她轻声说，“他这个人，可坚强着呢。”

“但愿如此吧。”我说。但爷爷会不会像老妈想象的那样，我不确定。

“他会好起来的。”老妈松开了手臂，“好了，我现在要去喂参孙了，要不要一起去？”

“我穿着睡衣呢。”

“不去也没关系。”老妈笑着说，“我就是在想，做点儿什么总比胡思乱想要强。”

“我没事，”我说，“我就不去了。”

老妈走到门口，然后停住了脚步。“好好睡上一觉，”她说，“明天早上我们再问问爷爷的情况。”

“好的。”

老妈出了门，下了楼，脚步声渐渐消失。

我重新躺回了床上。老妈想去帮忙，但爷爷不在的时候去他家会很可怕，整个房子就像个巨大的空壳。参孙会在房子里走来走去，到处寻找爷爷。奶奶去世之后，它就是那么干的，而且一连找了好几天。有时看见它会很吓人，因为它会突然盯着客厅一动不动，就像看见鬼了一样。我打赌参孙也很想念爷爷，而且不仅仅是因为它饿了。

我慢慢闭上眼睛，过了一会儿，爷爷的声音再次在我脑海里响起：“a1，b1……f1，g1，这是一条横线……这是一条竖线。c1……”我叹了口气。“d1，e1……这是象，它只能斜着走……这是车，它横竖均可走……”爷爷的声音非常清晰温暖，就好像我们又一起回到了那天。我们在花园里修剪草坪，阳光暖暖地照在我俩身上。

我双手交叉，放在胸前。亲爱的上帝，我临时抱抱佛脚，向您祈祷行吗？以前奶奶生病的时候，临时抱佛脚无效，但请让我再试一次吧。

48

怯场

“稳定。”杰克小声说，“那很好，菲利克斯。这就意味着你爷爷就像埃弗顿队，虽然赢不了联赛，但也不会降级。”

“我知道，”我说，“但他还是病了。”

“是的，但他不会死——”

“嘘……”丽贝卡用胳膊肘顶了顶他，“我们马上要上台了。”

此刻，我站在舞台幕布后面，身边站着丽贝卡、杰克以及棋队里的其他成员。

全校学生都在台下站着，听麦克卢加什先生训话。不知是谁在男厕所洗手池里塞了厕纸卷，导致厕所里面水漫金山。他说无论是谁干的，都会被抓住并将接受惩罚，所以那人现在最好主动站出来承认错误。说完，他一脸严肃地盯着台下，好像在期待有人举手，但是没人站出来。

在那之后，他开始谈论九年级的约克郡之行。我的心跳加速，手心冒汗，他的声音在我的脑海里逐渐变得模糊起来。我以前从没上过台，而且我也从来没想到自己今天会站在这儿，我甚至都没想到我今天会来学校。我想待在家里，但在老爸打电话说爷爷没事之后，老妈说学校对我来说是最好的地方，因为这样我就没时间胡思乱想了。她是对的，因为现在我只想做一件事——努力让腿不再打战。

我从幕布后面朝外偷瞄，发现所有学生都站在礼堂里，整整齐齐，活像一支军队。我通常是站在下面仰望舞台的学生之一，可现在完全不同，几百双眼睛正朝着我所在的方向看着，这阵仗让我只想凭空消失。

“现在让我们欢迎，”麦克卢加什先生举手示意，“校国际象棋队登场！”

理查德抻了抻外套，率先走上舞台，克里斯紧随其后。

“赶紧走啊！”丽贝卡在背后推了推我。我想迈腿，但我的脚却像是被牢牢粘在了地上。

“菲利克斯！”杰克催促道，“往前走啊！”

我踉踉跄跄地向前走去。

“虽然他们没能拿到第一名，”麦克卢加什先生说道，“但他们在异常激烈的竞争中斩获了亚军。所以，让我们鼓掌，为他们祝贺。”

理查德走到舞台中央，停了下来。我们一行人也都转过身，站在了全校师生的面前。大家都在鼓掌欢呼，就连我们身后的老师也纷纷起立鼓掌。丽贝卡朝我笑了笑，但那笑容显然难以掩饰她的紧张。我笑不出来，因为我这会儿就像一只冰山上的企鹅，抖个不停。我低头看了看自己的脚尖，然后又看了看丽贝卡。我的脸上火辣辣的，但随着掌声和口哨声愈发热烈，我终于还是不由自主地咧嘴笑了起来。

这种待遇我从未享受过，我一直都只能在台下给别人鼓掌。

汉娜·米尔斯获得辩论协会奖杯时我鼓掌，弗洛里·普莱斯获得学校写作比赛冠军时我鼓掌，卢克·哈维又得到了一张体操证书时我鼓掌。上一次，因为获得了县级参赛资格，他又登了台。尽管杰克不太服气，总说他的前手翻看起来更像是前滚翻。现在轮到我站在这儿了，轮到我来体验做好一件事是什么感觉了。这种体验真好，希望下次我还有机会。

“各位。”麦克卢加什先生抬手往下压了压，掌声和欢呼声慢慢消失。

“现在，理查德，”麦克卢加什先生说，“你来跟大家讲讲你们的比赛经历吧。”

理查德笑了笑，然后从上衣口袋里掏出了几张纸条。他看上去活像个政客，准备发表演说。

“各位，”他照着纸条念道，“我是校国际象棋队的队长，昨天我们去切尔滕纳姆体育中心参加了校际国际象棋锦标赛。第一轮我们对阵福克斯利高中，我拿下了比赛，我们以三比一击败了他们。在第二轮比赛中，我们遭遇了亨茨维尔文法学校。我遇到了一场势均力敌的比赛，但我拿下了比赛，最后我们以三比二击败了他们。在第三轮比赛中，我们迎战……”

“我，我，还有我！”杰克在我耳边压低嗓门儿嚷嚷道，“我也去了，功劳大家都有份儿！”

“我知道，”我低声回应道，“我至少是下了棋的，”我转头看向杰克，“可你跑上来干什么？”

“我这是情不自禁。”杰克笑着说。

杰克的话听得我直摇头，丽贝卡也笑着摇了摇头……我们三个都笑了。现在，丽贝卡也算是我最要好的朋友了。跟两个最要好的朋友一起站在舞台上，这感觉真的很棒。

“所以，虽然我们没有夺得冠军，”理查德继续说道，“但我们下得真的很好。在最后一轮比赛里，我与对手打了个平局。最后，我们夺得了亚军。”

“很好，”麦克卢加什先生往前走了一步，“我认为你们做得很好，所以让我们再次祝贺你们。”说完，他率先开始鼓掌。理查德走在我们几个前面，领着大家离开舞台。

“等一下！”麦克卢加什先生忽然叫住了我们。

理查德猛地停下脚步，害得我猝不及防，一下子撞到了丽贝卡的后背上。

“我们还有话要说呢，”麦克卢加什先生招手示意我们回到舞台，“基特斯先生，我们还有个消息要宣布，对吧？”

于是，我们又重新回到了舞台中央。

“是的，”基特斯先生往前跨了一步，开口说道，“我们还有一个好消息，尽管我们索斯维克中学没有拿到冠军，但我们这支队伍里有一名队员表现得相当出色。”

理查德扯了扯他的领带。

“太棒了，”杰克说，“所有的好事儿都算到他头上了。”

“我就知道。”我小声说。

“嗯，菲利克斯……你过来一下。”麦克卢加什先生朝我挥了挥手。

什么？他叫的是我！

我一定是听错了，但紧跟着，我就看到全校师生都把目光投向了我。

不可能是我……我想掀开舞台地板上的活板门溜走，消失在舞台上。

“别紧张，菲利克斯，到这儿来。”麦克卢加什先生又向我招了招手。

我的心跳忽然加速，我的脸颊变得滚烫，像是要着火。

以前，只有在我闯祸之后，麦克卢加什先生才会跟我说话。

丽贝卡张开嘴巴朝我说话，但却没有发出声音。看口型，她是在说“快去！”。

“快去啊，你这个呆瓜！”杰克从后面推了我一把。

我先迈出一步，然后又迈出另一步。我做了什么？我继续往前走，但我的腿脚麻木，舞台上的景象开始变得一片模糊。

麦克卢加什先生握了握我的手，然后转过身来对着全校学生说道：“我想你们中有不少人都认识菲利克斯，”他说，“但并不是因为什么好事儿而认识他。”说着，他故意瞪大了双眼。

有人发出咯咯的笑声。

麦克卢加什先生扫了杰克一眼，继续说道：“就像我刚才所说的……以前，你们并不是因为什么好事儿而认识他，但今天，确实有一件好事儿与他有关。因为即使我们的校队与冠军失之交臂，但菲利克斯却在校际联赛里赢下了他的每一场比赛。我不确定他知不知道……”

知道什么？

“因为他的积分最高，他将会代表我们学校，参加全国总决赛。是两周后，对吧？基特斯先生，我说得没错吧？”

“是十天之后。”基特斯先生举起双手说道。

什么？全国总决赛？我暗自想道，怎么会这样？

“很好。”麦克卢加什先生说道。我没有时间去想事情是怎么发生的，因为麦克卢加什先生现在正握着我的手，并递过来一张纸。

会场里的师生们于是又开始鼓掌。我正想细看一下手里的纸，我的队友们已经围了上来。

“太棒了！”丽贝卡笑着说。

“酷毙了，菲利克斯！”杰克用力拍着我的背叫道，“真是酷毙了！”

“干得漂亮！”克里斯说道。

“干得漂亮！”莉亚说。

“嗯，做得不错。”理查德说。说这话的时候，他喉咙里像是有什么东西被卡住了一样。

我深吸了一口气，然后又深吸了一口。

我晋级了全国总决赛！

我想立刻把这个消息告诉爷爷。要是他没病，我现在就要跑回去告诉他，告诉老爸老妈我所做的一切。

“不，理查德，让菲利克斯站在正中间。”莱蒙夫人在我们面前指挥大家合影，用手机给我们拍了几张照片。

“我们会把你们的合影放到学校的网站上……”她一边拍照，一边说着什么。我很想听她说的是什么，但她的声音很快就被欢呼声给盖住了。我低头看向手里的纸……脸上慢慢泛起笑容，胸膛里涌起一股热流。

菲利克斯·肖普

全英中学生国际象棋总决赛选手

无论是谁，看到这张通知都会久久伫立，就连好动的我也毫不例外。

49

拥抱和催泪电影

“菲利克斯，”老妈把手放在我的手上，开口说道，“我们真为你骄傲。”

“确实，”老爸往嘴里塞了片薯片，“真是太棒了！你说谁能想到，一个讨厌下棋的男孩竟然闯进了全国总决赛？这简直就是一部好莱坞电影啊！”

“说得对。”老妈笑着说，“来，过来。”

“搞什么，老妈，还来？”

“呃，又不是经常这样。”说着，老妈又给了我一个拥抱。这好像已经是她给我的第二十个拥抱了。“你做得真是太棒了！”

“小伙子，确实干得漂亮。”老爸一边嚼着薯片一边说道，“看来你没把时间都花在爬树玩儿打仗上。但说真的，菲利克斯，”他咽下嘴里的薯片，继续说道，“我是发自内心地，特别为你感到骄傲。我都等不及了，明天一早，我就要把这事儿说给我那帮同事听。”

我微笑着抬起头，看了看时钟。

“那么现在，我可以给医院打个电话，找一下爷爷，告诉他这事儿吗？”

老妈看了看手表。“这可不好说啊，现在已经七点多了，医生说他需要休息，而且你也知道，你爷爷有多讨厌打电话。”

“但应该让他知道，”我说，“他听了这消息，说不定会觉得舒服点儿。”老妈和老爸交换了一下眼神，像是在询问对方：你觉得他说的怎么样？

“那好吧，”老爸说，“我把你奶奶以前用的旧手机拿去给他了，但你知道他不喜欢手机、电话什么的。所以，他有可能不会接。”

“他会想和我说话的。”我笑着说，“他之前可是一直开车跟着我，一直跟到了切尔滕纳姆！”

老爸拨通了号码，然后把电话递给了我。

我挪开椅子，起身走出了餐厅。

“别让他说太久，别让爷爷累着了。”老妈在我身后叫道。

我把手机放在耳边，里面传来了等待接听的声音。过了一会儿，咔嗒一声，手机里传来了一阵窸窸窣窣的声响。

“嗨，爷爷，”我激动地说，“是我，菲利克斯！”

手机里又是一阵窸窸窣窣，然后那声响停了下来。又过了一会儿，我好像听到有风吹过的声音，应该是人的呼吸声。

“爷爷？”我走进了客厅，继续说道，“是我，菲利克斯！”

“哦，菲利克斯呀，很抱歉，刚才电话没拿稳。”爷爷的声音听起来非常微弱，离我非常遥远。

“没事儿，爷爷，”我说，“我就是打电话告诉您一个好消息。我要去伯明翰参加全国中学生国际象棋决赛了。”

“伯明翰！”爷爷说，“这可太棒了。”

“爷爷，我也觉得很棒，可我需要练棋。老爸说您可能周三能出院，我到时候放学以后就过去找您……”

“菲利克斯！”老妈的喊声响了起来，“别忘了我刚才怎么跟你说的。”

“没事儿，爷爷，是老妈，”我走到窗前继续说道，“她说您不会再陪我练棋，但我知道您会的。”

“嗯，我只是觉得有点儿累，”爷爷说，“再有就是……

“怎么了，爷爷？”

“呃，你知道我不喜欢在电话里说。”

“没事儿的，爷爷，”我说，“这儿只有我……呃……再有就是老爸老妈。而且我们可以用密语交谈。”

说完我就等待爷爷的回答，但我听见的只是他的呼吸声。

“爷爷？您在吗？”

我看了看手机屏幕，绿色的通话图标还亮着。我又把手机放到耳边，但电话那头还是一阵沉默。”

“爷爷？”我开始慌了，“爷爷？您还在听我说话吗？”

“我在听，”爷爷说，“我在想怎么回答你。”

谢天谢地，他只是在考虑。

“我在想……我在想……”

“爷爷，您在想什么？”

爷爷在想“荷兰进攻”开局策略？

还是在想“法国防御”？

还是……

“信——心。”爷爷说得很慢，好像说的是两个词。

"爷爷，什么信心？"

"你所需要的是，信——心。在我教你的东西里，信——心……是最重要的。一切事情都……"说到这儿，他忽然开始咳嗽，然后我就听到护士问他要不要喝点儿水。

电话那头忽然没了声音。

"爷爷，"我问，"您还好吗？"

半晌，我才听到像是有人在远处说话，然后才又听到浅浅的呼吸声。

"菲利克斯，你还在吗？"

"我在，爷爷。"听到爷爷的声音，我顿时松了一口气。

"我得先挂了，一切都会好起来的。"

"好吧，爷爷，"我说，"我爱您。"

说完，我还想等爷爷回我一句，但我听到的只是他的呼吸声。

紧跟着，电话被挂断了，只留下我一人呆呆地盯着屏幕。

"跟爷爷说，我跟你爸会去……"老妈走了进来，"菲利克斯，怎么了？"

我转过身来。

"我不知道，妈妈，"我说，"他不在了。"

"你说什么？他不在了？"

我把手机递给了老妈。"我刚才跟他说我爱他，可他什么都没说什么就挂了电话。"

"他很累，菲利克斯，在表达情感这方面，你知道爷爷跟你老爸都那样。"

"嗯，"我叹了口气，"就是他听起来跟以前不太一样。"

"别担心，他会好起来的。要不了多久，他就会回来，会再逼着你吃香肠的。"

"希望如此吧。"

"他会回来的！"老妈搂住我，又给了我一个拥抱，"跟你说啊，今天晚上咱们啥都不做，一起看电影吧。明天我晚点儿去上班，早上我送你去上学。"

"我还好，老妈，"我说，"你不用做这些。"

"不行，我们就这么说定了。"她说着，看了一眼走进来的老爸，"你的表现值得奖励，我们仨好久没有一起做点什么了。"

"就是，"老爸点了点头，"我赞成。那么我们看什么呢？在线影院上好像新出了个《夜魔侠》剧集。"

"呃，这种我不太想看，"老妈说，"咱们看看还有没有别的好看的。"

"哦，不要，又来了。"老爸一脸无奈地看着老妈走向电视，"别再看爱情喜剧了吧，每次不是看《律政俏佳人》就是看《BJ单身日记》。"

我笑了。看什么我不在乎，只要我们仨能坐在一起就好。老妈是对的，我们很久没一起做点什么了。自从老爸的生意破产之后，当然，尤其是在奶奶去世之后，我们三个都在以每小时一百万英里的速度各忙各的。

老爸在我旁边的沙发上坐了下来，老妈在一堆DVD碟片里挑选着影片。

"《真爱至上》？"她问道。

“不要。”老爸回应道。

“《乘虚而入》？”

“不要。”

“哦……我知道看什么了……《冰雪奇缘》！”

“老妈！”我一下子躺倒在了沙发上，笑作一团。

我已经好多天没有这么开心地笑过了。

50

备用计划

“这下，我猜他不会去玩高空飞索了吧？”杰克小声说道。

我瞪了杰克一眼。

“怎么了？我只是想说……”杰克耸了耸肩，“本来我还挺期待看他试试的。”

“谁说要请你一起去了？”我说，“再说了，高空飞索对我来说根本不是问题，下棋也不是。”

“两位，”安德鲁斯先生的身影忽然出现在我俩面前，“你们的图画得怎么样了？”说着，他伸手把杰克的练习册转过去看。他叹了口气，接着说道：“杰克，我们是要画出该三角形关于y轴对称的三角形，而不是绘制整个银河系。”

杰克笑了。“老师，我这不正努力着吗？”

“好吧，”安德鲁斯先生说，“你真在努力？依我看，你不如向菲利克斯学习学习，也试着找个兴趣爱好，培养一下专注力，然后运用到数学学习上来。哦，顺便说一句，我觉得这么干特别有意义。”

“您刚才说银河系怎么来着？”杰克试图岔开话题。

“我刚才说菲利克斯做的事情特别有意义。”安德鲁斯先生说完看向我说，“我支持你，祝决赛顺利。”

“老师，谢谢您。”我的心底不禁泛起一阵暖意。我已经习惯了吃老师的批评，得到表扬还真让我有点儿受宠若惊。

“老师，无比感谢您的建议！”安德鲁斯先生走开时，杰克扯着嗓门儿说道。

“你话里好像有话啊。”我小声说道。

“你现在跟丽贝卡越来越像了，但我觉得……如果改变得不多，应该关系不大。”

我低头看向手上的作业。我一直很担心爷爷，害怕情况可能会变得更糟，但在地理课上，我举手回答了一个有关岩石侵蚀和沉积的问题。后来，当我去和哈德森夫人一起读书时，她中途打断了我，让迈克尔接着朗读。因为我已经读完了两页，而且还打算再读一页。如果国际象棋是爷爷动的心思，意图是想借此促进我的学习，那么即使他现在卧病在床，他的计划似乎也奏效了。真希望他现在已经出院，这样放学我就可以直接去看他，但我不敢奢望他一出院就能陪我下棋。我可以先和丽贝卡多加练习，或者上网和别人对战。我得想个备用计划出来。其实，下棋是我此刻最不该想的事，因为现在最重要的，是爷爷能早日康复。

“我们需要好好计划一下。”沿着走廊往象棋俱乐部走的路上，杰克开口说道。

“计划？”

“是啊，现在你爷爷不在，我们得启用一个备用计划。但别担心，我会想出办法的，毕竟，我是你的教练嘛。”

我笑了。

“我可不是瞎说，”杰克笑着说，“要是没了我，你会迷失方向。你会像一个没有教练的拳击手，或者像一支缺少经理的球队，就像曼城队离不开佩普·瓜迪……瓜迪……他姓什么来着？”

“瓜迪奥拉。”

“就是这样，菲利克斯。”我们走进图书馆时，杰克拍了拍我的肩膀。

理查德和克里斯已经在下棋了。丽贝卡坐在角落里的桌边，向我们挥了挥手。克里斯朝我点了点头，但理查德却假装没看见我们走了进来。

“没想到你会来。”丽贝卡小声说。我在她旁边坐下，叹了口气。

“怎么了？”她问道。

“他很忐忑。”杰克说，“他爷爷病得不轻，没法陪他训练。他本来不是很在意，但又觉得自己不该不在意，可只想着下棋又让他觉得对不起爷爷。”

“你怎么知道的？”

“这还不明显吗？”杰克说，“你看他刚才六神无主，走来走去的，就像丢了魂儿似的。”

我没接话，只是凝视着棋盘。

“所以，他为自己的想法感到内疚？”丽贝卡问道。

“对，说得很对，他很内疚。所以你得帮他想个计划。”

“我？”丽贝卡说，“不是说你是他的教练吗？”

“我是他的教练，但即使是再优秀的球队经理也需要帮手，就连佩普·瓜迪……瓜迪……”

“瓜迪奥拉。”我又叹了口气，补充道。

“对，就算是他也一样。你想到什么尽管提出来，反正也只是临时计划，因为菲利克斯的爷爷很快就会回家，然后他会再次接手。”

丽贝卡摇了摇头，从棋盒里拿出了棋子。“你爷爷现在怎么样了？”

“我觉得他没什么大碍了。但他还得住院观察一段时间。”

“那就好。”丽贝卡笑了笑，“呃，我是说不太好……你知道我想说什么。”

“那你有什么计划？”杰克问。

丽贝卡平静地把棋子往棋盘上摆放。

“嗯？快说啊。”杰克再次催促道。

“很简单啊，”丽贝卡看着我说，“我们自己练。”

51

不妙!

“该你下了。”丽贝卡小声说道。

我直勾勾地看着棋盘。

“菲利克斯，该你走棋了。”

“我知道……我知道该我了。”

“午休时间快结束了。”

我和丽贝卡又在国际象棋俱乐部练棋。昨天她说我们要做的就是一起练棋，而且我们也确实练了。但是，以前我几秒钟就能走一步棋，现在却要想上好几分钟。她打败了我，而且我觉得她还没怎么认真下。因为她把车送上门来给我吃，好像是打算故意输给我一样。她这么做是想让我感觉好过点儿，但没起作用，因为我今天依然下得很烂。

我伸出手，但手在棋盘上方顿住。

兵走到 b4？

不行。

象走到 c6？

不行。

我缩回胳膊，把手放回了桌上。

兵走到 d4？

兵走到 h4？

不行，这没用。我想不出下一步该怎么走，因为我的脑子里挤满了各种念头，阻碍了我的判断。爷爷今天就要出院了，我只想早点回家等他。昨天晚上，我绕着小广场走了三圈。每次经过他的房子时，我都会朝窗户看看，想象他正透过窗帘的缝隙往外面偷看，还朝我挥手。但窗帘紧闭，一丝缝隙也没有。参孙成天都待在外面，我去的时候它正蜷缩在门口。到处都没有爷爷的身影，他就像被一艘外星飞船给带走了。

丽贝卡打开一包薯片，发出的动静不小，像是想引起我的注意。我抬头看了她一眼，她朝棋盘努了努嘴。

我眨了眨眼睛，试图把视线聚焦在棋盘上。但我盯了太久，棋盘上所有的方格都变得模糊不清。

兵是应该走到 g4 还是走到 e4？

丽贝卡弯了弯腰，身体朝着棋盘靠了靠。

“菲利克斯，”她轻声说道，“你超时了。”

“又超时了。”我喃喃道。

她说：“我觉得如果你去跟杰克踢球，可能更能帮你集中注意力。”

“我也觉得。”

丽贝卡盯着我看了好一会儿，好像这样能让我继续说下去，但她没能成功。

我扫视了一下四周。校际锦标赛结束之后，俱乐部多了四个新成员，所以，现在图书馆里有六张桌子上摆着棋盘。所有棋手都低头沉思，琢磨着下一步该怎么走。可理查德抬着脑袋，在远处咧着嘴冲我傻笑，好像他也在等我走出下一步。

忽然，午休结束铃响了起来。

我从椅子上抓起书包，穿过一排排桌椅，朝门口走去。而就在这时，理查德站了起来。

“又输了？”他问道，“怎么回事儿？是不是你会的套路全都用完了？”

我只感觉血液在血管里沸腾，但我不想回答。因为我觉得如果我一开口，可能会大喊大叫起来。所以，我只是闷头继续往前走。

“哦，我明白了，”理查德大声说道，“你进入了全国总决赛，你觉得自己太厉害，你不想再和我们其他人一起下了！”

我停了下来，狠狠地盯着他。我浑身紧绷，握紧了拳头。我转身走回理查德身边，低头看了看他的棋盘。他一脸坏笑，像是在刺激我，刺激我把棋盘上的棋子全都扫飞。

我正要抬手，就在这时，我的胳膊被人从后面抓住。

“走吧，菲利克斯，”丽贝卡说，“我们走。”她把我从桌边拉开，但我的眼睛仍然死死地盯着理查德。

“希望你下周能赢……一场。”他笑着说。

“我会的！”我大吼一声。所有人都停了下来，抬头朝我看来。但当我走向门口时，他们的脸和书架上的书全都变得模糊不清了。

前面，一群八年级学生正聚集在布告栏边上跟基特斯先生聊着什么。我连忙低下头，想要绕过他们。

“啊，他来了……菲利克斯！我刚才正想找你呢。菲利克斯！”基特斯生先快步走进走廊，挡住了我的去路，“你这几天感觉怎么样？”

他轻轻按住我的肩膀，把我的身子转向了布告栏，而那群八年级学生则纷纷让到了两旁。“我刚把它贴上去。”他说。

我抬眼一看，心顿时猛地一沉。

全英中学生国际象棋锦标赛决赛
将在下周举行！
5月11日
让我们一起前往圣·马丁中学
为菲利克斯·肖普呐喊加油！

“你觉得怎么样？”基特斯先生满脸洋溢着热情，笑着说道，“我们全校师生都会支持你的！”

基特斯先生的话不停地在我脑海中浮现。全校师生都会支持我。全校师生全都挤上了小巴车和大巴车，沿着高速公路一直跟在我后面。他们欢呼、鸣笛，一直跟到伯明翰。当我们到达目的地时，他们一起目送我走进赛场。他们纷纷过来拍拍我的背，祝我好运，因为他们认定我会赢得比赛。但他们不知道的是，我已经整整一周都没赢过一场比赛了。我的头脑不再清醒，我就像蜘蛛侠没了他的蛛丝、雷神丢了他的锤子、超人失去了他的超能力。

我艰难地吞了口口水，喉咙里好像卡着个高尔夫球。

“菲利克斯，”基特斯先生问道，“怎么了？你没事儿吧？”

“没……老师，我没事儿。”我摇了摇头。

52

基特斯先生的话

基特斯先生说要是你担心某人，或者想念某人，哭出来也没什么，这意味着你在意他们。基特斯先生还说这样的感觉他经常会有，他也会想念他所爱的人，尽管她已经不在人世，但他始终觉得她就在他身边。

我跟基特斯先生说了很多。我说我爷爷没死，他只是身体不太好；我说爷爷一直都不怎么开心，因为他非常想念奶奶，而且一直都是这样；我说我也很想奶奶，没有她在，我总觉得爷爷的房子空荡荡的，而我的心里也总是空落落的。

基特斯先生说他能体会到我的感受，但在某人活着时关心他和在他去世后关心他一样重要，我们应该及时告诉他们我们的感受，以免为时已晚。

我说自己告诉过奶奶我爱她，而且说过很多次，我也跟爷爷说过我爱他。基特斯先生说要确保让他知道我是认真的，而不是每次出门时随口说说。

他还说，其实很多人都太过随意。比如人们爱在短信末尾加个竖大拇指的表情，或者在短信末尾加个“x”符号，以示亲密。但人们对此太过习以为常了，很多时候，他们只是习惯性地加个“x”罢了。

我不确定他为什么跟我说了那么多。

但我非常肯定，基特斯先生非常想念他的妻子。

53

又见德式下午茶

“你走路当心点儿，别把肉汁洒出来了。”

我和老妈穿过小广场，去给爷爷送茶点。我很兴奋，马上就能见到他了。但我也很紧张，担心他会像奶奶当年出院时那样——脸色苍白，身形枯瘦。老妈叮嘱我不要太闹，因为爷爷刚刚经历了一场休克。他需要保持情绪稳定，所以，我肯定不能跟他谈论象棋，免得让他过于兴奋。

我们走到门口，听到爷爷客厅里的电视正开着。

“爸爸，”老妈在门口喊道，“是我。”然后她用胳膊肘推了推我，示意我进去看看爷爷，而她自己则拿着吃的进了厨房。

我在客厅门口停住，探头朝里面张望。跟往常一样，客厅里昏暗又安静，爷爷正盯着面前的电视。

“嗨，爷爷。”我开口说道。

爷爷慢慢扭头看向我。他看起来很瘦，耷拉着眼皮，好像随时都要睡着一样。

我慢慢走进客厅，在爷爷身边坐了下来。

“爷爷，”我平静地说，“我一直都在想着要来看您。”

爷爷的脸上露出了微笑。

“嗯，”他说，“我会没事的，不如我们……”

“爸！”老妈忽然急匆匆地走了过来，“你怎么没吃药？”她指着手掌上的两颗药丸嚷嚷道。

“但我喝了水。”爷爷说。

“好吧，但光喝水并不能让你早点儿康复。”老妈皱了皱眉头，转身返回了厨房。

爷爷叹了口气。我想说点儿什么，但我能想到的只是他看起来有多累。除此之外，就只有国际象棋了。

我看了一眼电视，明天汉堡、明斯特和斯图加特有雨，但莱比锡和柏林将会是晴天。

“爷爷，明天柏林好像天气不错。”我开口说道，试图打破沉默。

“是的，我在想……”

“给，”老妈端着杯水走了回来，从咖啡桌上拿起两颗药丸，“现在把药吃了吧。”

爷爷又叹了口气。

“我会吃的，”他说，“但医生说这药应该在饭后服用。”

“好吧，”老妈说，“那我先把晚饭给你弄好。”说着，她又忍不住皱了皱眉，走回了厨房。很快，里面就传出了盘碟相碰的声响，然后是微波炉关上时发出的咔嗒声。就在这时，爷爷的身体微微前倾。

“菲利克斯，”他压低了声音说道，“我得感谢上帝……”

“爸，你想坐在餐桌前吃吗？还是我给你拿个托盘端到客厅去吃？”老妈在厨房里大声问道。

爷爷摇了摇头，靠回了椅子上。通常发号施令的是他，但现在他太累了，连回应我老妈的力气都没有。

“餐桌还是托盘？”老妈喊道。

爷爷深深吸了一口气，好像我们此刻又在水肺潜水。我本以为他会大叫着回应，但他只是气喘吁吁地说道：“告诉你妈妈，用托盘。”

我起身走进厨房。

“爷爷说把吃的放托盘上吧。”我说道。

“好。”老妈说。紧跟着，她看着我，一脸关切地问道：“菲利克斯，你怎么了？”

我想开口说话，但感觉好像有个番茄卡在喉咙里。我用力咽了口口水，然后努力张嘴说话。

“是因为爷爷，”我小声说道，“他看起来比我想象得还要糟糕，他一直在感谢上帝。”

“我知道，亲爱的。”微波炉嗡嗡作响，老妈继续说道，“别太担心，要是他真有事，医生也不会让他出院回家。”

“但他们当时不就让奶奶出院了吗？”我急切地小声反驳道，“结果她第二周就没了！”

老妈轻轻摸了摸我的脸颊。“这不一样。”她说，“是的，爷爷身体出了些状况，但我们会照顾他，他会没事的。你把肉汁和刀叉拿过去。”说着，她从微波炉里拿出爷爷的饭菜，放在了托盘上。

“爸爸，吃的来了。”老妈走进客厅，开口说道。爷爷费力地坐直了身体，老妈把托盘递到了他的手里。“现在，”她问，“还需要什么吗？胡椒粉？盐？”说完，老妈看着爷爷，等着他的回答。

爷爷瞥了我一眼，然后拿起他的刀叉。我怀疑他这会儿其实跟我一样，在想他教我“西西里防御”的那天晚上。当时我们把刀叉当作棋子。真希望我们能再来一次，可他现在拿刀叉切肉都困难，更别提走棋进攻了。就在这时，他忽然抬起头来。

“薄荷酱。”他开口说道。

“什么？”老妈一脸疑惑。

“薄荷酱。我想来点儿薄荷酱。”

“呀，家里没这个。”老妈说。

“那就辛苦你去一趟超市，给我买点儿回来。”

“呃，好吧。”老妈不耐烦地看了我一眼，“如果您真的想吃。菲利克斯，你能去跑一趟吗？”

“不，”爷爷说，“我觉得你去就行了。”

“菲利克斯可比我要跑得快。”老妈说。

爷爷看了我一眼。“嗯……他的动作是快些，”他慢悠悠地说道，“但我还想喝点儿健力士。”

“健力士？”

“是的，”爷爷说，“医生说喝点儿啤酒没事儿。但菲利克斯岁数太小，人家不会卖给他的。”

老妈看了我一眼，脸上写满了奇怪的表情。她似乎觉得爷爷的脑子好像出了点儿状况，而我，也这么想。

“那好吧，”她小心翼翼地说，“现在就要吗？”

“最好是现在，”爷爷说，“晚饭我们随时都可以再热一下。”

“行吧。”老妈转头给我递了个眼神，像是在说“菲利克斯，你来一下，我要跟你说几句话”。于是我站起身，跟着她走出了客厅。

“我去买爷爷想要的东西，”她说，“要不然他不肯吃饭。我不在的时候，你就陪他坐坐，看着他别出什么岔子。”

“可是，老妈，”我小声说，“他今天的表现好奇怪啊。”

“他刚出院，估计有点儿迷糊。”她说，“我会给你爸爸打个电话，把这事儿跟他说说。”

她打开大门，沿着小路走出了院子。

我转过身，慢慢走回客厅。忽然，我停了下来。爷爷刚才坐着的椅子上空无一人，本来在他手里的托盘搁在了地板上。我走进客厅，想看看他是否正在窗帘边上往外窥视。

“她走了吗？”

“爷爷，您说什么？”我转过身，发现了坐在餐桌边上的爷爷。“爷爷，”我问，“您在干什么？”

他打开了棋盒。

“唉，你妈妈都快把我给逼疯了！我一整天都在等你过来找我！”

“可是……爷爷你……我觉得……您不是病了吗？”

“我之前是病了……”爷爷笑了，“我是说，我现在也还没彻底恢复，但你明天就要参加决赛了啊。”

“是的，是明天。”

“那就把外套脱了，开始走棋。”

54

心有灵犀

“你确定不让我们跟你一起去吗？”老妈站在厨房里，一脸关切地看着我。上次我的宠物沙鼠利奥死掉的时候，她也是这副表情。“但我们想陪你去，”她继续说道，“你爸说他今天也有空。”

“他有时间？你有时间？”当老爸走进来时，我吃了一惊。要知道，圣诞节之后到现在，他一天假也没请过。

“是的，小伙子，”他说，“我一整天都有空。”

“你看，你是不是很幸运？”老妈一边捋了捋我上衣的翻领，一边说道，“我们结婚十周年纪念日那天，他都没时间。”

“嗯，那天我也想啊，”老爸不好意思地说，“但不是正好赶上布莱克本队在温布利踢决赛嘛。”

“呃……”老妈看了老爸一眼，好像并没有原谅他，“不管怎么说，”她又帮我正了正领带，“我觉得我们应该陪你一起去。”

“还是算了吧，妈妈，”我说，“你们真没必要去。我会没事儿的，我知道你们俩都很忙。”

“那好吧。”她笑着说，“但这一次，不管输赢，你回来以后我们肯定会去南多世给你庆祝。”

“好的，”我说，“我同意去……等一下，老妈，你这勒得也太紧了。”说着，我松了松领带。老妈通常会因为我埋怨她而数落我，但今天她只是侧着头站在我面前微笑，就像她在商店里看中了某条裙子想把它买下来时的样子。

我瞥了一眼老爸，看见他也满脸笑容。

“怎么了？”我问，“我有哪里不对劲吗？”

“没有。”老爸说。

“那你们俩今天怎么都怪怪的？”

“哼，我们才不是怪呢，”老妈走到我跟前，“我们是为你感到骄傲。”

“呃……嗯，”我说，“你们俩不会掉眼泪吧，会吗？”

老爸走过来搂住老妈的肩膀。“怎么会？你老妈感觉好着呢。”他抱了抱老妈，冲我说道，“书包拿好，我带你去学校。杰克准备好了吗？”

“早好了，”我说，“他已经发了六条短信来催我了。”

我走进门厅，把书包从挂钩上拿了下来。我知道老爸老妈想给我鼓劲加油，我也很高兴杰克和丽贝卡会陪我去，但在我心里，我还是最想要爷爷陪我一起去。

昨天晚上，他说今天不会送我去比赛，他还让我吃透他教我的最后一招——“南斯拉夫进攻”。跟其他所有策略一样，这一招非常复杂，昨晚睡觉前我在脑子里反复琢磨了好几遍。而且我也记住了爷爷的最后一句话：“你准备好了。”

老爸手里的车钥匙发出了叮叮的声响。

“准备好了吗，冠军？”他说。

我打开大门，走到了花园里的小路上。阳光明媚，小广场和四周的房屋都沐浴在阳光里，四下里一片安静，好像人们都还没起床。我的视线越过我的大树，看向了爷爷的房子。参孙坐在门前，窗帘紧紧地拉着。在我眼角的余光里，杰克在草地上奔跑，朝我跑来。我抬起头，再次把目光投向了爷爷的房子。

“你准备好了。”爷爷的声音在我脑海里响起。

我慢慢点了点头。

是的，爷爷，我想我准备好了。

55

决赛

“菲利克斯，”杰克低声说道，“这里好像霍格沃茨魔法学校啊！”

“我看见了。”

“你看还有人留着大胡子！”

“我早看到了，你没必要一直大惊小怪的吧？”

“他们还拎着公文包！”

“杰克！”丽贝卡厉声说道，“你是来捣乱的吗？”

我鼓了鼓腮帮子，抬起头来。跟往常一样，杰克就喜欢一惊一乍的。眼前这地方可没霍格沃茨魔法学校那么大，也没那么吓人，但四周墙壁上的确挂着不少巨幅油画，一盏超大的枝形水晶吊灯自天花板上垂下，数个厚重的木门开着，通向深处的大厅。

四下里人声回响，我皱了皱眉。“有好几百人呢。”我喃喃道。

“你原以为会来多少？”丽贝卡问。

“我没想过，”我说，“只是没想到有这么多，就像……”

“我不是说了吗？就像霍格沃茨。”杰克说。

我和丽贝卡对视了一眼，好像杰克总算说对了一句话。

上次校际锦标赛的规模已经很大了，但这次的阵仗更大，停车场里挤满了来自全国各地的校车。像利物浦、曼彻斯特、爱丁堡和卡马森……每个地区都派出了他们的顶尖棋手，他们的老师、父母和朋友也都纷纷来到现场支持他们。他们中有些人穿着特制的T恤衫，上面印着学校的名字，胸前还印着个棋盘。我没有这种特制的服装，但基特斯先生把我们学校最大的面包车开来了，安德鲁斯先生则把另外一辆也开来了，这就意味着国际象棋俱乐部的所有成员，包括理查德，以及那四个六年级新成员也都来了。但他们的出现让我觉得很不自在，就像小学毕业时，老妈去看我的毕业短剧。当时我演了一只羊，结果她竟然哭了。但即使是那样，也没有杰克现在做的事让我尴尬。

“菲利克斯，你觉得怎么样？”他举起一条用床单做成的横幅，咧着嘴笑了。

加油！菲利克斯！你就全国象棋冠军！

他歪着脑袋看着自己的横幅，开口说道：“本来我还想把年份也写上去的，但没地方了。”

“所以，这就是为什么你漏写了个‘是’，对吗？”理查德呵呵一笑。

杰克又盯着他的横幅看了看。在发现自己确实漏写了一个字之后，他的脸顿时唰的一下变红了。

“我倒是觉得很棒。”丽贝卡说。

“是的。”我也站出来支持杰克对抗理查德，“我也觉得很酷。”

“太棒了，”说着，杰克双手一抖，把横幅像披风一样裹在了肩上。

理查德摇了摇头。我笑了笑。杰克有时候确实很烦人，而且经常会把人搞得很尴尬，但愿意为你剪床单的朋友，这世界上又有几个呢？

我穿过人群，杰克跟在我身后。这是到达之后我第二次上厕所；出门之前，我上了四次；来的路上，我还让基特斯先生在高速路服务区停了好几次，进了三次加油站的厕所。之所以出现这种情况，我觉得是因为我太紧张。太多人都对我寄予了厚望——爷爷、老妈和老爸、基特斯先生及全校师生。他们都说支持我，但这种支持太可怕了。要是混在一个团队里还好说，但我现在却是孤军奋战，这太不容易了。爷爷说我不是一个人在战斗，他会在精神上陪伴着我。但这会儿我完全感受不到他的精神，我的脑海里甚至听不到他的声音。也许，是因为现在他离我太远，在两百公里之外。

来到卫生间外面，杰克说我俩一起进去有点儿奇怪，所以他就像鲍比·菲舍尔的保镖一样站在外面等着。一进卫生间，我的路立刻就被一群男生给挡住了。他们穿着帅气的校服，操着时髦的口音，正在叽叽喳喳地说个不停。爷爷跟我说过，去比赛要把所有人、所有事都屏蔽在外。但在这群人面前，我还是听到了“吃子”、“威胁”和“防御”这几个字眼。忽然，一个男生瞥了我一眼，然后连忙用手捂住了嘴，好像他觉得我可能是在偷听，想要窃取他们的战术。紧跟着，这群人低头看了看我脚上穿着的旧鞋子，然后咧嘴笑了笑。出现在一个陌生的地方，已经让我很不适应了。可现在，就连我的着装也被人嘲笑了，这可真是够尴尬的了。但也许他们这是在跟我玩心理战术，就像爷爷警告过我的那样。

在我的身体里，有个声音很想告诉他们穿什么不重要，重要的是棋下得怎么样。但另一个声音只是想让他们全都闭嘴。如果现在爷爷在这儿，他肯定会告诉我要控制自己的情绪。他会说：如果失去理智，那就只会大败而归。

于是，我转身回到了一进门的大厅里。

“你的动作也太快了吧！”杰克嚷嚷道。

“我改变了主意。”

杰克连忙跑了过来，跟在我后面。“你不能改变主意，我就是你的教练。为了带你来下棋，球赛我都推掉了。”

我止住了脚步。

“杰克，你在说什么呢？我说我改变了主意，是不去小便了，又不是不去下棋。”

“哦。”

我俩挤过人群，找到了基特斯先生。他这会儿也没闲着，正在跟另一所学校的老师说话。

“啊，他来了。”基特斯先生把手放在我的肩上，“我刚才正在跟吉文斯先生说你呢，说你发现了下棋的天赋。”

吉文斯先生朝我微微一笑。

“很棒。”他开口说道，“你在这么短的时间里就能下好象棋，这可真是不简单啊，非常了不起。对你来说，这次锦标赛肯定会是一次很好的体验。”

“体验？”杰克插嘴说道，“菲利克斯来这儿可不是为了体验，他来是要赢的！菲利克斯，你说对不对？”

“别瞎说！”我用胳膊肘顶了顶杰克。

“这是真的！我是他的教练，每天下午放学之后，他都会去跟他爷爷练棋。”

我的耳朵顿时开始发烫。

“嗯，很高兴看到你们这么有信心。”吉文斯先生笑了。

“西蒙，回头我再找你聊。”他握了握基特斯先生的手，“祝你好运，菲利克斯！不过有你这位教练坐镇，你也许并不需要什么运气！”

杰克咧嘴一笑，我摇了摇头。有杰克支持，固然很好，但我真的能赢吗？也许我来只是体验一下罢了，也许我应该趁早放弃，早些打道回府。

“菲利克斯……别太担心了，”丽贝卡把手放在我的手臂上，“你会没事儿的。”

“但他们看上去都像是棋场老手了，而且听上去也看了不少棋书。而我就只是跟爷爷下了一个多月的棋，看了一部鲍比·菲舍尔的电影！”

听我这么一说，丽贝卡忍不住伸手捂住了嘴巴。

“你看，连你都在笑我。”

“我可没笑话你，我只是觉得你说话的方式特逗，”她把手放下，忽然一脸严肃地看着我，慢慢开口说道，“菲利克斯，你只需要相信你自己，像你爷爷那样对你有信心。要是他觉得你一个人做不来，他是不会让你来参加比赛的。”

我深吸了一口气，然后又深吸一口，我的身体开始慢慢放松，可突然响起的铃声又让它再次紧绷了起来。与此同时，只听见有人喊道：“所有参赛选手，请进入主厅！”

主厅，我暗暗想道，竟然还有一个比这儿更大的地方！这时，基特斯先生走到了我的面前，开口说道：“好了，要开始了，菲利克斯。祝你好运，别担心会输，尽力就好。”他的语气听起来像极了我老妈，当时她送我进诊所拔牙时也是这副表情。

“好的。”我屏住了呼吸。

“嗯，祝你好运。”理查德皮笑肉不笑地说道，好像觉得我需要他祝福一样。

我转过身，朝主厅大门走去。“别理他，”丽贝卡走到我身边，“专注于你的比赛，别为了那个家伙分心。”

“就是，”杰克说，“就算输了也没什么，明年我会弄一个更大的横幅，而且保证不会再漏字。”

“谢了，杰克，”我说，“这已经很棒了。”

夹裹在人流之中，我缓缓往前挪着步子，心里七上八下的。跟那天陪爷爷去水肺潜水时一样，我紧张极了。

“菲利克斯，祝你好运！”耳边忽然传来丽贝卡的喊声，我想扭头看她一眼，但拥挤的人群把我卷入了主厅。

进了主厅的大门，参赛选手们呈扇形分散开来。三排长长的桌子出现在了我的眼前，桌子上面摆满了棋盘，每排分别贴着A、B和C的标签。三排桌子一直往主厅的尽头延伸，直到巨大的玻璃窗前，桌子的一侧是看台。我抬头看了看高高的横梁和穹顶，接着看到了老师和学生们走向各自的座位，就像罗马人走进了斗兽场，准备欣赏角斗士们彼此厮杀。

我跟在其他参赛者后面，默默走向墙上悬挂着的三块白板，一颗心怦怦直跳。大家纷纷走到白板前面，找出上面自己的名字，然后循着号码走向比赛的桌子。我慢慢朝前走去。在我前面的女孩一下子就看见了自己的名字，然后走开了。我上前一步，也开始寻找我的名字，但看了半天也没找到。我在校际联赛上的表现确实让人惊艳，但这似乎让大家都忘了我以前是什么样的。

我深吸了一口气，上面肯定有我的名字。

佩内洛普·奥菲亚

克里斯蒂安·帕克

本杰明·莱昂斯·史密斯

莉亚·帕特森·巴恩斯

这些名字起得都很优雅，看得我不禁自惭形秽，觉得自己好像不属于这里……菲利克斯·肖普……菲利克斯·肖普……

找到了！菲利克斯·小普：C排，14号桌。

他们不应该把我的名字搞错啊，但无所谓了，反正我的名字应该也不会出现在奖杯上。

我转身朝C排走去。一些参赛者已经坐了下来等待比赛，也有人只是静静地站在座位边上思索着什么，像是考前最后一刻还在临时抱佛脚。我从这些男生和女生身边走过，意识到他们中的任何一位都可能会是我的对手。我不想跟他们有任何眼神交流，我低着头，数着桌子往前走，一直数到14才停了下来。

我从桌边把椅子拉了出来。

我。

桌子。

棋和棋盘。

棋钟。

这就是我所需要的。

我坐了下来，紧紧地盯着棋盘。

主厅里人声鼎沸。

也有人窃窃私语。

咚！咚！

“上午好，各位能听见我的声音吗？”

咚！咚！

一位身着黑色西装的男士出现在了讲坛上面，用手指敲了敲麦克风。

“都听得见对吧？很好，大家上午好！我是英国国际象棋协会主席特伦特，欢迎各位前来参加我们的比赛。与此同时，我也要和大家说一说本次比赛的相关细节。”

我本应该仔细听特伦特先生讲话的，但听着听着，我的胃里忽然开始翻江倒海。我盯着棋盘，脑子里拼命回想爷爷的规定。但我的思绪很快就被特伦特先生打断了，他告诉大家要记住出口在哪儿，如果发生火灾，我们都应该按照指示牌的指引往露天停车场走。随后，他又向我们重申了一遍比赛的形式和规则。这些东西爷爷已经给我整整读了十遍，早就烙印在我脑子里了。

“好了，差不多了，比赛将在哨声之后正式开始。”他最后说道，“祝各位好运，祝各位能够脱颖而出，并且笑到最后！”

要开始了，终于要开始了。

这时，一只手伸到了我的面前。这是某个女孩的手，我伸手握了握。我的对手拿起了两个兵，我选到了白棋。

哨声响起。

56

低迷，但并未出局

“没事的，菲利克斯，至少你已经拿下了第一场。”

杰克俯身在我面前给我打气。我坐在主厅外的长椅上，像是一个刚被击倒的拳击手。但其实我并没有被彻底击败出局，只是感觉有点儿像。因为在赢下第一场之后，我在第二场被对手反杀。当时只走了十二步棋，我就开始将对方，但很快我就没法儿再集中注意力了。

“都怪他的多力多滋。”我喃喃道。

“什么？”杰克侧过脑袋，在一片喧闹声中想确认我在说什么。

“下棋的时候，对方一直在吃多力多滋玉米片。”

“什么口味的？”

“什么？”

“他吃的多力多滋是什么口味的？酷脆原味的、超浓芝士味的，还是烧烤味的？”

“超浓芝……杰克，什么口味的根本就不重要。”我一把推开了他，“但那家伙吃得嘎吱作响，而且味儿也特别烦人。”

“基特斯先生，我们应该取消那个家伙的比赛资格！”

“杰克，”基特斯先生叹了口气，“吃玉米片……我不认为他会因为这个被取消资格。还有，这只是一个小小的干扰，假如后面……还有更大的干扰怎么办？”

“那就彻底完蛋！”杰克说道。

“杰克！”坐在我旁边的丽贝卡喊了起来，“你可真是会帮倒忙！”

“没事，他是无心的。”基特斯先生一边说着话，一边从口袋里掏出一张五英镑的钞票，“去那边帮我们弄点饮料和饼干吧。”

“我不能走，”杰克说，“我是他的教练，他需要我。再说了，我正在想，中午我们会不会有顿丰盛的大餐呢？”

我狠狠地瞪了杰克一眼。都什么时候了，他竟然还只是关心自己的肚子。

“好吧，好吧……我去还不行吗？”说着，杰克转身走了。

“我觉得我最好还是跟他一起去看看。”基特斯先生看了一眼我和丽贝卡，“你们在这儿休息一下。菲利克斯，别担心下一场比赛，你会搞定的。”

我没有回答，只是盯着地面。

基特斯先生也是好心，但让我不担心下一场比赛可不行。爷爷说，我们要一直分析棋局，这样才能从错误中吸取教训，不再重蹈覆辙。我再次开始揣摩那些棋着。兵走到d4，兵走到g4，象走到f7，马走到……嘎吱嘎吱。咀嚼声忽然出现在了我的大脑里，就好像不知哪里突然冒出了一阵无线电干扰，在我的脑子里一闪而过。然后，棋钟开始倒计时，时间在我眼前一秒一秒地消失：9:30……29，28，27……兵走到b4，车走到h6……嘎吱嘎吱。那只不过是一个男孩在咀嚼多力多滋玉米片，但我就是无法集中注意力。我开始出汗，感觉自己好像被塞进了下水道。嘎吱嘎吱。将死！什么？我被将死了。

我伸出手掌，我的手心正在冒汗，就像在比赛中一样。我怎么能让这种情况再次出现呢？我应该无视对手的咀嚼声，我要假装自己是在和电脑对战。但我敢打赌，土耳其机器人从来不吃什么玉米片。

我慢慢摇了摇头。

爷爷会失望的。可以想象在听到我说第一轮就被淘汰之后，他肯定会笑着说没关系，但他的眼神里肯定会有失望。

“对不起，爷爷，”我喃喃地说道，“对不起。”

“嘿，你为什么要说对不起？”丽贝卡站在我面前。

“这不是很明显吗？三场比赛之后，我会被淘汰出局。”我担心的其实并不是输掉比赛，而是怕失去这辈子头一回擅长某件事的感觉，可我不会把这告诉丽贝卡。

我朝后一靠，头顶在墙上。一些参赛者已经开始返回主厅，很快，一切都将结束。我会重新坐上小巴，而两个小时之后，我就可以在卧室里玩《极限竞速》了。

“菲利克斯。”丽贝卡扯了扯我的胳膊，好像知道我又开始胡思乱想了。“你可以的，”她鼓励我说道，“你只需要相信你自己就行了。”

“我知道你想给我打气，但说起来容易做起来难啊。”

“我知道，但你训练得那么努力。现在你可不能放弃！”

哨声响起。

丽贝卡没再开口，只是就那么注视着我，好像再也找不出给我鼓劲儿的言辞了。

我直起了靠墙的身子。

“我得走了。”我小声说。

丽贝卡陪着我一起走向主厅的门口。

赛场里，一些参赛者坐在椅子上，一些站在桌边交叉着双臂，好像正在琢磨战术，还有一些则在桌边来回踱步。现在这里有 64 位选手，但只能有一个赢家。我在想什么呢？丽贝卡说的话我听到了，但我做不到。我想转身逃跑，因为如果我不下的话，就永远不用担心会赢还是会输。那样的话，我就不会让任何人失望，包括我自己。

我从丽贝卡身边走开，进入主厅。里面很吵，选手和老师们的声音不断在我耳边回响。似乎没有人注意到我在这里，所以我溜走的话应该也没人会在意。我所要做的就只是把我的名字从名单上划掉，然后离开。

我走向白板。

“我相信你。我相信你。”爷爷的声音在我大脑中响起。

爷爷，我知道，我也想相信自己。

白板边上站着一个戴眼镜的老师，他看着我把手伸进上衣口袋，颤抖着在里面找笔。什么也没有。我的手伸得更深了，但我只摸到了一张纸，那一定是我笔记本上的某一页，或者是一张勒令留校的通知单。

老师走了过来。

“你现在最好赶紧去找到你的赛桌，”他低声说道，“否则你会被取消比赛资格。”

“没关系，”我说，“我要退出了，我只是想找个……”说话间，那张纸被我掏了出来……“信封？怎么回事？”

我看着手里的这个浅蓝色信封，然后翻到正面，上面是爷爷匆匆写下的一行字迹。

我想教菲利克斯的第十件事

“小伙子，你还比不比赛了？”

我抬头一看，时针已经指向了下午两点。所有的参赛者都已经就座，蓄势待发，准备开始走出他们的第一步棋。我低下头，看了看手里的信封。

我想教会菲利克斯的第十件事？

肯定是昨天晚上爷爷把它放进来的。我的手指拨开封舌，取出一张纸来。

菲利克斯，

关于我想教你的第十件事，

我想了很久。

我在想，

这件事就是：

我皱了皱眉头。

“出了什么事儿？”老师问道。

“我……也……不太清楚，这是我爷爷写给我的信，但这并不能让我——”我把信翻到另外一面，笑了。

菲利克斯永不言弃！

57

致命一击

刹那间，我只感觉整个场地里除了一盏灯之外，其余的灯忽然全都灭了。那唯一亮着的灯就像探照灯，自上而下地将我笼罩其中。炙热的灯光穿过了我的头发，钻进了我的头骨。时钟的嘀嗒声变得极慢，一秒钟仿佛被拉长，成了一分钟。我深吸了一口气。

我的内心像大海一样平静，我的头脑像天空一样清醒。

嘀嗒。

嘀嗒。

嘀嗒。

我独自一人，面对棋盘，周围一片黑暗。我像是在做梦，像是坐在爷爷家的客厅里。我目不转睛地紧盯棋盘。我的两个马、一个象和一个车都已经被对手吃掉。敌人袭击了我，我像士兵一样受伤倒地。枪声不绝于耳，我什么也看不见，因为我的周围硝烟弥漫。但在震耳欲聋的枪炮声里，我听到了士兵们的尖叫声和呼救声。而我，也想大声呼喊。

装填大炮。

上刺刀。

快叫医务兵来，我受伤了，血流如注。

快扶我起来，往山里撤退。

等一下！

硝烟正在消散，枪炮声戛然而止。

我低头看了看我的肚子，伤口已经不再出血。

永不言弃！

我拄着步枪，缓缓站了起来。我用上了爷爷给我的所有武器。

嘀嗒……

嘀嗒……

嘀嗒……

难道就这样结束了吗？

我还能做些什么吗？

我抬起头，看见了杰克，看见了基特斯先生，看见了丽贝卡，看见了我周围的数百双眼睛。那些眼睛就像猫的眼睛，在黑暗中闪闪发光。

永不言弃！

我的手悬停在了我的王上方。

再将！

后在 d4，象在 h6，车在 f6。

这下真结束了。

我把后走到 d6。

“将……将军！”

我默默地盯着棋盘，审视着棋盘上的每一枚棋子，推敲着对手每一步走棋的可能，盘算他的王，他的其他棋子怎么移动才能应将。

他的王被彻底困死了，他的军队谁也无法上前救援，他已经无路可走。

我的对手拿起他的王，但又放回了棋盘上。

我默默地盯着棋盘。

忽然，赛场里有人开始鼓掌。

一个人。

两个人。

三个人……到了后来，全场都响起了热烈的掌声。

我的对手朝我伸出了手。

我站起身，握住了他的手，第一次看向了他的眼睛。他说了些什么，但他说的话彻底被掌声淹没。我深吸了一口气，然后感到脸上掠过一丝笑意。我想开怀大笑，但我又想放声大哭。我只感觉——

“耶！菲利克斯！你赢了！”杰克不知道从哪儿突然冒了出来，差点儿把我撞飞了出去。“菲利克斯，你赢了！”他冲着我咆哮道，“你赢了！”他一边嚷嚷，一边转身看向我的对手，“胡子哥，你运气可就稍微差了点儿。”

“我赢了，”我握紧拳头，自言自语道，“我赢了！”

就在这时，我看到丽贝卡满脸笑容，飞奔着穿过大厅朝我跑来。

“我赢了。”我不断重复着这句话，依然觉得难以置信。

“是的。”丽贝卡给了我一个大大的拥抱，“是的！你看，我早就说过，你一定可以做到！”我想告诉她我还是不敢相信，但我浑身颤抖，激动得一个字也说不出来。

“菲利克斯，祝贺你！”

我扭头看去，基特斯先生也是笑得快要合不拢嘴了。

“菲利克斯，干得漂亮！”我觉得那是克里斯的声音。

“菲利克斯，干得漂亮！”我觉得那是汤姆的声音。

太多人过来祝贺我，太多人过来拍我的肩膀，弄得我一阵头晕目眩。

“菲利克斯，你真棒！”我没听出那是谁的声音。

“小伙子，你可真是不赖！”这声音是——

我猛地转过身。

“老爸，老妈，你们怎么来了？”

“说得好像我们就不能来给你加油一样。”说着，老爸狠狠地搂住了我的肩膀。

看见老妈，我顿了顿，想先听她说点儿什么。但这会儿她比我还激动，兴奋地抱着我就亲！

我连忙伸手抹脸。但老妈能出现在这里，我真是特别开心。

“你可真是太棒了！”老妈开口说道。我本以为她还会加上“终于”或“总算”之类的话，但她只是不断重复道：“太棒了！太棒了！”然后就又朝我亲了过来。

“你们什么时候来的？”我问，“我怎么没看到你们进来啊。”

“你不是在忙着下棋吗？”老爸说，“我从没见你这么安静过。”说着，他把手搭在了我的肩膀上，好像准备要给我一个拥抱。但他只是揉了揉我的头发，接着说道：“小伙子，干得好，赢得漂亮！”

“你想给爷爷打个电话吗？”老妈举起手机问道，“估计等你回家的时候就已经很晚了。”

我想了一下。我很想立刻就告诉爷爷，我真的很想看到他知道我获胜时脸上的笑容，但他讨厌电话。我正要把这个想法告诉老妈，但基特斯先生打断了我的念头。“菲利克斯，不好意思，我们还有些事要处理。过来认识一下特伦特先生，他是英国国际象棋协会的负责人。”

“年轻人，你的表现可真是令人印象深刻啊。”特伦特先生说。

说着，他和我握了握手。紧跟着，另一个人也和我握手，然后第三个人也伸出了手……特伦特先生把奖杯递给了我，而且还说了些什么，但我兴奋得满脑子嗡嗡作响，完全没听清楚他说的是什么。我觉得自己说了声谢谢，但说话的声音连我自己都没怎么听见。在那之后，基特斯先生扶着我的肩膀，帮我转过身来。一堵人墙忽然出现在我的面前，他们纷纷举起手里的相机和手机，不停地对着我拍起照来。

“菲利克斯，笑一笑。”

“菲利克斯，把奖杯举起来。”

“菲利克斯，看这里！”

“菲利克斯，亲一下奖杯。”

“再笑一笑。”

我也想再笑一笑，但之前下棋时我专注了太久，以至于现在脸上的肌肉还没有缓过劲儿来。

“菲利克斯，太酷了！”杰克一边朝我咧嘴傻笑，一边把脑袋凑了过来。于是，他的脸出现在了几乎所有的照片里边。这的确很酷，非常酷，但这一切发生得太快了，快到一时之间我几乎难以置信。

一个身穿西装、戴着眼镜的男人走到我身边，跟我握手。

“恭喜你，”他站在了我和杰克中间，开口冲我说道，“我叫休·哈里斯，来自《国际象棋月刊》，我们能拍一张只有你和奖杯的照片吗？”说话间，他把我们带到了一块广告牌前，上面写着：

全英中学生国际象棋锦标赛

赞助商：维多滋

我微笑着站到了广告牌前，笑到我的脸都有些麻木了。

“太好了，”休一边举着相机不断按动快门，一边问道，“能和我说说你成为全英中学生国际象棋冠军的感受吗？”

“呃，这个我还真没想过。”我说，“我没想过我会赢，但我真的很开心。”

“只是开心吗？”他问。

“是欣喜若狂！”杰克喊道。

“嗯，”我点了点头，“是有点儿欣喜若狂。”

“非常好，”休挥了挥手，示意我往左边移一点，“真棒，现在你能说说吃维多滋对你的帮助吗？”

“你说什么？”

“维多滋，”他指了指广告牌，“比如你可以说……每天早上上学之前，你在家都会吃维多滋。”

“可我没吃。”我说。

“他吃了不少德国烤肠。”杰克插嘴道。

“那行吧，”休说，“我到时候就写……你早餐爱吃维多滋配德国烤肠。现在，来一张你和老师的合照怎么样？您……怎么称呼？”

“基特斯。”基特斯先生回应道。

休把相机挂在胸前，拿出一个笔记本问道：“您的名字怎么写呢？”

“基特斯。基础的基，特别的特，缪斯的斯。”

“我是冠军的教练！”杰克猛地跳到我的身边嚷嚷道，“我叫杰克·西姆斯。”说着，杰克伸出胳膊，搂住了我的肩膀。

“太好了，”休问道，“是你教会他‘后翼易位’这一着的吗？”

“什么易位？”杰克问道。

休摇了摇头，好像猜出了杰克根本就听不懂自己在说什么。“菲利克斯，”他回头对我说，“来，再把奖杯举起来一点……对，就这样。”说话间他又拍了一张。拍好之后我把奖杯放在了桌子上，然后休问能不能再问我几个问题。

从拿下比赛到现在，我终于有机会坐了下来。渐渐地，我的呼吸不再那么急促，我开始慢慢回过神来。

“我们开始吧，”休笑着说，“你老师跟我说过，几个星期之前你还不会下棋。你是怎么开始下棋的呢？”

我说爷爷把他想教我的事列了个清单，其中有一件就是国际象棋。

“太好了，”休说，“那他叫什么名字呢？”

“谁？”

“你爷爷。他叫什么名字？他在这里吗？也许我们可以跟他拍几张照片。”

休拿起了笔，一边准备往手里的小本子上记录，一边等着我的回答。但即使他在这儿，爷爷也不愿意拍照。他连窗帘都不愿意拉开，所以更别提上什么杂志封面了。

“不，”我说，“我爷爷不在这儿。还有，我觉得他也不愿意告诉别人他的名字。”

“那好吧，”休说，“反正有你和奖杯的照片也就够了。”然后他握了握我的手，说今天的采访将会变成一篇文章，而且这篇文章将会在明天到来之前出现在《国际象棋月刊》的官网上。”

休走开之后，我深吸了一口气，终于可以歇一会儿了。在过去的四个小时里，我的精神一直有些恍惚，就像做梦一样。我都经历了什么？我都经历了什么？

“你赢得了全英中学生国际象棋锦标赛冠军。这就是你所经历的。”我又听到了爷爷的声音。

我知道，爷爷。我想着，脸上露出了微笑。我知道。

我赢了。

我真的赢了。

我自记事起就从来没赢过什么，除了那年在斯沃尼奇旅游时，我从抓娃娃机里抓到了一个“小黄人”。我走到桌子边上，拿起奖杯。我的手指滑过奖杯光滑的金属表面，顺着奖杯的边缘一直往上抚摸，直到最后到达王头上十字架的尖锐的顶端。这个奖杯可能只有十五厘米高，可能也就跟一大块巧克差不多重，但这无关紧要。

没有爷爷，我永远都不可能赢下这座奖杯；没有爷爷，我永远都不会拿起一枚棋子把它放到方格里；没有爷爷，我甚至永远都不会把棋子从棋盒里面拿出来。

“这个奖杯很漂亮。”

是的，爷爷，它确实很漂亮。

58

成名之后

杰克说我会出名的，我们俩都会出名。而且这个周末，人们将会专门在小广场上为我俩举行一场街头派对。在回家的路上，他在小巴车里不停地谈论这事儿。在我们的大树下的草地上，会摆满桌子和椅子。人们会在卧室窗户外面拉上横幅，上面写着：菲利克斯，干得漂亮，欢迎载誉归来。还有巴士巡游，就像布莱克本队晋级时那样。人们会为我塑一尊像著名工程师伊桑巴德·金德姆·布鲁内尔那样的雕像，人们会大老远跑来瞻仰我的雕像。人们还会在码头边上建造一个巨大的象棋棋盘。

他还说我们会变得超级有钱，住在像巴斯这样高档的地方。我们不必担心上学太远的问题，因为我们会有专职司机，他们会专门开着法拉利和兰博基尼接送我们。我们俩的豪宅就在彼此的隔壁，下面有一条专用地下通道连接。而且，每个房间里都装着巨屏电视……在回家的路上，他一直在上网，想要看看休拍的照片有没有出现在《国际象棋月刊》的官网上。但他一直都没能看到，所以他就自己杜撰出了一条头条新闻：

"和他的天才教练一起，菲利克斯·肖普赢得了全国冠军！神奇教练助力男孩驰骋象棋世界！"

就在这时，开夜车的基特斯先生走错了一个岔路口。

就在这时，理查德告诉杰克让他保持安静。

就在这时，丽贝卡靠在我的肩膀上刚刚睡着。

就在这时，我把头靠在车窗上，感受颠簸时汽车轮胎发出的声响，看着迎面而来的车灯一闪而过。

就在这时，我面露微笑。

就在这时，我意识到擅长一件事情是多么美妙。

59

等不及天亮

我躺在床上，胸前放着奖杯。我的心跳缓慢但有力，我甚至能感觉到床垫里的弹簧跟着它一起微微颤动。我很累，但睡不着，因为今天发生的一切不停地在我脑海里闪回：辗转去往伯明翰，我忐忑不已，一场一场的比赛，我想认㞞，人们把我团团围住，人们拍我的肩膀，人们跟我握手……我试过数羊，试过用枕头捂住脑袋，但闪回没有消失。各种场景就像 DVD 光盘顿住了一样，不停地反复播放。不过说真的，我其实并不希望它停止。

忽然，桌上的手机嗡嗡作响，吓得我一个激灵从床上跳了起来。现在已经很晚了，这个时候联系我的只有一个人。杰克说他会熬夜，一直熬到我俩的照片在网上出现为止。

我看了看手机屏幕。

还是没有出来。不就是写几句话，上传个照片吗？哪儿有那么难啊？怎么这么久了还没搞好？

我知道，这会儿他肯定有事在忙。我现在要睡觉了。

你不能睡！

我想明天早上早点儿起来，去看我爷爷。

那行吧，手机别关机。照片一出来，我立马就给你发信息。

好的。

我放下手机，起身去拉上窗帘。我的视线穿过小广场，看见爷爷家外面的路灯还亮着。明天一大早我就要去看他，我都等不及了。我赢了比赛，这很可能有助于让他更快恢复健康。我把奖杯给他一看，他肯定立刻就会心情大好。他肯定会跟我一样开心的。

我拉上窗帘，回到床上，紧紧地搂着我的奖杯。它真是我的了，但我总怀疑这是个梦。我总担心老妈随时都会进来把我摇醒，然后我才意识到今天所有的一切并没有发生，而且我上学又要迟到了。

我闭上眼睛。在我的脑海里，我又看到了比赛大厅，我又感受到了灯光照在我身上。我可以看到棋盘，对手的王横躺在两个方格上。然后在我的周围，我能听到时钟嘀嗒、嘀嗒的声响。我紧紧地盯着奖杯，紧紧地抱着奖杯，直到它深深地陷进了我的皮肤。时钟一直嘀嗒作响，我希望它能嘀嗒得再快一点儿，这样明天就能早点儿到来了。

60

警报!

嗡嗡嗡嗡……

嗡嗡嗡嗡……

我的手机在黑暗中嗡嗡作响，屏幕不断闪烁。

我伸手想把手机关掉，结果却把它弄掉到了地板上。

嗡嗡嗡嗡……

今天星期几？星期天。

今天不上学啊，而且我也没有设置周日闹铃啊。

我捡起手机，眯着眼睛看向屏幕。26条信息？

怎么这么多条信息？

我揉了揉眼睛，努力让自己清醒过来。26条信息！而且这26条信息全都是杰克发来的。

菲利克斯，醒醒。

菲利克斯！

菲利克斯！

菲利克斯，你醒了吗？

菲利克斯！

菲利克斯，你这个呆瓜！

菲利克斯！

我往下滑动手机屏幕，但每滑动一下，我都会收到一条新的消息。

菲利克斯！拜托！

菲利克斯！

好了，我醒了。

你总算醒了！

怎么回事儿？

不知道该怎么跟你说。

什么？

我打给你？

别，会吵醒我老爸老妈的。究竟怎么了？

是你爷爷。

我的心里忽然咯噔了一下。爷爷怎么啦？他又病了？但杰克怎么会知道？

我爷爷他怎么了？

这事儿没法儿和你说，你自己看！

杰克接着又发了一条信息，但这次信息里没有文字，只有一个网址链接。

https://schoolchesschampionship.com

我点开了网址，手机的屏幕顿时亮了起来……我眨了眨眼睛，然后重新死死地盯住屏幕。

什么……

什么？

史塔西指挥官经典杀招重现

有史以来最年轻的全英中学生国际象棋冠军加冕

史塔西指挥官？不，这不对啊。爷爷跟我说过有关史塔西的一切。他们通过翻检垃圾，监听电话，一直在监视人们。是他们一直在监视他，他不是史塔西的成员。

我继续翻看手机屏幕，看到了一张我捧着奖杯的照片。

你看到了吗？

杰克的另一条消息出现在手机屏幕顶部。

我正看着呢！

我继续往下浏览网页上的内容：

全英中学生国际象棋锦标赛落下帷幕，我们迎来了有史以来最年轻的国际象棋冠军——年仅十一岁的菲利克斯·肖普。他采用了“南斯拉夫进攻”开局策略，凭借“斯普林伯根变例”战术，击败了来自全国各地的诸多强大挑战者。这种策略和杀招此前仅仅出现过一次，使用者是前东德秘密警察指挥官莱昂内尔·斯坦纳。他在 1962 年柏林世锦赛夺冠后失踪，至今下落不明。

杰克什么意思？他这么着急忙慌要干什么？

我又把文章读了一遍。菲利克斯·肖普……“南斯拉夫进攻”……“斯普林伯根变例”……莱昂内尔·斯坦纳……指挥官斯坦纳——

我的心猛地一沉。

指挥官斯坦纳！这个名字我在爷爷衣柜里看到过，跟那些卡片上的名字一模一样！

就是他，你爷爷！他肯定改用化名了。

杰克！我还没看完呢！

我的喉咙发紧，我的手在颤抖，跟我每次去看牙医的感觉一样。我又读了一遍第一段新闻，并且希望是自己读错了。但那个名字——莱昂内尔·斯坦纳——依旧跳了出来，而且新闻里的年份跟那些卡片上的年份一模一样。

我硬着头皮继续往下读：

本次锦标赛决赛激烈胶着，在菲利克斯与里士满中学的乔治·坦普顿之间展开。菲利克斯先以“后翼易位”应对对手“西西里防御”的“龙式变例”，紧跟着，他又使出了“南斯拉夫进攻”策略中的“斯普林伯根变例”战术。菲利克斯表示说：“我真的很高兴自己能赢，但如果没有我爷爷的帮助，这一切根本就没有可能。”菲利克斯的老师，来自布里斯托索斯维克中学的基特斯先生说：“从开始下棋到现在，菲利克斯只花了几个月的时间。他这个小伙子特别棒，我们全都为他感到骄傲。”

莱昂内尔·斯坦纳……

我使劲摇了摇头，觉得这不可能是真的，但我记得“斯普林伯根”这个词。斯普林伯根公园，那是爷爷去找他姐姐路上经过的地方。他为什么要和我说那些呢？而且是在他说人们一直被监视、被折磨，然后被关进监狱之后。难道他根本就不是被折磨的人？难道折磨人们的其实是他？事实不可能是那样的，绝不可能！爷爷永远也不会做出那些事情。

菲利克斯，我们该怎么办？

我不知道。

也许我们可以打电话报警，然后还可以拿到悬赏。

他可是我爷爷！

但你还是可以亲自到监狱去探望他。

杰克，够了！

我扔下手机，仰面躺在了床上。

这不是真的。之前，我只是在跟杰克闹着玩，我们假装爷爷是个间谍。但万一杰克说的这一切都是真的呢？爱把纸撕碎的习惯、灯柱上突然出现的摄像头、从不拉开的窗帘……

我猛地跳了起来，打开了笔记本电脑。虽然我很不想看，但我需要知道真相。我输入了“莱昂内尔·斯坦纳”。

莱昂内尔·斯坦纳（1943—？），史塔西（东德秘密警察）指挥官。1962年国际象棋世界冠军。未找到相关照片。目前身份和下落不明。

虽然心里不大愿意，但我还是不由自主地继续往下读了起来。我靠着椅背坐着，脑海里闪过一幅幅画面：士兵，拿着望远镜的东德间谍，往电话上安装窃听装置，高耸的柏林墙……

当时，在公园里，我和杰克导演了一出闹剧，一出蹩脚的闹剧，但如果那场闹剧所针对的人……真是个间谍呢？

我合上笔记本，重新躺到了床上。

我的爷爷不仅是个间谍，而且还是史塔西指挥官。

61

我该怎么办？

6:33，爷爷家卫生间的灯亮了。

6:36，爷爷家卫生间的灯熄了。

6:53，爷爷家客厅里的灯亮了。他走下楼梯，玻璃窗上的影子越来越大。

7:00，他打开前门，把参孙放了进去。

7:35，他走到外面，查看了一下院子里的小矮人雕像，然后朝我这边看了看，我赶紧蹲下身子。

7:36，我偷偷在窗边往外瞄，爷爷不见了。这时，一辆白色汽车正好驶到了小广场边上。来的可能是他在旅英德国人联谊会里的朋友，因为在网上看到他暴露了，特地赶来把他接走。

"菲利克斯……菲利克斯！"老妈忽然走进我的房间，吓了我一跳，"昨天我跟你说过，今天我要跟你老爸出去一趟……你蹲在地板上干什么？"

"没干什么，"我说，"我的笔找不到了。"

"呃……"老妈一脸疑惑地看着我，"随便你。我们要去旧货市场，一起去吗？"

"不去，"我说，"我很忙。"

“好吧，那你就把床底下乱七八糟的东西清理一下吧。在你去看爷爷之前弄好啊。他起床了，正在遛弯儿呢。”说着，她朝窗外努了努嘴。

“知道了。”我说。

“那你怎么还没去找他？听到你得奖的消息，他一定会特别开心。”

“我……过会儿就去。”

“我还以为你都等不及要去告诉他呢。”

“我确实……”我说，“我只是……还有点事儿没弄好。”

“那好吧。”老妈对我的表现很是惊讶。

老妈的脚步声逐渐消失在楼下，我继续探头向窗外张望。那辆白色的汽车停在了杰克家门口，爷爷的身影消失不见了。我伸出手，再一次把笔记本电脑抱在怀里。自从杰克发我信息以来，我一直在看《国际象棋月刊》网站，看了又看。我一直希望是他们搞错了，或者是学校里有人黑进了他们的网站，把这篇文章当作恶作剧传了上去。但爷爷怎么会知道史塔西指挥官的战术呢？莱昂内尔·斯坦纳失踪了，网上是这么说的。所以，爷爷就是失踪了的那个人，这是唯一可能的解释。

我按下网页刷新的按钮，希望那篇文章消失，但新闻标题和我拿着奖杯咧着嘴笑的愚蠢照片又再次出现。同样的文字又再次出现：秘密警察指挥官……失踪……世锦赛……爷爷确实跟我讲了一点儿他过去的事情，但中间有好几年的事他却只字未提。

可他依旧是我的爷爷。他总是开着粉车来接我，给我沏茶，给我准备香肠，专门去超市给我买巧克力榛子酱，因为他知道我爱吃。而且更重要的是，他以前在我眼里只是一个暴脾气老头儿，可在最近几周里，他就是一个幸福的爷爷。而且我还意识到了一点——他深爱着奶奶和我。还有，他也是唯一真正相信我的人。他不仅教会了我下棋，还让我变得更加自信。我拿起奖杯，站起身来。爷爷可能曾经是个间谍，但我仍然爱他。

62

对质

走过草坪时，我紧紧地攥着手里的奖杯。

我的腿脚在往前挪动，但我却感觉不到地面。从眼角的余光里，我隐约可以看到周围的房子和花园里的一些人，现在我唯一能看清楚的只有爷爷家的大门。

我在大门口停了下来，屏住呼吸。就在这时，我的手机又开始嗡嗡作响。应该是杰克，他会告诉我不要去见爷爷。但太晚了，因为我已经站在爷爷家的大门口了。

我抬起手，想去敲门，但我的手停在了半空。要是我耽误了他怎么办？现在他很有可能正在把东西打包装箱。旅英德国人联谊会的人可能正跟他在一起，正在给他新的身份证明，帮他逃跑。但我必须敲门，因为即使爷爷做了那些事，我也希望在他离开之前见他最后一面。

我敲了敲门，然后透过门上的磨砂玻璃朝里面窥视，等待爷爷的剪影出现在客厅里，但什么都没有发生。我把头贴在门上，只听见里面传出了些声响，像是电视机正播着节目，或者是厨房里的收音机正播放着铜管乐队演奏的音乐。

还是什么都没有发生。

太奇怪了，或许爷爷早就已经逃走了，或许是我的想象力太丰富了，他只是在后院干着园艺活儿，又或者只是在棚屋里忙活着。

我绕着房子的围墙走到后院。棚屋的门关着，花园里也没有爷爷的影子。

我试了试后门的把手……拧动了，我慢慢打开后门。

参孙从门缝里挤了出来，一溜烟跑向它的食盆。

厨房里面很安静，台面上搁着一杯喝了一半的茶。爷爷总是茶不离手，所以我怀疑他是不是又犯病了，所以躺床上休息去了。

往客厅走的路上，我只听见自己的心脏怦怦作响。我竖起耳朵想要听见爷爷的动静，听他是不是在用收音机，听他是不是在看电视，但我只听到自己的呼吸声和时钟的嘀嗒声。

“爷爷，”我喊道，“是我，菲利克斯。”我的声音在楼上楼下回响，但还是什么动静都没有。他真的消失了，就像很久之前的莱昂内尔·斯坦纳一样。但他走的话肯定不会留下他的粉车，他至少会给老爸老妈留张字条。他跟我说了那么多要相信、要诚实，他不可能不辞而别。

我转身走进餐厅。象棋盒子搁在桌子上，所有的棋子也都摆在棋盘上，像是随时都可以开始下棋。我往左边看去，刹那间，我的心跳停止了。黑暗之中，爷爷坐在他的椅子上。我等他开口说些什么，但他的头靠在椅背的靠垫上，双眼紧闭。

他睡着了，他并没有收拾行李跑路。

我慢慢朝他走去，手里的奖杯被我放在了身后。我不想吓他一跳，但我必须把他叫醒，弄清真相。就在这时，参孙穿过门厅，颈圈发出丁零的声响。我止住了脚步，黑暗之中，爷爷的眼睛慢慢睁开，眨了眨。

“啊，菲利克斯，是你来了啊。”他笑着说，“我等你很久了，但我刚才睡了个回笼觉。”

“我……我……我知道，爷爷，”我结结巴巴地说，“我只是……我昨天太累了，早上爬不起来。”

奖杯深深陷进了我的手掌……我本以为这是我最幸福的时刻，但我的脑子里充满了史塔西和间谍，我只想大哭一场。我低下头，盯着地面。

“嘿！”爷爷费力地从椅子上站了起来，“只要你尽了力，就算是输了也没关系。”

说着，他朝我走了过来。“不是的，爷爷，”我一边摇头，一边喃喃道，“我没输……我赢了。”我从背后慢慢地把奖杯拿了出来，“我赢了。”

“你赢了！”爷爷的眼神顿时亮了起来，就像有阳光忽然照到了他的脸上，“你赢了！菲利克斯，我为你感到骄傲！”说着，他把手放在了我的肩膀上，晃了晃我，“真为你骄傲，但你……怎么不大高兴啊？哦，我知道了，”他说，“这是因为肾上腺素，我以前也有过像你这样的经历。它一旦消退，人就会特别疲惫。有时候在一场关键比赛之后，我甚至会连睡两天。”

我点了点头，像是在赞同他的说法，但事实并非如此。我想开口说点儿什么，但这时候爷爷已经把我手里的奖杯拿了过去。他满脸笑容，好像奖杯是他赢下的一样。

爷爷走向沙发，我勉强挤出了一丝笑容。“过来坐这儿，”他一边说，一边轻拍着沙发，“快把整个比赛过程都跟我说说。”

我想跟他说我知道他是谁，但我的舌头像是打了结，脑子里的想法也乱成一锅粥。

我必须说点什么。

我必须现在就说出来。

我深吸了一口气，但就算我是头鲸鱼，能吸进来再多的空气也无济于事。之前，我们闹僵过，然后又在树底下和好了。当时爷爷说过，我们需要信任彼此，我们应该坦诚相待。可现在我想说话，却偏偏就是无法开口。

我在他旁边坐了下来。

“全都和我说说，”爷爷说，“任何细节都不要遗漏。你看，我一直被困在屋里，但我对你昨天经历的一切都很感兴趣。”

我依旧盯着地板。如果我再不开口说话，他肯定会猜到出了什么问题。如果我跟他说说比赛，他兴许会自己告诉我实情，毕竟，他最近跟我说了好多事，好多我都没听说过。但现在我想听的，实在是太骇人听闻了。

慢慢地，我打开了话匣子。我告诉他去伯明翰花了我们两个小时，我吃了些三明治，喝了很多水，我们到了举办比赛的中学，学校规模很大，看起来像霍格沃茨魔法学校……他笑着告诉我他不知道霍格沃茨是什么。当我跟他解释的时候，我不禁觉得他看起来太善良，太友好了，一点儿也不像什么史塔西指挥官。但我毕竟也从没见过史塔西指挥官，所以我也没法儿最终确定。要是让我看看他是不是一位神秘的阿拉伯骑士，会不会变身成为一头豹子，那反而更加容易。至少我可以通过观察他的皮肤来确认，看看他身上是不是有斑点或者条纹。但现在什么蛛丝马迹都没有，他的手腕上或者手上也没有文身什么的，他还是那个上了岁数的爷爷。他笑眯眯地看着我，听我讲述我是如何输掉了第二场比赛——因为对手在我面前大口咀嚼多力多滋！在听我讲述后面几场比赛细节时，他又不断地点头对我表示赞许。

“太好了，”说着，爷爷身子前倾，“现在，该决赛了，快跟我说说当时的情况。”他不停地搓着双手，像是面前有个火炉，而他正在烤火。

这一刻终于还是来了，我已经知道了他的身份，这件事怕是再也瞒不住了。等讲完我用出了他教的那一着之后，我就会告诉他，我知道他就是指挥官斯坦纳。但这话……我真的很难说出口。

“爷爷，决赛跟其他比赛差不多。”我说。

“胡说，”他说，“怎么能差不多呢。”

我整个人往后缩了缩，身体顶在了沙发的靠背上。

“怎么了？”爷爷问，“有什么你不想和我说吗？你的对手直接认输了？如果他真那么做了，那也没关系呀，只能说明你仅靠气势就赢下了比赛。”

“不是的，爷爷，”我说，“不是那样的。”

“那究竟发生了什么？”

我艰难地咽了口口水。“爷爷，当时我被逼入了绝境，我快要彻底绝望了，我落入了对手设好的陷阱。”

“然后呢？”

“然后我就用出了撒手锏——‘南斯拉夫进攻’。”

“很好，”爷爷说，“但你怎么这么不开心？”

我深吸了一口气，然后又做了个深呼吸。

“菲利克斯？”我面前的爷爷靠得更近了。

“因为我知道您是谁了。”我脱口而出，“您教会了我‘斯普林伯根变例’，但只有一个人曾经使用过这一招……我知道您就是指挥官斯坦纳。”

“谁？”爷爷猛地抬起头，直勾勾地看着我。

“指挥官斯坦纳，史塔西的指挥官。您看，这上面都写出来了。”我把手伸进口袋，掏出了手机，放在了爷爷面前，“您自己看！”

爷爷伸手想去扶正自己的眼镜，但他的手颤抖得厉害，几乎连鼻子都要找不到了。真希望我刚才并没有揭穿整件事，他可能确实就是史塔西的指挥官，但他还是我的爷爷，我不想让他难过，不想让他比我更难过。

于是，我开始把伸出去的手往回收。

“别动。”爷爷紧紧地抓住我的胳膊，眯着眼睛紧紧地盯着手机屏幕。他大声地读出了新闻标题，我不禁屏住了呼吸。

“史塔西指挥官经典杀着重现，有史以来最年轻的全英中学生国际象棋冠军加冕……什么?！”爷爷又往手机屏幕前凑了凑，“全英中学生国际象棋锦标赛落下帷幕，我们迎来了有史以来最年轻的国际象棋冠军——年仅十一岁的菲利克斯·肖普。他采用了‘南斯拉夫进攻’开局策略，凭借‘斯普林伯根变例’

战术击败了来自全国各地的诸多强大挑战者。这种策略和杀着此前仅仅出现过一次，使用者是前东德秘密警察指挥官莱昂内尔·斯坦纳……”

爷爷身体前倾。“指挥官斯坦纳，”他喃喃道，“没想到我还会说出他的名字。我……我……”

我的心跳加速。我希望能收回自己刚才说的那一番话，但可惜现在为时已晚。

“对不起，爷爷，”我说，“这一切我都不愿意相信，但您跟我说您姐姐的时候，您提到了斯普林伯根。还有，在您衣柜里的卡片上，我看到过那个名字——”

“错了！错了！”爷爷忽然怒吼了起来，“全搞错了！大错特错！”他用手指点戳着手机屏幕，“事实根本不是这样，是他剽窃了我的战术！是斯坦纳偷走了我的‘斯普林伯根变例’！”

63

落幕

砰。

咣当。

嘭。

噔噔噔。

砰。

咣当。

噔噔噔。

天花板上不断传来各种噪声。爷爷跟我说他需要点儿时间自己一个人待会儿，但他在卧室里待了太久，我觉得他肯定是在收拾行李，准备返回德国。

我走到窗前，从窗帘的缝隙朝外张望。有两个我没见过的女孩在我和杰克的大树边上倒立；老妈和老爸正在搬运他们从旧货市场上买回来的东西；杰克骑着他的自行车在广场上晃悠。他想让我赶紧出去，但我跟他说我已经和爷爷摊牌了，而且爷爷非常难过，这会儿我不想让他一个人待着。

咣当。

嘭。

噔噔噔。

我抬起头，视线随着楼上爷爷沉重的脚步声移动。

嘭。

咣当。

噔噔噔。

最后，我退回到沙发旁，抬头瞥见爷爷扶着栏杆正要走下楼梯。我很想相信他并不是史塔西指挥官，但如果不是，那他现在为什么要离开呢？

我双手抱头，瘫坐在了沙发上。我想象着他穿上了那身长外套，听见他拿起车钥匙，然后走到门口，咔嗒一声拉开了门闩。

但我并没有听到什么声音，周围只有时钟在嘀嗒。嘀嗒声此起彼伏，无处不在，像是被嵌入了墙中。间谍都是这样的吗？根本不和你告别，就会凭空消失？

一道影子缓缓朝着门口蔓延。我慢慢抬起头，看见了爷爷脚上那双穿旧了的拖鞋，然后是棕色的裤子，再然后是奶奶为他织的蓝色毛衣。最后，我看到了他夹在腋下的盒子，那个我在他衣柜里看到的档案盒。

他面带微笑，朝我走来。

“还记得我跟你说过我们应该互相信任吗？”他轻声说道。

“爷爷，您是说在树底下那次？”

“是的。”他在我旁边坐下，把档案盒放在了茶几上，“嗯，我在想，现在，我应该相信你。”

爷爷慢慢打开了档案盒。

“这……”他说，“这件事我只跟一个人说过，就是你奶奶。”

“连爸爸都没告诉？”我问。

“没，连你爸爸都不知道。”爷爷看着盒子，叹了口气，“菲利克斯，这个盒子里面装着一个让人难过的故事，一个我从来都不愿意再提的故事。但是……但是现在……也许我应该给你看看这里面的东西。”

我低下头，看着盒子，脑子里一下子涌出了无数个问题。但现在就开口发问，好像还不是时候。

爷爷伸出手，取出了一张黑白照片。他用一只手捏住照片，递到了我的眼前。我连忙握住照片的另一边，才让它不再摇晃得那么厉害。

“这张照片是我跟我父亲的最后一张合影。我当时十七岁，赢得了1960年德国青年国际象棋锦标赛冠军，这张照片就是赛后拍的，而那也是我最后一次参加国际象棋锦标赛。跟鲍比·菲舍尔一样，我是当时德国最年轻的国际象棋冠军，所有人都认为我会像他一样去挑战世界冠军。我喜欢下棋，我对象棋充满了热情。对我而言，跟其他棋手斗智斗勇是世界上最美好的事。我以前经常一个人躲在房间里下棋，没日没夜地下，结果……我再也没能见到我的父亲。”

“为什么？爷爷？”我抬头看向爷爷，只见他眼睛里的泪水夺眶而出。

“我跟你说过柏林墙的事，你还记得吗？他们是怎么在柏林，在我当年住的地方一夜之间造了堵高墙，把德国分割成了西德和东德。”

“记得，爷爷。”我说，“那天您去看您的姐姐，结果半路上碰见他们正在修建。”

“是的，我的父亲是一名军事记者。他写了些有关战争和武器研发的文章，在文章里，他提到了最新的坦克和火炮。因为工作的缘故，他接触到了一些军事信息。有天早上，史塔西秘密警察找上门来，指控他在给柏林墙另一边的军队传递信息，我父亲当场就否认了他们的说法。但有一天他刚走出家门，我母亲就看到他被几个人绑上了一辆面包车。一连好几个星期，我们都没有收到他的消息。直到后来，我们才得知他被关押在东柏林的史塔西监狱，而且他们不允许我们去探望。从其他人那里，我们打听到那儿的牢房没有窗户，里面的灯一直开着，白天黑夜都开着，用来剥夺犯人的睡眠。但有时候他们会突然把我父亲给放出来，让他回家。他从来没告诉过我们他在那儿都经历了什么，但他的头上长满了脓疮，遍体鳞伤，瘦得皮包骨。”

“爷爷，这也太可怕了！”我说。

“是的，”爷爷盯着照片继续说道，“他们很阴险，很残忍，因为每当我父亲以为这一切都结束了的时候，又会被他们抓回去。他为此丢掉了工作，我母亲也一样。她和我都被软禁在了家里，不被允许外出，也不允许任何人来访。我们和我的舅舅、姨妈、叔叔、姑姑们全都断了联系。我也没法儿去上大学。半夜里，还会有士兵们跑来把我们弄醒。我父亲没什么好交代的，所以史塔西就来审问我们。他们说，如果我们不告诉他们我们所知道的一切，他们就会继续折磨我父亲。但我们什么也交代不出来，因为他根本就是什么也没做。”

我想要说些什么，但我满脑子想的都是这一切简直太可怕了！

爷爷把手伸进盒子。

“这是我们的身份证，我们必须时刻带在身上。而这些……”他又从盒子里掏出一些卡片，“这些是通行证，我得拿着它才能见到监狱负责人指挥官斯坦纳。”

“您去见他？您去见……指挥官斯坦纳？”

“是的。”

“所以您不是——”

“不是，”爷爷缓缓摇了摇头，“我不是指挥官斯坦纳。”

我顿时长舒了一口气。“但您为什么要去见他？”我问，“当时您才十七岁啊！”

“因为指挥官斯坦纳痴迷于下棋。他也是一位象棋高手，参加过欧洲所有大型锦标赛。在知道我是青年锦标赛冠军之后，他就想跟我下棋，但我不想跟他下。于是他们就威胁我，说如果我拒绝，他们就会折磨我父亲。后来，他们把我带去了他的办公室。那儿有一扇巨大的木门，门后面是一个巨大的房间，房间有你们学校礼堂那么大，里面只摆了一张桌子，桌上摆着一个棋盘。他一身制服，胸前挂着一排勋章，正站在桌子后面等我。看见我进去之后，他便让我坐下来下棋。尽管我不愿意跟坏人下棋，但一想到父亲，想到可能就在离我只有几米远的牢房里，他正饱受折磨，我就什么都答应了。但我犯了个错误，我赢了他。我原以为他输了就会作罢，但没想到输了棋的他越发想要跟我下。他让我教他一些战术，作为交换，他不会把我父亲送到另一个监狱。那地方靠近波兰，非常偏远。”

“可他是个指挥官，”我说，“他不可能成天只顾着下棋啊。”

“但他可以，”爷爷说，“问题就在这儿。在东德，如果你是个优秀的运动员——擅长跑步、游泳——或者你有任何特别擅长的事，政府都会为你行方便。由于在智力上比较突出，棋手们往往很受优待。所以，我也就别无选择，只能陪指挥官下棋，借此来帮助我父亲。我们有时候天天下棋，有时候则隔天下一次。他带着我去东欧参加各种锦标赛，跟苏联人一起比赛。他不准我上场，我只能在那儿帮他做赛前准备，然后帮他在赛后复盘。我教他我所知道的各种战术，琢磨新的进攻战术，然后再教给他，帮他赢下了所有的比赛。我以为只要我履行诺言，他就不会再威胁说要把我父亲送到别处去关押，而是会让我和父亲回家。他说他会的，但前提是我得帮他赢下 1962 年的世界国际象棋锦标赛。那年的锦标赛的举办地是西柏林。”

“去柏林墙的另一边？”

“没错，”爷爷点了点头，“就是去柏林墙的另一边。他们带我去看我父亲。他更瘦了，身上到处都是瘀伤，面无血色。我父亲说，我不应该相信指挥官的承诺。因为不管我之前做了什么，他都还是在监狱里饱受折磨。然后我父亲让我答应他一件事：等我到了柏林墙的另一边之后，如果有机会逃跑，我一定要逃走，然后去找我姐姐。我跟他说我不想那么做，但他说如果我不逃走，我和我的母亲也永远不会被释放，我们可能也会被关进监狱。他说我这次一定要设法逃走，因为在那之后，我可能就再也没有机会了。”

“但那样的话，你就管不了父母了啊？”

“是的。”爷爷用力咽了口口水，再次把手伸进盒子，拿出了一张报纸上剪下来的图片。图片上是一个穿着军装的男人，胸前挂满了勋章。看得出来他当时正在酒店的门厅，被一群穿着制服和深色外套的男人簇拥在中间，那场景跟电影《出棋制胜》里演的一模一样。

“这就是我们比赛的酒店。为了到那儿去，我们必须开车经过查理检查站。那是东、西柏林交界处的一个过境点。我坐在车上，跟在指挥官专车的后面。柏林墙顶上布满了铁丝网，瞭望塔上有持枪的守卫，而边境线上站着的士兵更多。我们在一个栅栏前面停下，守卫过来检查我们的文件。有那么一瞬间，我还以为我们不会被允许通过，但后来障碍物被挪开，我们继续前行。而在我身后，高墙慢慢远去。那一刻，我非常难过。因为我意识到如果我按照父亲的要求去做，我很可能就再也见不到他和母亲了。所以，你看，”爷爷指着照片的手指不停颤抖，“这是指挥官，在他后面，那是我。”

我凝视着指挥官背后的人群，看到了当时还是个大男孩的爷爷。照片上的他正回头看着我。他看起来精神高度紧张，站在人群之中一脸茫然。

“到处都是他的警卫，”爷爷继续说道，“即使我想照我父亲说的那样逃跑，我也办不到。因为不管我们去哪儿，他们都会紧紧地跟在后面，每场比赛都跟着。在三天的时间里，我每天早上都帮他热身，在他的房间里陪他下棋。甚至坐电梯去楼下大厅的时候，我跟他还在脑子里面推演。前四场比赛，他都赢了。半决赛的时候，他对上了一个苏联将军。他们以前从没打过照面，所以他非常紧张。他要求我告诉他一个我最拿手的战术，一个从来没人见过的战术。他还说如果我能帮他打进决赛，他不仅不会把我父亲送走，还会在第二天就释放他并且解除对我母亲的软禁。那天晚上，我教了他我压箱底的战术。也就是那个时候，他偷走了我的——”

“‘斯普林伯根变例’。”我慢慢说道。

“对。”爷爷点了点头，“菲利克斯，‘南斯拉夫进攻’不是他的，是我的。第二天上午，他用它打败了苏联将军。然后我们回到了他的房间，他很高兴。所有人都在喝酒庆祝，甚至连保镖也是一样。于是，我便开口要求他兑现承诺。我帮助他进了决赛，现在他应该释放我父母了。但他只是看着我，好像根本听不懂我在说什么。接着，他说：‘我必须先赢得决赛。’”

“这不公平！”我叫了起来。

“确实，”爷爷说，“根本毫无公平可言。那天晚上我躺在床上辗转反侧。即使我帮他拿到了冠军，他还会有其他办法拒绝释放我的父母。他会逼我再来一场比赛，再拿一个冠军。他不可信任。我想给我父亲打电话，告诉他目前的状况，但我知道即使史塔西给他机会说话，他们也会在边上听着。

“那天晚上，我下定了决心，准备按照父亲的话去做，我应该逃走。我知道风险极大，而且我也很可能无法成功。我听过很多故事，说有不少试图翻墙的人被开枪打死。第二天早上，尽管我的任务已经完成，但我还是被持枪的警卫们团团包围。

当指挥官和我穿过大厅参加决赛时，记者们高喊着发问，相机闪光灯咔嚓咔嚓闪个不停。就在这时，我终于看到了机会。指挥官和警卫们之间忽然出现了一个空隙，我可以从中逃脱。光天化日之下，警卫们不会朝我开枪；众目睽睽之下，他们无法行凶。于是，我冲出了那道空隙，跑出了酒店大门，飞奔到了人行道上。街上到处都是行人，汽车不停鸣笛，交通堵塞。我谁都不敢相信，以防他们中有史塔西的密探。所以我尽可能快地穿过车流，头也不回。最后，我跑到了市郊，在安静的街道上放慢了脚步。那天晚上，我走街串巷，在海因茨·霍夫曼大街上找到了姐姐居住的地方。一年多以来，我第一次见到了她。”

“哇，爷爷！”我说，“您的经历太离奇了，完全可以拍成一部电影！”

一脸疲惫的爷爷朝我笑了笑。

“是的，”他说，“是可以拍成一部电影。但不幸的是，这是真事，而且结局并不好。”

“但您逃脱了。”我说，“如果您没成功，现在您就不会在这儿了。”

爷爷又笑了笑。他说这个故事的结局不好，可他现在不是好好的吗？看着爷爷悲伤的眼神，我忽然觉得我知道了原因。

“爷爷，指挥官没有放他走，是吗？斯坦纳没有放过您的父亲。”

“没放。”爷爷慢慢摇了摇头，“他把我父亲送到了波兰附近的那个监狱。我母亲再也没见过他，我再也没见过我父亲。我们只收到了他的两封信，在信里，他说他没事，让我们不要担心。但事实并非如此。一年之后，我母亲收到了史塔西的通知，告诉她我父亲已经去世。父亲什么时候去世的，怎么去世的，他们只字未提。”说着，爷爷摘下眼镜，用袖子擦了擦眼睛。

“我一直都不能原谅我自己，”他继续说道，“柏林墙被推倒之后，我母亲过来和我一起生活，但我当时就不应该丢下她和我父亲，我应该帮助指挥官赢下决赛。”

“爷爷，这根本就不是您的错。就算他赢了，很可能还是不会放过他们。”

“我知道，”爷爷说，“我知道……现在，这一切你都知道了。为什么我一直把它当作秘密来保守，为什么我要把窗帘关上，为什么我60年来都没下过棋，直到现在……才和你一起下棋。”

“那您怎么突然又想教我呢？”我问，“毕竟您这么多年都没下了。”

“因为我想通了……你奶奶去世前跟我说的话，我明白了她的意思。”他朝着壁炉台上奶奶的照片点了点头。

“她跟您说什么了，爷爷？”

“她说，我们所爱的，应该跟我们爱的人分享。”

爷爷把手指移到指挥官的照片中间，把它撕成两半，然后继续将它撕得更碎。我不知道该说些什么。一直被关着，远离朋友，不许外出……爷爷遭受的这一切，我只是想想都觉得可怕。冒着生命危险逃跑，然后再也见不到自己的爸爸，这种情形我更是无法想象。

我想告诉他我很难过，他那么做完全是迫不得已。我想告诉他我很抱歉，我竟然还以为他就是指挥官，我的想法真是糟糕透顶。

我张了张嘴。

“爷爷，我……我……”我想再说几个字出来，但我的喉咙发紧，后面的话怎么也说不出来。

爷爷搂住了我的肩膀。

“没关系，”他拥抱着我说，“有时候什么都不说也没关系。”

“爷爷，我知道您的意思，但我就是想说声对不起。”

爷爷把头靠在我的头上。“你不必说对不起。”他说，“这么长时间以来，是你让我第一次感到快乐。我喜欢跟你下棋，但最重要的是，我喜欢跟你待在一起。”

“我也很喜欢跟您待在一起，爷爷。”

“什么?！我开奶奶的粉车接你放学，你也喜欢？”说着，他松开了拥抱着我的双手，“不过没关系，也许从现在起，我可以把车停得远一点儿。”

“也行吧。”我一边笑，一边用袖子抹去眼泪。

爷爷慢慢地合上了档案盒，像是在说结束了，就让过去过去吧，他再也不会去谈论它了。然后，他拿起了我的奖杯，抬起头，脸颊被奖杯的反光映照得亮堂堂的。“这家伙可真是金光灿灿啊。”

爷爷慢慢旋转奖杯，念着上面雕刻的文字：“菲利克斯·肖普，全英中学生国际象棋冠军。是的，这的确是属于你的奖杯。”他满面笑容地说道，“你真的赢了！”

“不，爷爷，”我说，“是我们两个都赢了。”

“对，”爷爷笑着说，“你说的很有意思，我们两个都做到了。”

我等着他再说些什么，但他只是长长地舒了一口气。听得出来，在一天之内讲述了自己差不多一生的遭遇，这可把他累得够呛。

我抬起头来，看着他。

“谢谢，爷爷。”我说。

“谢我帮你拿下了冠军？”

“不，谢谢您为我做的一切。”

爷爷朝我笑了笑。“我为你感到骄傲，菲利克斯。”他说，“我也希望你为自己感到骄傲。”

“是的，爷爷，”我说，“我觉得自己很棒。”

“希望你老爸老妈也这样想。”说着，爷爷的眼睛里泛起了泪光。

“他们也是的。”我尽量使自己笑得更加灿烂，好让爷爷再度振作起来，“妈妈说你得跟我们一起去庆祝一下，去吃一顿南多世烤鸡。”

“那好吧，”他说，“要是你真打算去那儿庆祝的话。”

“我想去。”我说，“但是现在，我们要先来下盘棋吗？”

“行啊。但有件事我得先做一下。”他朝我点了点头，从我身边站起来，向客厅里面走去。我以为他可能是需要休息一会儿，或者是要去拿电视遥控器，看看今天上午德国的天气，但他只是径直走过椅子，站到了窗帘前面。我想跟过去，我想听他再说些柏林墙的故事，比如后来那堵墙为什么被推倒了，但我又觉得这会儿追问这个不太合适。因为爷爷盯着窗帘看了很久，好像他突然又想一个人待着了。

轻轻地，我把奖杯放在了桌子上，没有发出一丁点儿声响。

今天，我应该把这个奖杯留在这里陪陪爷爷。

我轻手轻脚地向门口走去。

“别急着走啊。”爷爷忽然开口说道，像是读懂了我的心思。

“我以为……”

“不，我不想一个人待着，我一个人在这屋里待太久了。我想你的奶奶，但一直待在这黑黢黢的屋子里，她会生我气的。”说着，爷爷像跳远运动员起步之前那样向上抬了抬脚掌，然后，他跨步向前，举起双臂，拉开了窗帘。一道阳光顿时倾泻而入，照亮了屋子里飘浮着的细小微尘，照亮了爷爷满头灰白的头发，照亮了四周红色的墙壁，把它们染成了一片粉红。爷爷退后一步，深吸了一口气，然后再次深呼吸，好像现在是某个冬天的早上，他一推门就感受到了新鲜空气。

我走了过去，站在爷爷身边。我抬头看去，不知道他是在微笑还是在阳光下眯起了眼。他又深吸了一口气，好像有什么重要的事要说。我站在旁边，静静地等他开口。但就在这个时候，杰克正好骑车从外面经过，而爷爷也只是又长舒了一口气。杰克探头探脑，不停朝我们这边张望，而他的自行车则继续向前，眼看着离爷爷的粉车越来越近。有那么一瞬间，我甚至都觉得他马上就要撞上去了，可就在最后一刻，他突然有惊无险地避开了。这一幕，我觉得爷爷可能根本没有注意到，因为他只是一直盯着自己的正前方。

“爷爷，”我说，“您在想什么？”

爷爷微微低下头，看着外面的草坪。“我在想，今天天真是不错，很适合去——”

“哦，不要，爷爷，”我说，“我不要割草！它们是需要修剪了，但是今天……我们必须今天吗？”

“哦。”爷爷咧嘴一笑。

“我也不要清理院子里的地砖！”

“好，咱们今天不清理地砖。别说你了，这活儿连我都不喜欢干。”

“那您想干什么？”

爷爷伸出胳膊，把手搭在了我的肩膀上。

“我觉得今天天气非常不错，很适合去玩高空飞索。”

64

高空飞索

“我觉得我做不来。”

“没关系。”我说。

“但这也太高了。”

“我知道。”

“菲利克斯，你还记不记得，我说过咱俩必须相信彼此吗？”

“记得。”

“我们要相信彼此。”

“是的，爷爷。”

“好吧，相信我。我跟你说过，我有点儿恐高，而且我说的是真的！”

“没关系，您身上系着安全带呢。再说，下面还有人会接住您的。”

“不如我们现在原路返回，我们都把后面的人给耽误了。”

“爷爷。”

“怎么了，菲利克斯？”

“跳吧！”

“啊啊啊啊啊啊啊啊啊啊啊啊啊啊啊啊啊啊啊——”

致谢

这个故事来之不易，我想感谢很多人。

我要感谢山姆·德鲁和我的女儿洛伊斯。正是得益于你们的帮助，我的写作才没怎么卡壳。（是的，是的，还要感谢有你塔卢拉，感谢你让我们一直都有南多世烤鸡吃。）

我要感谢乔恩·本特利·史密斯。感谢你对我的鼓励，你的鼓励总是精彩无比，而且是你让我发现了“土耳其机器人”的故事。

我要感谢露西·罗杰斯。因为有你，我的书才能得到精心的编辑。还有克莱尔·华莱士，是你一直让我保持头脑清醒。

我要感谢罗伊·卢德洛。在棋室和酒吧里，是你再三核对了本书里所有的棋局编排。

我要感谢来自巴斯奥德菲尔德小学的凯西·鲍尔（十岁），还有凯里·格兰特。感谢你们能和我一起聊天，这让我深刻了解到了你们面临的挑战以及你们战胜困难的办法。（凯西，我希望你会爱上中学生活。凯里，祝你在大学里好运。）

还有，非常感谢鲍勃·肖普。那天，咱们一起漫步海滩，在了解到菲利克斯的故事构思之后，你非常慷慨地同意我借用你的姓氏。当然，我也要感谢所有允许我借用诸位姓名的老师。当然，本书里的故事和人物纯属虚构，但当我把所有的人名最终确定下来的时候，这本书才真正成形。

我要感谢安娜·冯德。感谢你写了《史塔西之地》(*Staziland*)，而这本书帮了我大忙，让我对史塔西时代东德的生活有了深刻的了解。

我还要感谢过去两年里我参观过的学校。你们的学生、老师和图书馆员都很棒，你们给了我勇气继续前进。我尤其要感谢亨特先生，以及您在利物浦斯普林伍德希思小学的所有员工和学生。在这个世界上最特别的地方，能成为你们的阅读赞助人，我非常自豪。

最后，我还要感谢我的爸爸。在炎炎夏日里，您总会耐心地等到下午三点，然后来敲我书房的窗户，提醒我出去散散步，或者聊聊天。对于这本书的问世，希望您也乐见其成，希望您也像我一样感到骄傲自豪。